阿南和阿蛮(下)

映漾/著

羊城晚报出版社
·广州·

目录
CONTENTS

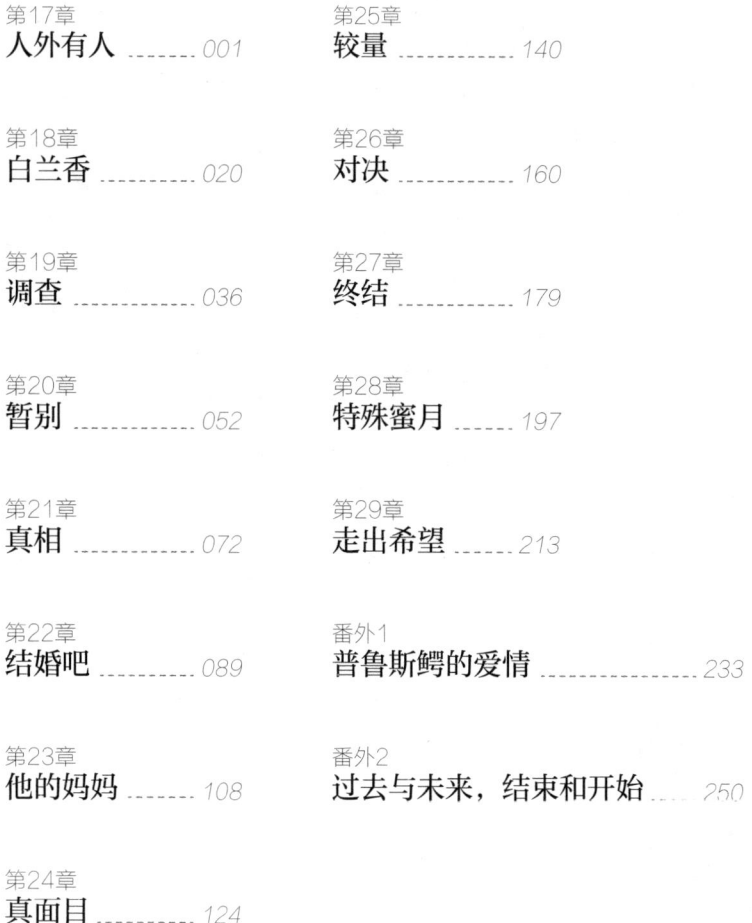

第17章
人外有人 *001*

第18章
白兰香 *020*

第19章
调查 *036*

第20章
暂别 *052*

第21章
真相 *072*

第22章
结婚吧 *089*

第23章
他的妈妈 *108*

第24章
真面目 *124*

第25章
较量 *140*

第26章
对决 *160*

第27章
终结 *179*

第28章
特殊蜜月 *197*

第29章
走出希望 *213*

番外1
普鲁斯鳄的爱情 *233*

番外2
过去与未来，结束和开始 *250*

她肯定是疯了。

和这个又狂又胆小的家伙在一起，连目的地都不在乎了，睡着了，都能带着笑。

可能是因为，他们都是遗漏在社会性外的个体。

可能是因为，他们其实都一样，都在寻找活着的价值。

第17章
人外有人

其实阿蛮并不觉得恋爱是一件很大的事,她想得十分简单粗暴,心动了就在一起,在一起了就全心全意。万一不心动了,她就退回到简南助理的位子,完成这十年的合约。

亲上去的时候,她并没有想到他们住的房子是别人的新房,那张床是放了符咒的双人床。

亲上去的时候,她也并没有想到一直纠结的简南会突然有了明确的方向,会变成现在这个样子。

"你不痛吗?"她语气充满了嫌弃。

卫生所的医生把他的脚包成了粽子,并嘱咐他最好一天能上三次药,以免纱布和指甲长在一起。应该是挺痛的,他本来就白,现在白得都晃眼。可他回来清洗之后就一直拿着笔记本电脑打字——他在改他们两个的合同。

阿蛮对这事没兴趣,她把身上的死鱼味道洗干净之后,跟着村长去了一趟镇上的派出所。回来的时候,简南还在打字,姿势都没怎么变过。

"快好了。"简南推推鼻子上的眼镜。

"你到底是不是近视?"阿蛮端一杯水,给自己剥了个山竹,分给简南一半。

"不是。"简南嘴里都是山竹,鼓鼓囊囊的,"这是平光镜。"

"……那你戴着是为了性感?"阿蛮弯腰,凑近去观察简南的眼镜。

"……"简南喉结上下动了动,"过滤蓝光,保护视网膜的。"

他戴着眼镜会性感吗?而且突然凑那么近,他的视觉焦点都是她的嘴唇,洗干净的,红润的,柔软的。

"我一直都很想问你……"红润的嘴唇一开一合,"为什么对自己那么好啊?"

抽真空的内裤,防晒霜,红枣茶,不吃垃圾食品,还有保护视网膜的平光镜。看起来不食人间烟火的简南实际上一直过得非常精致。

就像现在坐在这里写合同，他还在自己受伤的脚下垫了高矮正好的软垫，杯子里的水也还是温的。

"因为我很珍贵。"简南有问必答，眼睛却一直看着阿蛮的嘴唇，"如果我脑子没坏，我的智商，我对人类进程的贡献和未来可能会对人类进程的贡献，都很珍贵。"

这是一种资产，所以他必须保护好自己。

……阿蛮觉得她大概永远无法习惯简南的自卖自夸。

"那我的嘴唇呢？"她弯起了眼睛，指着自己的嘴，"你一直在看的这个呢？"

珍贵又怎么样，珍贵了也还是她阿蛮的男朋友。

简南的喉结又上下滚动，小心翼翼："可以亲吗？"

刚刚还不可一世沾沾自喜洋洋得意的阿蛮："……你不要用小孩要糖吃的语气问这种问题。"

简南抿着嘴。

阿蛮闭上眼噘起嘴，不甘不愿的："喏。"

哪有人接吻前非得问一句可不可以的。高智商的人又怎么样，还不是蠢蠢的。阿蛮闭着眼睛并不怎么专心地在心底碎碎念，直到简南的手放到了她的腰上，直到简南的嘴唇轻轻碰触之后，开始攻城掠地。

啊……阿蛮晕乎乎地叹息了一声，难怪他要问可不可以……这确实得问……不然这个尺度她可能会揍人……

难怪他之前说细菌太多不可以，这个程度确实得消毒……

"你……"简南隔开了一点距离，有些无奈，有些喘息，"能不能专心一点。"

他脸都红了，耳根也是。看起来很诱人，所以阿蛮舔舔嘴唇，跨腿直接坐到了他身上，和他一起窝在电脑椅上。

简南："……"

"算了。"他咕哝，拍拍她的头，把笔记本电脑抽过来一点，继续噼里啪啦地打字。

"……解释一下你的脑回路。"刚刚被挑起兴致就被强行刹车的阿蛮决定听完再揍。

"这里是别人的新房。"简南一心二用，"我不喜欢。"

"……你以为我要跟你干什么了你就不喜欢了？"阿蛮挑起眉，痞里痞气。

简南："……"

"两个人都专心不行，两个人都专心容易闯祸。"他还是有问必答，只是耳根更红了。

阿蛮满意了，把头放在他肩膀上，很惬意地舒了口气。

简南用手帮她揉了揉腿肚子，凳子挪了几下，让自己受伤的脚不用受力，让阿蛮和他贴得更紧，同时他还能继续改他们的合同。

"你到底在改什么啊……"阿蛮问得含含糊糊。

"快好了。"他还是那句回答，并且转移了话题，"你去派出所怎么样了？"

阿蛮眯起的眼睛微微睁开了一点。

"他们往鱼塘里面倒的是疏通剂。"阿蛮直起了腰，"除了这个，其他的什么都没说。"

她拍的那些照片也都是他们往来鱼塘的照片。只能说明这三个人对曼村的鱼塘有超乎寻常的兴趣，其他的很难说明什么。

"老金把鱼塘下游的出口堵住了，他们是为了通下游口。"简南并不意外。

"所以？"阿蛮就知道简南估计已经把前因后果都想明白了。

"在流行病学上，EUS的感染主要是因为低水温。暴雨、洪水或者寒流造成的低水温，会让鱼对入侵孢子的炎症应答很弱，大部分EUS都是在这样的环境下造成大规模感染的。"

阿蛮趴回简南身上，找了个舒服的姿势。

"曼村前段时间下了一场暴雨，部分地区有小规模的泥石流，这些都随着水流流到了鱼塘里。这应该是造成鱼塘被感染的主要原因。

"水都是从上游往下游流的，所以老金发现鱼塘的鱼不对劲之后，第一时间封锁了出入水口，一方面是怕病鱼污染下游水道，另一方面也是怕上游水道再次污染鱼塘。

"老金是很有经验的老兽医，鱼塘感染之后，他第一时间取了下游河域的水和鱼进行观察，这些样本都被他存在实验室里，他每天的观察日记也都记录了这些样本的变化。

"除了鱼塘的损失，这种鱼类传染病最怕的就是扩散，尤其是在最近这个季节，暴雨频发，一旦扩散到活水流域，疫情就会很难控制。

"我看过你这段时间拍的照片。这些人从上游河域一路下来，还去了下游的河域，他们的路径和老金之前的路径是一致的。"

"所以这些人是上游河域的人，他们发现了传染病，就和老金一样沿着河道检查到底有多少水域被感染了？"阿蛮皱着眉，"那为什么要疏通入水口？"

下游没有被感染，难道不是好事吗？

阿南和阿蛮 下

"目的不一样。老金的目的是治鱼，这些人的目的是规避责任。"简南调出了电脑里面的地图，指给阿蛮看，"这是鱼塘的位置，这是南腊河。"

就像阿蛮说的，所有和求生相关的技能，她都很厉害，这个技能也包括看地图。她只是看了两眼就发现了问题所在。

曼村鱼塘的入水口是南腊河的一条支流，这条支流并不复杂，几乎一路顺直，一直到曼村鱼塘下游，才有了复杂的分支，有些分支因为地形原因，又重新流回南腊河主流。

简单来说，如果曼村鱼塘出现了感染，感染源肯定就在这一条一路顺直的支流上。

"就算我们控制住了鱼塘的感染，没有把感染扩散到下游，曼村这一池塘的鱼估计也只能剩下百分之二十。"

"洱海金线鱼的鱼苗价格很高，成熟期需要两年，曼村这次的损失会达到百万以上，而这个村一整年的收入加起来，也不过一百多万。"

"就像上次我直接在全村人面前把EUS说出来的时候一样，等疫情控制住了，下一步肯定是追责。"

"曼村一直没有养过黑鱼，但是曼村上游有一个大规模的黑鱼养殖场，所以曼村的鱼塘里面偶尔会出现成年黑鱼。黑鱼是最容易感染EUS的品种，这次曼村鱼塘感染的时候，塘里面最先出现浮出水面的也是黑鱼，所以等到问责的时候，第一个要被问责的应该就是那个黑鱼养殖场。"

"所以，养殖场的人为了不被问责，就想疏通曼村鱼塘的出入水口，把感染扩大？"阿蛮能理解里面的逻辑，却对这样的做法瞠目结舌。

因为不想承担一个鱼塘被感染的责任，所以干脆让整个河道都被感染？

"下游的水可以回到南腊河，南腊河又是黑鱼养殖场的上游，一旦整个河道都被感染了，也就查不到感染源了。"简南没有否认。

"你不是说南腊河里面有很多珍稀鱼种吗？"阿蛮无法理解这样的价值转换。

"珍稀鱼种不是他们口袋里的钱，但是一旦确认了感染源，他们要掏出来的就是真金白银。"简南对这样的价值转换很了解，一点都不惊讶。

他最讨厌这样的价值转换，因为这群人打了阿蛮，他就更讨厌了。

"他们不会成功的。"简南又摸了摸阿蛮的头，"有我在，鱼塘里面的病鱼一条都游不出去。"

"他们不会成功的。"阿蛮学简南讲话，"有我在，曼村里面的人，一根汗毛都不会少。"

第17章 ◆ 人外有人

"……我呢?"为什么重点是曼村的人?

"你会少。"阿蛮伸手,把手掌戳到简南眼睛下面,"刚才掉的。"

两根头发,简南头上的。刚才接吻的时候她一不小心扯下来的,本来想湮灭证据,现在想想还是拿出来炫耀比较好。

简南:"……"

"很激烈呢。"阿蛮笑眯了眼。

她心情很好。从捅破了窗户纸之后,她的表现仿佛他们之间就应该是现在这个样子,肌肤相亲的连体婴的样子。

她善于表达,从不掩饰,在一起了,就毫无保留。

这本来应该是一件好事,但是简南却又莫名地,心里堵堵的。

"如果我大脑前额叶区块是正常的。"他很清楚心里堵的原因,"我应该很早就跟你表白了。"

阿蛮歪着头:"……"

"很早。"简南重复,"第一次看到你在阁楼上烧饭的时候。"

如果他是个正常人,他们应该那时候就在一起了。

"你想得美。"阿蛮一拳头敲碎他的幻想,"那时候你跟我表白可能就被我从楼上扔下去了。"

"我那时候觉得你未成年。"阿蛮比了下身高,"那时候你在我心目中就这么高。"一个一米不到的孩子的高度。

很孤独,需要照顾的,被抛弃的孩子。

和她一样,所以她才会想投喂他,所以她才会想保护他。

谁知道越相处越发现,他其实蔫儿坏,连动心都那么早,她根本什么都没发现。

"动物为了生存,会调整自己的叫声以引发人类的怜悯,比如猫,"简南没头没尾,"猫讨食的时候叫声频率和婴儿的类似,有研究表明,猫这样叫是进化的结果,因为人类对婴儿的哭声敏感,家猫为了讨食,也学会了这样的叫声。"

阿蛮:"……然后?"

"你会觉得我小,是因为那时候我为了吸引你的注意,已经开始求偶。"简南"然后"了。

阿蛮:"……"

"人类在亲密关系中,经常会发现亲密关系人仿佛回到了幼年,会因为非常小的事情生气,会失去成年人的理智。"

"这其实都算是一种求偶行为。"

"……闭嘴。"阿蛮拒绝听到这种情话。

"这是我自己发现的。"比如他现在就特别不想闭嘴。明知道自己的行为很幼稚,但就是想看阿蛮气到无可奈何翻白眼的表情。

她宠他,他就会越变越小。

他也宠她,所以眼看着她小脾气小动作越来越多。

这样多好。

那天晚上,简南很晚才改好合同,那时候阿蛮已经趴在他身上睡着了。

她迷迷糊糊中让他多吃点肉,增点肌,这样趴着就能更舒服。他也就在修改合同的时候顺手查了下增肌方法,为了让她以后趴着能更舒服。

他不知道其他人建立亲密关系之后是不是和他们一样,但是他现在确实只有一个想法,就是对阿蛮好。

对阿蛮好,会让他有满足感。

捅破了窗户纸之后,让他觉得最满意的,就是再也不用纠结他会不会越界的问题,全心全意变成了一种理所当然。

简南觉得,这可能是他这一辈子最舒服的状态:自己想一直留在身边的人,愿意留下来;自己想全心全意对待的人,愿意被他这样对待。

乡村的深夜,静谧到连狗吠声都不太听得见。

"合同改好了,你要不要看?"他打完最后一行字,拍拍阿蛮的头——她睡在他身上都快要开始打鼾。她很少打鼾,实际上,简南很少看到她熟睡的样子,大部分时候,他只要有动静,她都会醒。

"你直接打印出来,告诉我要签哪里。"阿蛮闭着眼睛晃晃手。

她本来就对这个没兴趣,拖了那么久她就更没兴趣了。

比起合同,她更贪恋简南的身体。

他很干净,沐浴露的味道清爽,整个人虽然瘦,但是胜在身高足够,简直是一个活体的懒人沙发。

"我要你的护照复印件。"简南真的就开始打印了,便携打印机声音不小,咔嚓嚓的。

"我行李箱里,密码是123。"阿蛮继续闭着眼。

"你这样容易被人卖掉。"作为亲密关系人,简南觉得他有必要提醒她,虽然她这样说,让他心里很舒服。

"卖掉我也能跑回来,到时候阉了你。"阿蛮被简南吵得睡不好,闭着眼睛摸到床上，四仰八叉地躺下去，抱着枕头咂咂嘴。

莫名觉得这样很好的简南站在那里傻笑了两秒，开始找阿蛮的护照。

阿蛮有墨西哥名字，只是她不叫，他也直接忽略。

阿蛮的护照颜色和他不一样，他的下一个目标，就是把两本护照换成颜色一样的。

"睡吧。"哄着阿蛮眯着眼睛签了十几个字，在把她彻底惹毛前，总算结束了今天的重头戏。

他们两个人在一起后，简南第一个仪式化合法化的过程完成，他拍了拍厚厚的文件袋，看了一眼闷在枕头里睡得跟个孩子一样的当事人，心满意足。

和两个刚刚确认关系的热恋小情侣不同，阿蛮在鱼塘里抓到的这三个人，在曼村引起了轩然大波。

这三个人都是陌生人，不在邻村，不在镇上，说着蹩脚的当地方言，谎话连篇。最后被逼不过，他们居然直接说自己迷路了，手里拎着几大桶疏通剂实在太重，就随手倒在了最近的地方。

"这东西对水质没有太大的伤害，为什么不能倒？"三人当中，为首的是个四十多岁的男人，留着老鼠胡子，特别欠揍，喜欢用问题堵问题。

没有直接证据，也没有对曼村造成直接伤害，最后这三个人因寻衅滋事被拘留了两天，罚了点款就给放了，走的时候还冲阿蛮啐痰。

本来就在到处找这次鱼塘感染的责任人的村民们出离愤怒，各种各样的谣言越来越多。

就像简南说的那样，老兽医老金是全村第一个回过神的，但是他仍然只敢悄悄地找简南。

"这事太大，就算村长都不一定兜得住。"老金先用话吓唬简南，怕他又跟上次一样直接召集全村人把事情说一遍。一百多户人，要是真抄家伙去找黑鱼养殖场，真有可能会出人命。

"而且，现在都是我们的猜测，没有直接证据。"老金在小村庄待了一辈子，就像他说的那样，他变得胆小，可是比简南更有人情味，"咱们只管治咱们的鱼，保证不让病鱼流出去，先想办法降低损失。"

他就是怕这些弯弯绕绕，所以才一直窝在小村庄，每天给东家的羊接接生，给西家的鸡分分蛋。村里的人没见过什么世面，帮忙治好了动物的病，他们就感激涕零，治不好，跟着跳脚大闹一通，第二天又老金长老金短。

说实话，他觉得很快乐，快乐到他认为他这一辈子就这样过去也很好，不算荒废专业，虽然创造的价值相对较少，但是人快乐。没想到临了临了，还是摊上了大事。

一百多万，他这一辈子都没有看到过这么多的钱。

"直接证据早就有了。"简南心情很好地拆他的台。自从阿蛮亲了他以后，他心情一直很好，超标的那种。他觉得自己大脑前额叶区块最近一直都在跃跃欲试，"你最早的观察日记，收集的下游的水，还有那几条被你收起来的黑鱼。"

老金瞪大眼："什……什么黑鱼？你不要血口喷人！"

"我没有血口。"简南纠正他，"我的牙床牙龈都没问题。"

"我也没有喷人。"简南指了指自己脸上戴着的口罩。

老金："……"他真的很讨厌这个年轻人，恨不得把他塞到鱼塘里的那种讨厌。

"你给我的观察日记是修改过的，最前面三张都是新写的。"简南吐槽完老金的"血口喷人"才开始说人话，不过说出来的话让老金觉得还不如不说人话。

"这几天记录的墨水不一样，你在写观察日记五天之后换了墨囊，差别很明显，最初三天的观察记录，你是后面才写的。"简南翻页给他看。

他只看过一次观察日记，却能准确地记得每一页每一个字的位置，甚至字的墨囊颜色。

老金的汗毛直立。

"做实验的时候，我每次培养样本做回溯，你都会让我先做灭菌实验。"简南看着老金越来越难看的脸色，很好心地补充了一句，"还要继续说吗？"

他向来都是继续说的。但是他现在有了阿蛮，他觉得偶尔可以不把场面弄得太难看，比如直接戳穿实验室外面的鱼缸一开始放的就是那几条黑鱼。

老金这个人，一边觊觎他的实验器材，一边把他当傻子。

但这些话他都吞了下去。

不是怕说出来场面太难看，而是因为，阿蛮答应晚上给他做面疙瘩。把剁碎的鱼肉揉进面粉里，用羊肉熬汤做汤底的面疙瘩，阿蛮昨天吃鱼的时候突发奇想的菜谱。他想吃，但他怕和老金吵起来他没办法按时回家。

老金一声不吭。简南也一声不吭，想着自己的面疙瘩。

"这时候让村民们知道这些并不好。"老金叹了口气，忍住了抽水烟的欲望——简南不让他在实验室抽烟，如果抽了就会把他赶出去。

"我并不关心这些。"简南说实话，"我过来只是为了治鱼。"

第17章 ◆ 人外有人

"确诊EUS，找到可以降低损失的方法，找到感染源，阻止水源扩散造成的大范围感染，这就是我来这里的全部工作。"

"找到感染源是我的工作之一。在你给我观察日记的时候，我就已经发现你有所隐瞒。"

在他们见面的第一天，简南就已经知道这件事没那么简单。

"我知道你的想法。先治好村里鱼塘的鱼，把损失降到最小，然后单独找村长，把传染源和这几条黑鱼的事情告诉他，让村长拿着确凿的证据去和对方谈判，赔钱私了。"

"这是影响最小的方法，在阿蛮没有发现这些陌生人的时候，我觉得这个方法是可行的。"

对他来说，阻止了感染源，控制住疫情传播，就已经完成了任务。他并不关心这个任务是怎么完成的。

"但是这些陌生人并不打算赔钱私了。"

抛开他们打了阿蛮甚至试图灭口不说，这些人，从一开始就没打算赔钱。

"你知道他们为什么要打开鱼塘的出水口，你也知道这三个人来自哪里，你只是不说罢了。"

"你不说，那就我来说。"简南下了最后通牒。

"我……不知道这三个人来自哪里。"老金的额头开始出汗。

"但是你知道想出这种免责方法的人是谁。"简南并不打算就此放过他，"想出这个方法的人很懂EUS，很了解这附近的水道分布情况，而且知道我们会在什么时候进出鱼塘。"

一般人如果想逃避责任，最多把病鱼丢到当地的上游，然后梗着脖子说自己也是受害者就行了。这人却是个行家，从一开始就打算感染整个河道，让所有人都查不到感染源头。

只是，他们漏算了一个阿蛮。毕竟在和平年代，和平的地方，很少有人能想到一个兽医专家身边居然藏着一个战斗力爆表的助理。

老金后背直立的汗毛一直没有下去过。

"你……"他第一次在这个年轻人面前低下了头，"你让我再想想。"

"我不急。"简南藏在口罩下面的嘴翘了翘。

他一点都不急，反正阿蛮一直在。

老金擦了擦额头上的汗。

多智近妖。这个年轻人到曼村之后做的所有事情，已经缜密到让人毛骨悚然的程度。

这样的人是会让人害怕的。哪怕现今社会已经进步如斯，这样的人，也仍然是异类。

古时候的异类会被架在柴火堆上烧死，现在的异类会被排斥，会被各种闲言碎语打垮。

"你……"老金犹豫很久之后，才把这句话说出来，"在我这里可以这样，在其他的地方，还是需要藏一藏的。"

话说得很隐晦，但是他知道简南能听懂。

简南做实验的动作停了一下，不知道是不是笑了，老金在简南黑漆漆的眼瞳里面看到了一点暖意。

"这句话我听过。"年轻人冲着老金点点头，"谢谢。"

会对他说这句话的，都是好人。因为谢教授也说过一样的话。

他们都怕他被烧死。

他也怕。只是经历了那么多之后，他明白，不管怎么藏，该有的流言蜚语都不会变少，他的结局也不会更改。

躲并不是方法。唯一的方法就是变得更强大，当力量悬殊到可以单方面压制对方的时候，这些流言蜚语和背后中伤自然就不存在了。

这是动物世界的法则，这是阿蛮一直奉行的法则，现在变成了他的，他和阿蛮一起的。

够强大，就可以了。

就可以幸福，就可以活得肆意。

阿蛮的面疙瘩汤让人大吃一惊。

用鱼肉做的面疙瘩带着泥土的腥味，拿羊肉熬的汤又藏着羊骚，一口下去，真正的酸甜苦辣人生百态。

"不好吃吧。"阿蛮倒是心知肚明，"鱼羊两个字凑在一起，还真不一定就是鲜的。"

她折腾了一下午，隔壁王二家的一直看着，欲言又止。

简南不能说谎，又实在没有办法委婉，只能用写着自己名字的勺子挖了一大口塞进嘴里，不敢咀嚼，直接生吞。

"行了，这个菜下次不做了。"她也是闲得慌才想出这个馊主意的。

"吃这个吧。"她像变魔术一样从碗柜里拿出一碗肉夹馍，"王二家送的。"

简南扛着一嘴的羊骚味和鱼腥味犹豫了半秒钟,伸手拿了一个肉夹馍。被阿蛮瞪了一眼,他默默地把肉夹馍掰成两半,递给阿蛮一半。

"一起吃,就没什么罪恶感了。"

阿蛮被他气笑了,低声嘀咕了一句:"就你聪明!"

"嗯。"简南快速承认。

整个曼村,最聪明的人就是他,这是事实。

阿蛮翻白眼,却看到简南把肉夹馍里面的青椒挑了出来,用牙尖轻轻咬一口,然后开始没完没了地嚼。

"你每次吃东西,我都想用筷子把你的嘴撑开,把东西塞进去然后缝起来。"阿蛮又阴森森地开始威胁。

这句话她以前说过,那时候简南还有点怕她,并不敢反驳。

但是现在……

简南咽下了嘴里的肉夹馍:"咀嚼可以刺激耳下腺,促进腮腺激素的分泌,腮腺激素能增加肌肉、血管、软骨和牙齿的活力,提升血管弹性,提高局部血液循环的质量,保持面色红润,减少皱纹。而且充分咀嚼还能促进胰岛素的分泌,调节体内糖的代谢,降低血糖数值,预防糖尿病。"

憋了好久的反驳终于说出了口,简南又小小地咬了一口肉夹馍,满足地继续嚼。

阿蛮:"……"

她下意识地跟着嚼了两下:"……可是你脸色也不红润啊。"

他很白啊!

"因为我面部角质层厚,毛细血管不容易显露。"简南继续有问必答。

阿蛮没吭声,低着头嚼了两下肉夹馍。

简南也没说话,偶尔还很勉强地喝一口阿蛮做的面疙瘩汤。

"这都什么鬼对话……"阿蛮终于彻底回过神了。

恋爱才两天,她男朋友就在跟她解释面部角质层了。

简南翘起了嘴角。

阿蛮也跟着弯起了眉眼。

桌上还放着凉了以后腥膻味变得更酸爽的面疙瘩汤,小乡村的黄昏,有狗吠鸡鸣和孩子们的叫闹声。

阿蛮弯着眉眼,有些恍惚。

"我还真的挺喜欢你的。"阿蛮感叹。

她只是自言自语，短暂地表达了一下自己目前的心情，简南却呛着了，面红耳赤的，差点从凳子上摔下去。

"我不能喜欢你吗？"阿蛮逗他，"你都是我男朋友了啊。"

"你毛细血管都爆了呢，比咀嚼有效。"她眉开眼笑。

"你……"简南硬灌了半碗面疙瘩汤才顺了气，红着脸红着眼，也不知道该接什么。

怎么可以这样呢？学霸陷入了迷思。接吻是她主动的，说喜欢也是她主动的，她为什么……动作那么快呢？而且不让他说"也"！如果他现在接一句"我也喜欢你"就完全不对了，连他这样的人都能意识到的那种时机不对。

"亲一下庆祝庆祝？"阿蛮太喜欢看简南现在这副皱着眉一脸空白的样子了。这样的简南，眼瞳不会太漆黑，表情是懊恼的、茫然的，还很慌乱。

"你……"又被抢了先机的简南这次只能抽动着鼻翼，把小小只的阿蛮拉过来，使劲地亲了一下。

阿蛮"唔"了一声，似乎很满足，索性搂住他的脖子，打算深吻。

"我靠！"不怎么熟悉的嗓音但是非常熟悉的语气。

"我擦擦擦擦擦！"那个嗓音持续震惊。

阿蛮面无表情地转头。

"我的菩萨奶奶啊，我的眼睛啊，我的耶稣基督啊！！"那声音开始十分有创意地飙脏话。

普鲁斯鳄。

阿蛮认出来不是因为他那让人熟悉的语气和脏话，而是因为他的穿着。

一个和简南差不多年纪的男人穿着印满了鳄鱼头的T恤，背上的背包是鳄鱼头，头上戴着鳄鱼嘴巴，手里还拿着他和别人视频时常戴的鳄鱼头套。

想装作不知道他是谁都很难。

"你这么高调，为什么视频的时候还要戴头套？"阿蛮十分自然地爬下简南的腿，十分自然地迎了上去。

"……你都不尴尬一下吗？"普鲁斯鳄不能接受这样的自然，他的眼睛都快要瞎了。

他居然看到简南的手放在阿蛮的屁股上！！

"……你也给我留一个啊！"普鲁斯鳄看到简南居然坐在那里把剩下的肉夹馍分了一下，阿蛮一半他一半，然后慢条斯理地咬了一口。

"我靠我飞机火车大巴驴车花了一天时间才到的，你们两个能不能给我一个正常的反应！"普鲁斯鳄怒了，冲到饭桌旁给自己盛了一大碗面疙瘩汤，狼吞虎咽地吞下去半碗。

普鲁斯鳄："……"

阿蛮："……"

简南指了一个方向："去厕所吐。"

感觉自己吃了一条没有剖开的生鱼的普鲁斯鳄四肢并用地冲向厕所，厕所门发出砰的一声巨响。

"他长得还挺好。"阿蛮随口评价，把简南分给她的肉夹馍塞到嘴里，这次多嚼了好几下。

"他有恋物癖，他喜欢鳄鱼嘴，他脸上出油，他眼睛近视到瞎，他还有痤疮。"简南都不带结巴的，吐槽得十分流利。

阿蛮："……"

"他不符合帅哥月抛的标准。"简南下结论。

阿蛮："……"

她这随口一说的愿望在这个大个子心里造成了不小的阴影，偏偏她还觉得挺开心，开心到又走上前，亲了简南一下。

"……%￥*"刚走出厕所门的普鲁斯鳄再一次看到简南居然用言情小说的姿势扣住阿蛮的头，两人还嘴对嘴。他再也忍不住，哪怕没有网线没有摄像头，也开始飚他很脏很脏的脏话。

他后悔了。

他不该来的。

他就应该让简南这个混蛋一文不值的！

"你们俩真恋爱了？"恢复正常之后，普鲁斯鳄总算能喝到一杯凉白开。

没人理他，简南在洗碗，阿蛮在擦桌子。

"来之前，我见过吴医生。"普鲁斯鳄也觉得刚才的问题很蠢，直接切入主题，"她想问问阿蛮愿不愿意和她聊聊，单独聊的那种。"

阿蛮扭头："可以啊。"这有什么好问的。

"不可以。"简南和阿蛮几乎同时出声，"吴医生为什么要见她？"

"那就不可以。"阿蛮迅速改口。

普鲁斯鳄："……"

"关于我的事情，我会找时间和阿蛮说的。"简南其实非常不耐烦，但是现在是晚上八点多，天黑了，村长还来过一趟，送来了被褥，他现在把人赶走确实不太合适。

"你们认识都好几个月了，你说了什么了？"普鲁斯鳄糗他。

简南顿了顿，没说话。

"挺多的。"阿蛮帮他回答。

不能说谎，看到伤口会不由自主想清理，看到火灾会应激，不是特别严重的强迫症，反社会人格倾向。

喜欢数字3，挑食，吃饭贼慢，有个弟弟，父母离异，他妈妈是被简南送到牢里的。

朋友只有普鲁斯鳄，尊重的长辈只有谢教授，心理医生是吴医生，简南十岁不到就和这个医生认识。

这几个月，她知道的真的挺多的。只是从来没有深入去问。

或许恋爱之后，她会找机会问，但不是在普鲁斯鳄面前。或许是在床上。

普鲁斯鳄看了阿蛮一眼，没接话。

阿蛮有种很奇怪的感觉，见了面的普鲁斯鳄对她有敌意，不是那种死宅突然见光死的敌意，而是突然之间对她很防范的那种敌意。

"我做了什么？"她直接开口问。

她最烦遮遮掩掩欲言又止，更何况这人还是普鲁斯鳄，是简南唯一能说得上话的朋友。

"我来这边，有一个原因是简南和你签的那些合同。"普鲁斯鳄也不客气，既然阿蛮敢问，他就敢答。

"我一直以来都是简南的理财顾问，他除了工资，其他的资金都在我这里。"普鲁斯鳄看着阿蛮，"既然他现在把钱都转给你了，我就想来见见你。"

他对阿蛮的印象其实不错。简南当初要请阿蛮做私人保镖，他照惯例调查过阿蛮，知道她的历史，相处了几个月，也知道她的处事风格。

简南能从墨西哥活着回来，全靠阿蛮。

他们如果单纯谈恋爱，他也乐见其成。作为朋友，他早就发现简南对阿蛮的依赖，虽然是病态的，但是对于简南来说，这是第一次。

"不一样的情感交流有利于简南大脑前额叶区块的修复"，这句话是吴医生的原话，所以当简南要和阿蛮签十年甚至二十年长约的时候，他是赞同的。

哪怕在帮阿蛮谈薪水的时候，简南差点把富家公子塞恩气出心脏病；哪怕阿蛮的雇佣合同中，好多条例都是特例，简南为了这些特例单独签署了一份卖身合同，为的就是阿蛮万一想走，可以毫无顾忌地全身而退。

这些他都能接受。

他唯独不能接受简南昨天晚上发给他的那些狗屁不通的东西，他没料到他一直以来都觉得很不错的阿蛮居然会签字。

难道是他识人有误？难道阿蛮接触简南，是因为在简南身上有利可图？

他气得连夜买了机票火车票，找到村长，找到这个贴着大红喜字的新房，结果就看到这两人像连体婴一样抱在一起。

阿蛮……到底是个什么样的人。

"什么合同？"他讨厌了一天的"蛇蝎女人"一脸空白，"什么钱？"

"你昨天晚上趁我睡着的时候干了什么？"反应很快的阿蛮迅速转头，看向简南。

简南不动如山地洗碗，背影写着"心虚"两个大字。

普鲁斯鳄："……"

阿蛮："……"

"你来这里还有什么其他原因？"简南终于放下了其实早就已经洗好的碗。

普鲁斯鳄通常不会挪窝，如果只是他的财产问题，普鲁斯鳄最多黑了他们的无线或者手机网络，不停地骚扰就可以了，不至于舟车劳顿一整天跑过来。

"刚才那个话题结束了？"普鲁斯鳄张着嘴。

他长得确实不错，没有简南白皙，没有简南瘦，没有简南高，但是五官意外地还算立体，组合起来看着挺舒服。

"那个话题我和阿蛮单独聊。"简南终于看了阿蛮一眼。

他刚才心虚，怕阿蛮掐死他。阿蛮站在那里，冲他比了个抹脖子的动作。

简南："……"

"这个村里是不是有个姓金的兽医？"普鲁斯鳄十分不甘心地换了个话题。

这其实才是最重要的事情，但是他更关心简南的私生活。

阿蛮没有主动签字。这件事让他对简南昨天的胡作非为又放了一半的心，以他对阿蛮的了解，阿蛮应该不会由着简南胡来。

"有。"简南点头。

"那个金兽医是谢教授的师弟，两人是同一个教授带的研究生，金兽医是谢教授的恩师的关门弟子？"普鲁斯鳄咂咂嘴，"听起来就很牛。"

"不怎么行了。"简南摇头，"老金在这个村里待了太久，与世隔绝，实践的病例有限，年纪也大了。"

老金的基础知识扎实、专业，对于曼村来说，真的是神医一般的存在。但是出了曼村，到大城市，到国际上，老金这些东西已经排不上号了。

"你以前不也有这样的愿望吗，找个偏远山村，与世隔绝什么的。你当时不是还和谢教授吵架说如果世人不接受你，你也一样不会对世人好吗。"普鲁斯鳄糗简南，一边糗一边看阿蛮的动静。

阿蛮没什么动静，她从刚才开始就坐在那里玩手机，一手玩，另外一只手在玩简南的手心。腿放得也很讲究，非常没脸没皮地搁在简南腿上，无视简南那只包得跟粽子一样的脚。

又一次莫名受到伤害的普鲁斯鳄别开眼。

他一直觉得把简南流放到墨西哥是对的。走远一点多看看，人会开阔很多，简南现在走的这条路，比他之前想走的路好很多，能走更远，更适合他。

"老金怎么了？"简南打断普鲁斯鳄和阿蛮之间的眉眼官司。他手心很痛，阿蛮在用指甲掐他。

他又一次想把普鲁斯鳄赶出这间新房。今天晚上的普鲁斯鳄太想试探阿蛮了，每句话都带着弦外之音。

阿蛮最讨厌说话遮遮掩掩，普鲁斯鳄试探一次，他的手心就被掐一次，都快被掐破了。

简南皱着眉，大手包着阿蛮的手，一下下地拍，企图让她消气。

"云南省内本来就有很不错的EUS专家，这次治理还轮不到你，只不过因为这次是老金提交的申请，谢教授才想让你出马的。"

普鲁斯鳄觉得自己快长针眼了。为什么神一样智商的简南谈了恋爱也跟弱智一样？

"嗯？"简南等着后续。

"但是你知不知道，在这么个弹丸大的地方，其实还藏着另一个行家。"普鲁斯鳄压低嗓门，神秘兮兮。

"我知道。"简南面无表情地敲破了普鲁斯鳄卖的关子。

"你他……"普鲁斯鳄差点被凉白开呛死，"你怎么又知道了？"

"能想到利用地势让一整条南腊河都感染的办法的那个人，肯定不是一般人。"简南笑笑。

坏事人人都敢做，但是越大的坏事，敢做的人越少。因为要承担责任，因为得更加缜密。

"那你知不知道他叫什么名字？"普鲁斯鳄又有关子可以卖了，"说起来，

第17章 人外有人

这人跟你还有点渊源。"

"其实我一直以来都挺奇怪的，你当时……的时候，谢教授为什么会想着让吴医生给你检查大脑前额叶区块。"普鲁斯鳄停顿了一下，"谢教授是动物传染病专家，你……的时候，他第一时间想到的居然是脑神经是不是有问题，这个脑回路就不太像一般人。"

……阿蛮对普鲁斯鳄有意为之的省略号一言难尽。

"你不用一直暗示我。"阿蛮索性把话挑明，"简南说了这事他会单独跟我说，我就没打算从别人嘴里听。"

简南低头笑，把阿蛮的手抓得更紧了一点。

"靠。"普鲁斯鳄骂了句脏话，"不是……一般情况下，这种伤疤不是最好不要让当事人自己挖吗？"

他好心好意却一直被喂奇奇怪怪的狗粮是为了什么啊！

"你继续。"简南不想跟普鲁斯鳄解释什么叫"挖伤疤"，跟阿蛮说那些事，对他来说不是挖伤疤，更像是一种剥光了衣服一般的坦白。

类似于"我很可怜，你来疼我"的求偶。

普鲁斯鳄不会懂的。

"这个人，就是你在……的时候，谢教授第一时间想到让你去检查脑神经的主要原因。

"他姓王，叫王建国，和老金差不多年纪，也是谢教授的师弟。

"他当年没有你现在这么风光，最多就是比一般人聪明一点，不过很努力，人前谦虚肯干活，人缘很好。

"谢教授的老师很喜欢王建国。那时候，谢教授已经在现在这个研究所上班了，他老师就把王建国推荐给谢教授，由谢教授带着一起做项目。

"后面这些事不是谢教授跟我说的，是我根据时间点自己去查，然后串起来的。

"大概二十年前吧，王建国参与了一个国际项目，是谢教授推荐的。在查病源的时候，王建国和另外几个组员产生了分歧，王建国一怒之下把实验室里的样本都丢了出去，闯了大祸。当时附近的牲畜全被感染了，疫情后半段，四五个村庄的牲畜全部被灭杀，损失很大，那个项目也失败了。

"事后，王建国被收押，等调查了才知道王建国当时收了病源养殖场的钱，故意假造样本。反正事挺多，他被判了刑，实际进去了六年多，被放出来之后就和谢教授他们失去了联系。

"他在牢里接受过心理评估，被诊断出有反社会倾向，但是应该也没有你严重，因为当时医生并没有直接给他下诊断书。

"这件事对谢教授和谢教授的老师都造成了挺大的打击，本来以为是可造之才，给了最好的资源，谁知道切开是个黑的，而且出事之后，他还说是谢教授逼他的。你也知道，谢教授家境好，平时评选奖金什么的都很佛系，偶尔还会捐捐款。

"这些东西到了王建国眼里就都是刺激他的点，他觉得自己家境不好是原罪。因为家境不好，所以他不能专心做研究；因为家境不好，所以他要压着脾气，假装谦虚，搞人际关系，因为家境不好，他才失去了很多次出国进修的机会……总之拉不出屎就一直怪茅坑臭。"

阿蛮扑哧了一声。她挺喜欢普鲁斯鳄的脏话，都特别有创意。

"不要学他……"简南试图阻止阿蛮被普鲁斯鳄带坏，"这不是他的创意，这是以前的俗语。"

阿蛮不说话，跷着脚晃了晃。

"……讲真，我不反对你们恋爱，但是恋爱也可以不用这么恶心的。"普鲁斯鳄觉得自己被恶心得都不饿了。

"反正就是，谢教授发现王建国也在这里，王建国这个人和老金又是老乡，他就让我过来盯着你，还说如果发现你有什么异常，就第一时间通知他，顺便把你带回上海。"

"……为什么要盯着简南？"阿蛮不理解这里面的逻辑关系。

"怕他被王建国带坏，也怕老金为了护王建国做点什么事把简南惹恼了，这里毕竟不是墨西哥，简南身边没有戈麦斯盯着，谢教授不放心。"普鲁斯鳄终于把自己的来意全部说完了，拍了拍肚子，"你们这里总该有泡面的吧？"

他快饿死了。

"厨房里有挂面和鸡蛋，你可以自己去下。"阿蛮还在梳理这里面的逻辑关系，不怎么耐烦地挥挥手。

"我好歹也是个客人……"普鲁斯鳄叽叽歪歪地进了厨房。

"谢教授还是不相信你啊。"阿蛮终于理清楚了，"你那封邮件果然没用。"

那么长的东西，会认真看完的人估计只有简南自己。

简南："……"

这本来应该是很悲伤的事。他那么尊重的师长对他的信任比纸还薄，稍微有点异动就让人盯着他，他在谢教授心目中仍然是个随时会爆炸的定时炸弹。

但是被阿蛮这么一说，好像也没那么严重了。

在经常以命相搏的阿蛮眼里，这件事只不过是因为教授没看懂他的邮件，也只不过是师生之间普通的小误会，换个方法说不定就可以消除的小误会。

无关生死的，都是小事。

"我再写一封好了。"简南决定，"我这次用中文。"

"还是那么长？"阿蛮咂嘴。

"嗯，更长。"简南点头。

"……我要是有你这样的晚辈估计会被气死。"阿蛮翻白眼。

"不过老金真的会帮王建国吗？"闲不下来的阿蛮直接当这场有关师生误会的话题过去了，问起了正事，"我觉得老金人挺正的啊。"她甚至偶尔觉得这个倔老头有点点简南的影子，孤独的时候。

"因为同理心这东西，其实是把双刃剑。"

老金一开始想的就是私了、索赔，他并没有料到王建国会想出这样的方法来逃避赔偿。他是个老好人，所以他将心比心，觉得王建国坐了牢，也被惩罚过了，现在帮忙管理黑鱼养殖场，也算是找到踏踏实实的工作了，应该不会再做坏事了。

"对坏人，不能用同理心。像我们这样的脑回路，只会觉得老金这种人很可怜。"

"凭什么要你这种脑回路才会觉得老金可怜啊，我不行吗？"阿蛮奇怪，"你脑回路特别高级吗？"

简南："……"

普鲁斯鳄端着面，又退回到厨房。

如果阿蛮是个好人就好了，简南这样的人，他盯不住，阿蛮能盯住。在她眼里，除死无大事。简南这样的，不乖的话，打一顿就好了。

她可能可以给简南最正常的感情，前提是必须是个好人。

靠，这个简南真的太有病了，他给的是正常人都给不出的东西，连普鲁斯鳄这样的人都不能确定自己能不能扛住这样的诱惑，更何况他只认识了几个月的阿蛮。

普鲁斯鳄被面条里的鸡蛋烫着了，又气又苦又孤单，几乎要流下鳄鱼泪。

第18章
白兰香

"我晚上睡哪儿?"吃饱喝足的普鲁斯鳄把简南拉到角落,问得神神秘秘。这是很私人的事情,他不想让阿蛮听见。

"我和你睡床,让阿蛮睡外面客厅?我看有个沙发。"普鲁斯鳄挤眉弄眼。

那沙发太小,阿蛮能睡,他肯定不行。

况且他远来是客。

况且他和简南是那么多年的朋友,或者说,同类人。

"出门以后一直走,岔路口往西,靠近山的那个村头。"简南很耐心地画了一张地图给他,"就是这个样子的房子,里面住着老金。"

"老金一个人住,房子老了点,但是有四间房,有空床。"简南在简易地图上老金住的地方画了个五角星,"村长送了被褥,你抱着过去就行。"

"天黑,村里没路灯,你带个手电筒过去,走路小心点。"他还特别好心地叮嘱了两句,把装好了新电池的电筒递给普鲁斯鳄。

普鲁斯鳄拿着手电筒,看着那包被褥,以及面无表情的简南。

"为什么?"他问,字字泣血。

"老金那里的网最快。"简南眉毛都没动一下。

普鲁斯鳄张着嘴。

"我这里晚上要下资料,占着宽带。"简南解释,"老金的网是我来了之后去镇上装的,新装的,光纤到户,晚上就只有你一个人用。"

普鲁斯鳄抱起了放在沙发上的被褥,心服口服。

"我就问最后一句。"临走之前,普鲁斯鳄捧着一大捆东西,十分坚强地堵在门口。

简南停下了关门的动作。

"你们两个人,结婚证是没领的吧?"普鲁斯鳄问。

他来的时候就听村长一直在介绍"简博士小两口",他了解简南的性格,估计是为了避免麻烦才这样含含糊糊地应了下来,要不然人家村长也不会给他们折腾个婚房。

但是看今天这架势,他都怀疑他们两个真的领了证。如果领了证,那简南昨天晚上做的那些合同,简直没给自己留活路。

"如果真结了婚你连块喜糖都不分给我,那么你这辈子都别想上网了,上一次我黑一次。"很幼稚的话,普鲁斯鳄用非常严肃的语气说了出来。

这是他能说出来并能做到的最恶毒的威胁。

简南伸手掏了掏口袋,阿蛮最近白天都不在,他口袋里还有好多剩下的糖。

"没领证,但是糖可以先给你。"简南抓了一把出来,把阿蛮不爱吃的几颗挑出来递给普鲁斯鳄。

很难选择,因为阿蛮几乎不挑食。

"其实……"普鲁斯鳄往里屋看了一眼,阿蛮没有避嫌的习惯,已经收拾衣服进厕所洗澡了,"人与人之间,还是保持点距离才能长久。"

"当然我并不是在教你怎么谈恋爱,也不是教你怎么社交,毕竟你也知道,我这个人……"普鲁斯鳄笑笑,"我就是觉得,如果有人这样对我,我会很有压力。"

"因为任何一个人,百分之百地付出之后,总希望别人能百分之百回报的。就算是你也一样。你付出了,也总是会希望有回报的。"

"可并不是所有人都能百分百回报给你。和人性打赌,没有人能赢。"

"所以我觉得,就算俗气,你也应该再考虑考虑合同的事情。人生不是只有短短几年,你才二十六岁,趁着阿蛮还不清楚合同内容,把那些东西删了吧。"

"你看你哪怕不改合同,你们也能在一起,也能过得很甜蜜对不对?"

"没必要去试探人性。你这样做,会让这段感情变质,本来亲亲密密的事情,会变得很尴尬。"

普鲁斯鳄不可谓不苦口婆心。

他很少承认简南是他的朋友,他一直认为他们是同类人,因为同类,所以相通,而相通,比朋友更可贵。

简南对阿蛮的感情,他一直都知道,从一开始的变态式的占有,到现在恨不得天天黏在一起,简南这个人这辈子都没有过这样亲密的关系,他的珍惜可想而知。

但是人心隔肚皮,谁能知道看起来酷酷不爱说话的保镖阿蛮,内心到底是怎么想的?

"过犹不及。"普鲁斯鳄在走之前,留下了最后一句话。

他说得很深刻。他们之间很少这样深刻。所以,他有些不习惯,走着夜路,一路骂骂咧咧,手电筒晃晃悠悠。

简南靠在王二家的新房门口。

普鲁斯鳄说的所有的话他都没当回事,唯独那句"会让感情变质",让他如鲠在喉。

他不懂怎么处理社交关系。他们之间,捅破窗户纸的人是阿蛮。他只能确定,在那一刻,他们两个是真心的开心、拥抱、接吻甚至微笑,都可以证明。

他修改合同,他把自己所有的资产乃至今后产生的所有财富都给阿蛮,只是为了那一刻。

并不是为了长久,只是为了那一刻。

那是他生命中最美丽的时刻,脏兮兮的卫生所,脏兮兮的阿蛮,她嘴角翘起来的弧度,她头发的质感,她说"孤儿,最怕消失"。他愿意用自己这一生创造的所有财富,去换取那一刻,去记得那一刻。

他确实没有想过,加上诸多条件之后,那一刻会不会变质。

厕所的水声停了。因为气候原因,曼村的房子都造得很通风,阿蛮的沐浴露和洗发水香味随着热气飘散出来,屋子里、院子里都有暧昧的香味。

阿蛮用毛巾包着湿头发走出来,拿了吹风机,又重新进了厕所,中间没和他有什么眼神交流。平时都这样,但是今天这样,简南突然就有些站不住。他站直身体,跟着阿蛮进了厕所。

曼村并不富裕,王二家的新房厕所其实很简陋,没有贴瓷砖,地上是平整的水泥,墙上却有裸露的泥砖。

厕所的抽水马桶是在镇上买的,山寨大牌,上面贴着狗屁不通的英文,还贴了张蒙娜丽莎。

没有干湿分离,洗澡是用最原始的那种水管,接了一个花洒。有热水,但是得现洗现烧。刷牙的地方也没有镜子,一个脸盆架,上面放了牙刷、牙膏和毛巾。阿蛮正靠着脸盆架吹头发,湿头发滴下来的水和洗澡的蒸汽弄得厕所湿漉漉的。

她看到他进来,没说话,只是侧身让了让,把手上的电吹风递给了他。

自然得就像是本该如此。

电吹风是小店里买的,几十块钱一个的小东西,吹一阵子就会发烫,带着焦味。简南开了低档,一点点地吹。

"曼村很穷。"他在呼啦啦的电吹风声里,无来由地开了个话头。

"嗯?"耳力很好的阿蛮听到了,应了一声,带着疑惑。

"你为什么愿意陪我来这里?"简南问她。

"其实你有钱。"他补充。

阿蛮在黑市做了六年保镖,最后和贝托纠缠的时候,她花钱的手笔一点都不像普通人——买的安保设施都是时下最先进的,回来时坐的商务舱,她也没什么新奇的样子。

她之前的愿望是帅哥月抛,她的小金库估计数目可观。

她有钱。她如果真的想找家人,并没有那么难;她如果真的想回国,除了和他签十年合同,还有其他的方法。

有很多舒服的方法。可以不用选他做她的监护人,可以不用舟车劳顿几十个小时,可以不用掉到鱼塘里,可以不用这个就快烧焦的小电吹风。

因为孤独,因为想找个伴,还是其他的……

阿蛮没回答,她把头转了个方向,把另外一边没吹到的湿头发对着简南手里的电吹风。

简南煎熬着,继续老老实实地给她吹头发。

"你在合同里面写了什么?"头发半干,阿蛮像只小猫一样甩了甩头,终于说话了。

简南关掉电吹风。

"我把我目前的所有资产都转给了你,并且接下来五十年内的所有投资、工作收入的百分之八十,也一并转给你。"反正都是要谈的事,简南并没有隐瞒。

阿蛮:"……"

难怪他那天折腾了那么久,难怪她隐隐约约觉得简南让她签了无数个字,难怪普鲁斯鳄会用那样的眼神看她。

"就为了卫生所里的那一刻?那一刻那么贵?"阿蛮皱起了眉。

简南愣住。

"我知道你的做事风格,那一刻对你来说很珍贵,你肯定想留住,以物易物是你最喜欢的,所以,你肯定会花钱买。"阿蛮挥挥手,站起身,"你把合同放哪儿了?"

"我的行李箱,黑色的那个,在上层的隔袋里。"简南跟出来,脸上还是木呆呆的,"没有密码。"

阿蛮，知道他为什么要花那么多钱。

想到这一点，他的心跳突然加速，口干舌燥。

"其实我也觉得那一刻挺珍贵的。"阿蛮埋头找他的合同，"但是你这个……"

合同塞得很好，她翻开，直接翻到标粗的那几页，潦草地算了下总额。

"哇。"她感叹，"你好穷。"

简南："……"

"你真的败家……"阿蛮继续翻看他打印出来的附录，里面是他这五年的收入支出。

"……内裤那么贵?!"阿蛮咋咋呼呼。

简南快走两步，伸手遮住了交易明细。莫名其妙地，他脸红了。

阿蛮合上合同袋。

"再做一份吧。"她说，"再做份我的。"

"我没你那么疯。"她拿出手机，调出自己的小金库，"百分之七十，包括之后各种收入的百分之八十。"

简南："……什么？"他的心都快要跳出喉咙。虽然他的理智告诉他，心脏是不会跳出喉咙的，但他还是非常用力地摁住了脖子。

"买那一刻。"阿蛮骄傲地把自己的小金库余额亮了出来。

"……"

她确实，可以帅哥月抛到好久……

她确实，可以让她的亲生父母为了她反目成仇……

"并不是只有你觉得那一刻珍贵，想一辈子记住。"阿蛮笑看了他一眼。

"你买得起的，我也买得起。"她洋洋自得。

"何况我们都知道，我们只是想给那一刻赋予价值。"她非常难得地用了优美的书面语，"数目不重要，重要的是价值。"

他倾尽所有。

她觉得值得。

"普鲁斯鳄很会理财吗？"她又一次非常快速地为前面的感动画上句号，问了一个毫不浪漫的问题。

"把这些钱都凑起来做个基金吧。"她算了算，觉得可行，"你的败家习惯估计改不了了，我也有自己想有的固定支出，比如切市那边的地下拳击馆，还有一些和保护女孩子有关的捐赠。"

第18章 ◆ 白兰香

"这个村里像二丫这个年纪的女孩子,对我的身手也挺感兴趣,我想等你专心治鱼的时候,抽空教教她们,到时候可能得买个拳击台买点装备什么的。"

"我们两个还挺需要一个能理财的家伙帮忙的。"阿蛮仰着头。

都是败家子,一个敢花七位数买器材,一个敢把一年收入捐给民间组织。把那一刻换成这样的长期支出,她觉得挺好。

"好不好?"她问他,坐在他的行李箱旁边,盘着腿,头发半湿,仰着脸。

简南缓缓地蹲下,缓缓地抱住她,慢慢地用力,抱紧,密不可分。

"感动啦?"阿蛮在他怀里笑嘻嘻。

"我还想买这一刻。"他闷头闷脑的。

他以为,正式交心应该是最美好的,所以他倾其所有。普鲁斯鳄不理解,正常人都不会理解,可是阿蛮连想都没想就知道他这样做的原因。

她觉得值得。

"你没钱啦。"阿蛮拍拍他的头。

"所以要量力而行。"她教育他。

"阿蛮。"简南抓住了阿蛮的手,看着她的眼睛,"我是个很危险的人。"

"我可能会做很危险的事,谢教授这样防着我,吴医生每个月都用最严格的标准给我做心理评估,都是有原因的。

"有反社会倾向的人,最可怕的不是高智商,而是他自己都不知道自己会在什么时候突然拿起一块砖,砸破一个人的脑袋,因为他并不会觉得那是一件坏事。

"到我这里,我有可能会放出像蛙壶菌那样的病毒,甚至可能是超级病毒。我有这个能力,只是现在没有这样的动机。"

"所以,如果你决定不要我了。"他用黑漆漆的眼睛看着她,"就毁了我。"

"让我失去行为能力,让我再也没办法做坏事。"阿蛮是他遇到的最美好的东西,是他会开始爱这个世界的唯一原因。如果阿蛮不要他了,他不希望阿蛮变成他毁灭世界的借口。

"好。"奇奇怪怪的阿蛮,毫不犹豫地应下了这个奇奇怪怪的要求。

"好!"她还应了两次。

简南在眼眶红了之前,又一次抱紧了阿蛮。

"又感动啦?"小小的阿蛮调侃他。

"嗯。"简南吸吸鼻子。

这是他这辈子听过的,最美最美的情话。

可惜，他没钱买了。

真的要量力而行。因为他从这一刻开始，并不知道以后生命中的每一刻，都会有什么样的惊喜。

曼村又开了一场流水席。普鲁斯鳄在三次元的身份很响亮，是国际上有排名的计算机专家，姓陆，单名一个"为"字。他把名片递给村长的时候，阿蛮瞄了好几眼。

名片简洁到只有字，密密麻麻的抬头，中英文，挤得"陆为"两个字缩在最最角落，不仔细找都找不到。

"你是不是也有这样的名片。"阿蛮拉了拉简南的袖子。

"我比他要脸。"简南低头，用耳语的音量。

阿蛮于是就斜斜地看了他一眼，没说话，笑意藏在眼睛里，只有他能看到。

简南抬起头，他又想亲她了，控制不住的那一种，觉得反正村里的人都认为他们是夫妻他们偶尔这样肉麻一下也没事的那一种。

但是村长在谈正事。

距离简南上次把鱼塘所有的问题都摊开公示已经有一周时间，他下午在广场上汇报了他和老金这一周的工作进展——实验室里的样本已经成功AI分离，下一步会开始做生物测定和分子鉴定，预计需要两周时间。

他还因为心情好特别认真地给全村人演示了AI分离的方法，成功地把所有人都说困了，最后才开始提大家感兴趣的事情。

丝囊霉菌的病原分离纯化很困难，但是一旦分离了，就可以模拟现有的鱼塘水质，试验各种治疗方法，找到最佳方案。这周，老金根据实验室的结果，用新的方法对鱼塘进行了提升水质的试验，鱼塘里的鱼本周的死亡曲线已经出现了拐点。

村长在开了几次全村大会之后，也决定租个挖掘机再造一个小鱼塘，配合简南他们的实验来进行培育，尽可能多地挽救今年新买的鱼苗。

人是很奇怪的动物，一旦知道接下来的路应该怎么走，一旦知道了短期内的小目标，大部分人都会镇定下来。很多人慌乱，只是因为不知道闭上眼睛再次睁开，会面临什么样的未知。

笼罩在曼村上空的鱼塘传染病的阴影逐渐被拨开，在实验室最需要人进行传染病模型计算的时候，又来了一个纯粹以简南朋友的立场来帮忙的国际专家。

白天，大卡车又运过来几台机器，村长的女儿观摩了半天，跑回家悄悄告诉村

第18章 ◆ 白兰香

长，那机器叫刀片服务器，比一般人家里的电脑好上很多很多倍。

村长激动了，拿出了小喇叭，简南和阿蛮第一次到村里的场景情景重现。

这一次扫开了疑虑，村民们变得更加热情，再也不像上次一样把简南和阿蛮当成客人高高地供在主桌上。简南和阿蛮分开了，根据村里的习俗，像自家人一样男人女人各坐一边，觥筹交错，孩子们两边跑，热热闹闹的。

老金也来了，脸色不太好，一个人坐在角落，闷头喝了很多酒。

本来应该在男人区的普鲁斯鳄脸皮非常厚地贴着阿蛮坐，挤掉了自从在鱼塘看到阿蛮打坏人就一直跟在阿蛮身边的小跟班二丫。

"你给的合同是认真的？"他今天中午又收到了一堆合同，和简南之前给的差不多。

只是这次疯的是阿蛮。

还有他。

三观崩塌。

看起来很正常很凶很酷很有前途的阿蛮，怎么实际上和简南一样，心眼实得跟石头一样？

她怎么就能跟着简南一起疯？

简南对钱没什么概念，物欲不大，只要平时够花，剩下的钱基本上连问都不会问，只有要买东西的时候才会跟他伸手。所以简南下这样的决定，他虽然郁闷，但是能够理解。

可是阿蛮……

阿蛮从某种意义上来说比简南更需要钱，她是真正的孤零零，她做的工作太需要身体保障了，万一出现意外，她连后悔的余地都没有。

他是简南的朋友，他接到简南的合同，最多只觉得简南感情经历不多，容易色令智昏，因为没有金钱观念，简南做出这样的事虽然荒唐，但是他不意外。

可是，如果他是阿蛮的朋友，接到这堆合同的第一个想法应该就是把那个狗男人剁碎了冲进下水道。但是阿蛮没有朋友。她只能孤孤单单地把合同交给他，没有人会站在她的立场，告诉她这样不好。

普鲁斯鳄的内心戏太多，自己的眼眶都红了，那句"你是不是认真的"问出来的时候都带着颤音。

"认真的啊。"阿蛮不太习惯普鲁斯鳄可怜兮兮的态度，挪了挪屁股，离他远了一点，问，"你要不要也加入？"

满脑子"阿蛮好单纯""阿蛮真好啊""简南简直是走了狗屎运""靠，为什么这种事轮不到他""那么多的钱啊"的普鲁斯鳄:"啊?"

"简南最开始只是想把钱交给我,但我拿着这些钱也没什么用。"阿蛮知道普鲁斯鳄根本没认真看合同,就是不知道他到底脑补了什么脑补到眼眶都红了,"所以我和他把钱凑在一起做成信托基金,定期捐款,以后简南那些大笔支出就不用每次都卖房了。"

说到后面,她觉得有点奇怪:"你不是帮简南理财的吗?"为什么反应那么慢。

普鲁斯鳄:"啊?"

阿蛮:"……"她懒得解释了,送给他一个白眼就转过头开始吃饭。

远远的简南一直在看他们。他看到阿蛮心情很好地往嘴里塞了一大块肉,鼓鼓囊囊的,随便嚼了两下就咽下去。

简南皱起了眉。

阿蛮笑眯了眼。

好不容易想明白的普鲁斯鳄又挪着凳子贴了过来:"阿蛮啊……"小小声的,小心翼翼的。

阿蛮:"……"

"你的意思是,你们两个把大部分财产都拿出来统一管理?"他的态度和昨天晚上已经完全不同了,现在特别谦虚,还带着崇拜。

"嗯。"阿蛮懒得重复合同内容。

普鲁斯鳄在凳子上挪了好几下。

这个方法可行啊……

阿蛮好聪明……

阿蛮好能干……

靠,简南这种谈个恋爱都得去搜"男女关系"的人凭什么!他至今没有女朋友一定是天妒英才!

"阿蛮啊……"普鲁斯鳄的凳子又开始挪。

阿蛮伸出一只脚,卡住普鲁斯鳄的凳脚:"好好说话!"那么肉麻,忍他一次已经很不容易了,他还来两次。

"我和简南是通过吴医生认识的。"普鲁斯鳄马上好好说话了,"我们两个都有天才病,我比较严重,简南比我好一点,吴医生为了做行为治疗,经常鼓励简南和我多交流。"

"所以,在很长一段时间里,简南是唯一一个不管我说什么话他都能接上话茬儿的人,直到后面他出了事。"

第18章 ◆ 白兰香

阿蛮看了普鲁斯鳄一眼。

普鲁斯鳄马上摇头:"我不会把他想单独跟你说的事情告诉你的,我只是想让你从侧面多了解简南一点。"

"我和简南是同类,只是他的遭遇比我惨。他远离人群的理由比我充分,他的很多想法之所以很直接,并不是因为他单纯,而是因为他不愿意多想,因为他的脑子一旦多想,人性这种无法推敲的东西就会把他拉入深渊。"

阿蛮放下筷子。

"所以我还是建议你,如果简南愿意,你最好能和吴医生单独聊一聊。"

"简南……"普鲁斯鳄犹豫了一下,"很渴望得到亲密关系。"

他尽力说得十分委婉。

因为渴望,所以单从简南这里听到的话,可能会变得很有倾向性。公正客观地了解简南的过去,才能明白他偶尔的发疯行为。

普鲁斯鳄怕简南越在乎,越笨拙。

"嗯。"阿蛮笑,低头把玩杯子。

十分钟,简南的屁股就开始抹油了。他皱着眉左挪右挪,笨手笨脚四肢不协调地躲开了一路上过来和他聊天的村民,终于走到她面前。

一来就拿脚踹普鲁斯鳄的凳子,也不说话,就是一脚一脚地把普鲁斯鳄的凳子踹得远远的,然后自己挤到了阿蛮旁边,贴着她坐下,坐下来之后就把头搁在她的肩膀上。

"讨厌。"他咕哝。

"喝酒了?"阿蛮闻到他身上居然有酒味。

"村长骗我。"简南喝了酒,话反而变少了,只说了四个字就觉得自己解释清楚了。

被推出去的普鲁斯鳄又一次坚强地挪了回来,还没凑近,就被简南伸长了腿抵住。

两个男人十分幼稚地较了几分钟劲,普鲁斯鳄终于后知后觉:"我靠!你喝酒了?"这脸红得跟吐过了一样。

简南不说话。除了阿蛮,他现在谁都不想理。

"他酒精过敏啊!"普鲁斯鳄不跟简南玩凳子游戏了,跑上前把简南的衣服往上一撩,"擦。"

一整块一整块的红疹。难怪他说村长骗他。

简南皱着眉把衣服拉下去,盖住肚子,转身又把自己塞进阿蛮和桌子的中间，人高马大的，把阿蛮一整个人都围了起来。

"我痒……"他咕哝，"讨厌。"

热乎乎的带着酒气的呼吸。阿蛮回抱他，搂住他的腰。

"喝了多少？"她问的是发现不对劲赶过来的村长。

"就……醉虾，筷子沾上了一点。"村长完全没料到居然有人这样就能醉，还过敏。

"你有药吗？"阿蛮问她怀里已经烫手的男人。

"不用药。"简南摇头，"就是痒。"

"他应该只是不耐受，出了红疹，等酒气散了就好了。"一块跟过来的卫生所医生满脸尴尬。他挺保守，没想到这小夫妻在这里就抱上了，有点担心这两个城里人会不会直接就把这里当床。

"那……"闯了祸的村长满头汗，"我找人先把简博士送回去？"

简南抬头，睁开眼睛看了村长一眼，又看了阿蛮一眼。

"他不喜欢别人碰，我带他回去。"阿蛮就懂了。

不用说话就能被理解的简南很满足地重新闭上了眼睛。

"你……"觉得那么小一个女孩子怎么能把个大男人扛回家的村长搓着手，话只开了个头就看到阿蛮站起来，单手拎了下简南的手。摊成泥的简南就真的站了起来，从坐着抱她改成了站着抱她，阿蛮走一步，他也跟着走一步。

"你随他们吧。"普鲁斯鳄看着这两个人的背影，切了一声。他有些失落。这种时候，简南最信任的人其实应该是他。他们都认识二十年了。

唉……

普鲁斯鳄吃了一口醉虾。

真是个渣男！

曼村的村民都在酒席上，没有路灯，阿蛮仗着夜间视力好，也没开手电筒，两个人像连体婴一样在漆黑的乡间小路上慢吞吞地挪。

简南醉酒之后就不怎么爱说话，估计是真的难受了，克制着让自己不要伸手挠，呼吸声很重，身上很烫。

回去的路并不长，但是这样慢慢挪，却也可以挪很久。

不知道是因为乡间小路上的泥土味道还是吹过来微暖的夜风，阿蛮兴致很好地开始哼歌。

五音不全，哼的歌有点像墨西哥的调子，又有点像这边的民歌，不伦不类的。因为安静,她这不伦不类的歌引得周围好几家农舍的狗都开始狂叫。

"狗都笑你。"喝了酒的简南很有几分酒胆,说出来也不怕会被阿蛮揍。

"那你唱!"阿蛮气呼呼。

简南笑,身体软塌塌地半靠在阿蛮身上,声音沙哑:"我不能唱歌。"

"唱歌会难受。"他的话还是很简短。

阿蛮仰着头看了他一会儿,拍拍他的屁股,继续慢吞吞地往前挪。

"你毛病真多。"阿蛮的语气不像是在埋怨,软绵绵的。

他真的有好多毛病,多到她觉得他能这样白白净净地长大,都是非常了不起的生命奇迹。

"但是我脑子里有歌。"简南声音也软绵绵的,"一直都有。"

那首《白兰香》,一直都在,咿咿呀呀的,不合时宜地出现在他生命中每一个重要的转折点。

"一直都有?"阿蛮听不懂这样的描述。

"平时藏着,当情绪出现问题的时候,就会出来。"简南说得很慢。

"已经快十年了,我脑子里一直有这首歌,咿咿呀呀的,用那种最老式的留声机的音色,不停地单曲循环。

"每次情绪激动失控或者有剧烈波动之前,这首歌就会开始拉长音,如果我的情绪一直不停止,这个长音就会像跳针的老唱片,声音会变得很尖利,到最后会变成让人难以忍受的金属划过玻璃的声音。

"要发现这个规律并不容易,因为这规律藏在自己的脑子里,要发现它,得把自己的意识完全抽离,但是那个时候,脑子里往往又是没有这首歌的。

"所以最开始,我只是很奇怪为什么我对脑子里突然冒出来的这首听都没听过的老歌并不排斥,这首歌就好像应该存在在我的大脑里那样,哪怕这首歌发行的时间是1946年。"

阿蛮听得很入神,并没有注意到简南已经渐渐站直了,赖在她身上的手改成搂住了她的腰。连体婴似的两个人,在黑暗中走出了相依相偎的姿势,情侣的姿势。

"再后来,我就习惯了。

"虽然每次这首歌响起来的时候,我仍然会有一种莫名的'这东西不应该在我脑子里'的诡异感,但是它一直挥之不去,经年累月,它就真的变成了我的一部分。

"如果不是你,我应该到现在都没办法知道这首歌在我脑子里的用途。"

阿蛮张着嘴。她做什么了？

"到墨西哥之后，我脑子里一直频繁地出现这首歌，有一阵子，这首歌几乎变成了我说话的背景乐。"

"第一次去阁楼找你，是我把血湖样本带出来的时候。我知道这件事情很危险，我那时候担心过自己会不会真的没办法活着离开墨西哥，所以那阵子，我脑子里的这首《白兰香》并不平静，经常跳针。

"在阁楼上看到你的那一刻，这首歌空白过。"

阿蛮："啊？"

"就突然安静了，没有声音了。"简南比了比自己的脑袋，"就像现在这样。"

"为什么啊？"阿蛮从他开始提到《白兰香》开始，就一直觉得毛骨悚然。在这黑漆漆的乡间小道上，听着简南用很平静甚至有些软绵绵的语气告诉她，他脑子里一直有一首1946年发行的老歌。

"我应该那时候就喜欢你了，只是这种情绪对我来说很陌生，所以当下并没有反应过来。"简南顿了顿，"当天晚上反应过来了，但是我当时觉得可能是因为切市太热了。"

"反应什么？"阿蛮没反应过来。

"我醒了，去洗澡了。"简南难得没有抛直球。

阿蛮又反应了几秒钟："……哦。"

她懂了，可能因为脑补了一下，她觉得自己耳根有点烫，她连主动亲他的时候都没红过的脸，现在却觉得烫烫的。

"然后呢？"所以她用手背贴着脸颊降温，企图转换话题。

简南的手很精准地跟着贴到了她的脸颊上，因为酒精的原因，他的手也很烫，贴着就更烫。

"你别得寸进尺！"阿蛮咕哝。她对他越来越凶不起来了，这声警告听起来简直像是在撒娇，没牙的那种撒娇。

"然后在黄村村口，舌形虫的那一次。"简南没有再得寸进尺，他手指拂过阿蛮的脸颊，阿蛮听到他很轻地笑了一声。

她想骂他一句"笑屁啊"，却在舌尖变成了一声模糊不清的咕哝，本来就抱着简南腰的手用了力，把自己埋进了简南的怀里。

有点羞人。真奇怪，刚在一起的那两天，她的脸皮没这么薄。

简南站直，把阿蛮搂紧。他知道他一直在微笑，哪怕现在身上很痒，哪怕他说的这件事并不值得微笑。

第18章 ◆ 白兰香

"在黄村村口的那次，你凑近我，跟我说'他妈的、该死的、狗屎一样的人生'。"简南把这句话复述得很慢，用念诗的语气。

"你他妈的能不能不要用这种语气骂脏话。"教人骂脏话的阿蛮脸又红了。

喝了酒的简南好可怕，幸好他喝了会过敏。

"那一次我脑子里的《白兰香》也停了，而且停了很久。"简南略过了阿蛮的恼羞成怒。她在他面前越来越像个普通的二十二岁的女孩子，真好。

"你那一次突然凑近我跟我说的这句话，非常像我以前接受专业心理治疗的时候，心理医生的心理干预。"

出其不意地切中要害，强势的心理引导，这些都是心理医生在进行心理干预的时候经常做的事情。所以他在那段短暂的空白里，想到了吴医生。

《白兰香》这首歌是吴医生放到我脑内用来拦住我大脑前额叶区块失去反应的门。

"就像是一种心理暗示，每次我触及某个情绪极点的时候，这个暗示就会启动，大脑会用尖利的声音引导我离开那个情绪区块。"

"就像个警报器。"

他脑子里有地雷，吴医生在他脑内划了雷区，当他靠近的时候，就会发出警报。

阿蛮想起费利兽医院着火那个晚上，普鲁斯鳄告诉过她，吴医生对简南做过心理干预，简南已经忘记了会让他起应激反应的根本原因。

吴医生在简南的脑子里放了一首歌，用这首歌做成一扇门，把简南的黑暗关在了门外。

但是这扇门越来越岌岌可危，所以阿蛮多次在简南平静的时候，看到他瞳孔里汹涌的黑色。她是觉得他可能扛不住，才教他说脏话的。

"我让我妈妈坐牢这件事，是雷区里的秘密。"王二家的新房到了，简南推开门，打开灯，"一旦知道了这首歌的意义，门就开了。"

"或者说，它的作用还在，但我已经很清楚这首歌为什么会响起来，它的背后是什么了。"

"吴医生知道吗？"阿蛮没想到简南会选择在这个时候把他的过去说出来。

普鲁斯鳄并不知道简南已经想起来了，那么吴医生呢？

"她不知道。"简南摇头，"每月的心理评估只是评估稳定性的，我一直很稳定，所以她一直以为《白兰香》的作用还在。"

"我本来只是模模糊糊地想起这扇门里面是一场火灾，直到费利兽医院着火那天，我脑子里模糊的记忆全都串联起来了。"

"那你……"阿蛮不知道应该怎么说。

"我没事。"简南笑，原来阿蛮也有说话欲言又止的那一天。

因为她担心他。

"掉到陷阱里的时候，我脑子一直是空的，没有《白兰香》，一片空白。

"陷阱里面很黑，我知道贝托他们带着枪，如果发出声响，被他们找到，可能就等不到你了，所以我很紧张。

"本来就在应激状态，再加上突然之间想起了所有的事，我当时已经呼吸困难，觉得自己随时都会晕倒。

"所以我一直在脑子里反复循环你那句骂人的话。"

阿蛮当时的语气，阿蛮当时的表情，阿蛮当时头发弯曲的弧度。

"然后你就来了。"简南看着阿蛮笑。

然后，他就好了。

那扇门里的东西，还在门那一边，还在熊熊燃烧，但是他脑子里已经有了另外一个声音。

把他拉出火海，帮他关上门，在门外拥抱他的那个人，一直都在他身边。

所以，他就好了。

没那么怕，没那么紧张，也开始逐渐相信门那一边的东西始终只是门那一边的。

伤害不了他。

过去，与他无关。

"所以你不用去找吴医生，你想知道的，我都可以告诉你。"简南拉着阿蛮一起坐在客厅大门口的台阶上，头靠在她的肩膀上，"我会公正客观，但是我一直是受害人，不是加害者。"

阿蛮："……你听到普鲁斯鳄跟我说的话了？"

隔着十几米远啊，这什么耳朵。

"我看到普鲁斯鳄的嘴型了。"简南语气不屑，"他以为自己还戴着鳄鱼头，说话都不避开我。"蠢。

阿蛮失笑。

"还痒吗？"她伸手想撩开他衣服看肚子。

简南使劲拉住衣服下摆，摇头。

阿蛮挑起了眉。

简南更加用力地抓住了衣服下摆，加快语速："肚子现在不行，肚子现在鼓起来了。"

阿蛮："……"

当一个男人一会儿男人一会儿孩子一会儿撩人一会儿又撒娇的时候，就应该亲了。

因为他在求偶。所以阿蛮笑着凑过去，亲了亲他的嘴角。

"说吧。"她侧身躺在他的大腿上，找了个舒服的姿势，"我听着。"

简南靠在门板上，手指揉搓着阿蛮的头发。

第19章
调查

"除了简北，我还有一个弟弟。"他的开场白很简洁。用的语气，是他当时在飞机上读信的语气。

阿蛮转身，埋在简南肚子上，"嗯"了一声。

"在我五岁的时候，我父母在我的教育问题上产生了不可调和的矛盾，我爸提出了离婚，并且很快就再婚了。"

"我是被判给我妈妈的。"简南顿了一下，他本来想说母亲，但是他觉得阿蛮会笑他说话文绉绉，于是又改了称呼。

为了这无所谓的东西，他居然在谈这件事的时候走神了一秒。

"因为离婚的刺激，我妈妈变得更加偏激，对我更加严厉。我从小就有并不怎么严重的天才病，具体表现就是话非常多，哪怕对方让我不要说话，我也会忍不住一直说；四肢不协调，走路容易摔跤。其实这些并不影响日常生活，但是我妈妈无法忍受我身上存在任何瑕疵，所以她找了很多专家，最后认识了吴医生。

"吴医生是个很了不起的人，专注于高智商少儿的心理疾病研究。因为认识了吴医生，我之后的生活才相对轻松了一点。为了研究，她还介绍我认识了陆为，就是普鲁斯鳄。

"终于有人听得懂我在说什么，愿意听我在说什么，所以那一阵子，我挺开心的。

"陆为一开始并不话痨，因为和我在一起时间久了，我一直说话，他一直抢不到机会说话，话就变得越来越多。"

阿蛮的脸埋在他肚子里笑了，哈出了热气，很痒。

"因为我的情况缓和，我妈妈的偏执也好了一点点，然后认识了她现在的丈夫。在我八岁的时候，她再婚了，第二年生了个儿子。"

"她很惨。"简南继续揉搓阿蛮的短发，"第二个儿子，也是个天才。"

阿蛮仰头。

"这可能真的是最糟糕的事情了。第一个天才儿子刚刚走上正轨，第二个儿子马上又测出了高智商，而且第二个儿子更完美，没有天才病，没有奇奇怪怪的强迫症，甚至很听话。

"我妈妈就把大部分精力都留给了小儿子，带他参加各种竞赛，各种培训，甚至包括体育类的。小儿子很听妈妈的话，偶尔会看不起我这个哥哥。

"我不怎么喜欢他，但是我在特殊学校寄宿，和他平时几乎没什么交流，偶尔回家面对面，他会叫我一声'哥哥'，我会把在学校门口买的零食给他。"

阿蛮的手帮他拍了拍背。

"再后来，他就急病去世了。"简南低头。

阿蛮没有太意外。

简南一直没有说这个孩子的姓名，他说到他这个弟弟的时候，语气悲凉。

"肾癌，从发现到结束只花了半年时间，死的时候只有八岁。

"那时候我十六岁，刚刚确定了自己的人生计划，决定跟着带了我四年的谢教授攻读兽医学。

"等我妈妈从失去儿子的悲痛中回过神，发现自己还有一个天才儿子的时候，我已经考上了兽医硕士。

"所以她疯了，拼命地骚扰吴医生，让她给我看病，把我关在家里不给吃喝，让我修改专业，还联系了美国心理专家，说我有严重的抑郁症，申请对我进行电击。

"那一段时间，她彻底失控了。

"她一直以为我会成为物理学家或者天文学家，再不济也可以做个化学家。她没想到我选择了兽医，整天和臭烘烘的牛羊猪打交道，把手伸到猪的肛门里帮它们通便。

"她没办法接受这样的落差，在用尽所有方法都没能让我回头之后，她选择了放火。"

阿蛮一直帮他拍背的手改成了拥抱。

"她把谢教授和我，还有她的丈夫，都叫到了家里，说自己想通了，觉得过去做的一切都太极端，她是因为失去小儿子，所以心理失衡了。

"她说得很诚恳，大家都信了。

"那天晚上她煮了一顿大餐，很多吃的。因为她前段时间的疯狂，我仍然很怕她，所以那顿晚饭我几乎没吃。为了这个，我又被她骂了一顿，她硬要我喝水。

"你也知道我喝很多水会吐，喝了几杯之后，我就跑到卫生间把本来也没吃多少吃的晚饭都吐出来了。

"后来我才知道，她在饭菜和水里都放了安眠药，我都吐出来了，所以我成了那天晚上唯一一个没有睡着的人，唯一一个跑出火场报警的人。"

再后面的话，简南没有办法很轻松地说出来，他开始用短句。

"报警的时间早。

"住在客房的谢教授很快就出来了。

"我知道她和她丈夫是分床睡的，我也知道他们分别睡在哪里，但我第一时间只跟消防员说了她丈夫睡的房间，没有马上说她的。"

阿蛮悄悄地握住了他的手。

"那天晚上，她和她丈夫因为卫生间漏水的原因换了房间。

"她被救出来了，她丈夫死了。

"再后来……我在法庭上作为重要证人，指证她利用我的病购买了安眠药，她以过失致人死亡罪被判了七年。

"而我开始做噩梦，无故发高烧，有次在实验室里和谢教授吵架，把存着的样本盒全部弄翻。

"教授带我去查了脑子，发现我的大脑前额叶区块因为那次火灾产生了应激，对普通的事情不会再有反应，也就是反社会人格障碍。"

他尽力说得客观翔实。但是到最后那一段，声音仍然还是变了调。哪怕酒精的作用还在，哪怕怀里抱着阿蛮，他仍然觉得冷。

躺在他膝盖上的阿蛮不知道什么时候已经爬到了他身上，用她习惯的跨坐姿势，搂着他的脖子，完全贴在了一起。

"那你妈妈……"出于保镖的本能，她计算了一下日期，发现这个危险人物并不在牢里。

"已经出来了，但是没有再联系过。"简南知道她要问什么。

"那你吃饭的筷子……"阿蛮又想到了另一个奇怪的事情。

"我五岁之前过得还不错，和以后的日子比起来。

"所以吴医生建议我留下能和五岁前的记忆做链接的工具，这些工具就是筷子和调羹。"也是一种治疗手段。

"我外婆对我特别好，只是走得早。"他又补充了一句。

他身边，都是治疗工具……

"那你的内裤……"阿蛮迅速找到了别的问题。

"……"简南哽了一下,"我以为你没兴趣。"

"自从知道价格之后我就很有兴趣了。"阿蛮想到那个价格就觉得脑袋疼。败家子。

"我小的时候……"简南咽了口口水,"闲得无聊。"

"嗯?"阿蛮鼻子哼了一下。

"就想用显微镜看所有的东西,当时第一个想到的就是身上穿的。"

简南点到为止。

阿蛮眯着眼睛想了一会儿:"我靠。"

"你应该庆幸我只看了内裤就放弃了。"他苦笑。

那时候他才七岁,七岁的孩子发现自己被那么多细菌包围,没有患上严重洁癖已经是很克制了。

"简南。"阿蛮不知道是不是被他还在发烫的身体刺激得也有点微醺了,语气温柔得都不像她。

"嗯?"简南也低低地应了一声。

"我帮你打坏人。"她温温柔柔的,无比坚定,"以后他们就不敢欺负你了。"

所有的。让她的简南小宝贝难受的那些人,都应该揉成一团丢出去。

她知道自己心疼坏了。他说得越客观,他用的词越平淡,她心里就越难受。他曾经让她觉得龟毛的脾气,他过去那些让很多人用有色眼镜看待的行为,背后藏着的这些事,她都没敢去深想。

她以为自己是孤儿就已经很惨了,没想到有人能惨过孤儿。

一个在有钱人家出生的独生子,智商超群,本来应该是天之骄子。

本来应该是她所妒忌的那种天生好命。

"我其实并不怎么难受……"简南这话也不知道是不是安慰,"我难受的点和别人不一样。"

比如他刚才看到普鲁斯鳄让她单独去找吴医生,他就挺难受的。

"而且已经过去那么久,按照细胞代谢,我现在的脑细胞都不是当初的了,只是继承了记忆而已。"

他觉得阿蛮大概是真的难受了,抱他抱得太紧了。而且他说完了就开始痒,痒得他想抓着阿蛮蹭。

"……闭嘴。"阿蛮拍他。

简南呻吟出声,酒醉再加上痒的地方刚刚被拍到,这声呻吟情不自禁,在

阿南和阿蛮
下

黑漆漆的院子里，回音绕梁。

"那个……"小女孩的声音，气喘吁吁，又带着小心，捂着眼，手指缝有眼睛那么粗。

阿蛮："……"

是二丫，老李家的孩子。

"老金和村长打起来了，那个陆叔叔让你们赶紧过去。"二丫说完正事，有些新奇又有些不好意思地分享她的小秘密，"我爸爸妈妈一般在房间里脱了衣服才会这样……"

阿蛮："……"

老金和村长是真的打起来了，流水席一片狼藉，到处都是摔破的碗盘和倒地的桌椅，大部分村民都不知道他们为什么打起来，一小部分村民听到了一点点，在这种情况下又不敢火上浇油，只能拉着几个熟人跑到角落窃窃私语。

结果认真拉架的人只剩下国际计算机专家普鲁斯鳄和村长夫人。

"过来帮忙啊！"普鲁斯鳄的头上印着鳄鱼的棒球帽都被扯下来，挂在耳朵上，一身狼狈。

老金打架的动作非常原始，猩红着眼，跟一头牛一样往村长身上撞；村长估计也上头了，老金一过来他就伸手开始抓，头发衣服裤子，能抓到什么是什么。两个加起来快一百岁的人，打起架来一声不吭，声势惊人，几个来回，脸上就都挂了彩。

阿蛮劝架是专业的。她连表情都没怎么变，走上前一手掰过老金的手腕，一手拽住了村长的胳膊。

老金脾气硬，手腕痛得都快断掉了也只是停住动作站在原地喘气。

村长怕痛，阿蛮胳膊一拽，他就立刻顺势要跪下，还是阿蛮怕场面太难看，又踹了村长的膝盖一脚，村长才哀号着勉强站直了。

"我就说，阿蛮姐姐会武功！"人群中，二丫童稚的嗓子特别清晰。阿蛮放开手的时候还冲二丫咧嘴，抛了个媚眼。

简南咳嗽了一声，问村长："要在这里谈吗？"他不知道他们为什么打起来，但是他猜测应该是为了王建国的事。

村长哼了一声，转身进了屋。

老金站在原地脸色变幻了好几下，也沉着脸跟着进了屋。

普鲁斯鳄重新戴好棒球帽，一头一脸的汗，说："是老金先去找村长的，

第19章 ◆ 调查

两人闷头谈了很久。我坐得远，只听到几句大声的。老金说村长是没文化的愚民，村长说老金是养不熟的外人，然后就……"

简南看了普鲁斯鳄一眼。

普鲁斯鳄瞪着眼："怎么地，我就只听到了最后那两句怎么地？你连人都不在凭什么瞪我！"

把他一个人丢在这里，和阿蛮两个人来的时候，堪称春风满面。

怎么地？单身狗就注定连吃饭的时间都得工作吗？

"你领子歪了。"简南指了指普鲁斯鳄的T恤领子。

普鲁斯鳄的T恤花纹很对称，一旦领子歪了，他全身的鳄鱼印花的嘴巴就会歪掉，简南又看了一眼，扭过头，跟着老金进了屋。

普鲁斯鳄梗着脖子，把领子拽得更歪，雄赳赳气昂昂地跟了进去。

"幼稚。"阿蛮在后面吐槽。

这两人膈应对方的方式就是用强迫症逼死对方，幼稚！

屋里的气氛很凝重。

老金和村长都坐在桌边吧嗒吧嗒地抽水烟，村长夫人带着孩子进了里屋，简南和普鲁斯鳄坐在靠窗的地方，被水烟熏得难受了，就扭头向窗外吸一口新鲜空气。

动作太过明显，以至于老金哼了一声，把水烟往桌子上一丢。水烟管"哐"的一声砸在桌上，村长被吓了一跳，也不抽了。

仍然没人开口说话，没有水烟抽，这沉默就变得更加干巴巴。

简南又等了几分钟，站起身。

"你去哪儿？"老金瞪眼。

"我酒精过敏。"简南往门口走，"我要回去睡觉。"

反正都犟着不愿意开口，他还不如回去睡觉，双人床，两个人，还有二丫刚才不小心泄露的她爸妈的小秘密。虽然他不想在别人家的新房真的做点什么，但是抱着也是好的。

"要不是你，我今天至于这样吗！！"老金震惊了。他了解简南，简南不会跟他玩欲擒故纵那一套，说要回去就是真的回去，你看这走路脚步都不停，他开口了简南才转身，居然还一脸不情不愿。

这才十点钟！年轻人睡那么早干什么！浪费生命！

"要不是简博士，我们全村人都还被蒙在鼓里！！！"村长的嗓门比老金还大。

他太失望了。

老金早就知道鱼塘里的鱼得的是什么病,甚至知道这病是从哪里来的,却一直不说,等大老远请来的专家也发现了这病是从哪里来的,实在瞒不住了才告诉他。这算什么?

老金跟他保证说一定能治好池塘里的鱼,说新来的简博士虽然年纪小,但本事不小,按照简博士的方案,损失可能会比原来预计的少一半。

可是如果老金早点说,早点公开,说不定现在赔偿都已经到位了,也不会让简家媳妇为了保护鱼塘被人推到塘里去。那鱼塘都是死鱼和石灰粉,味道有多重,大家都知道。

如果不是简家媳妇,那个掉到鱼塘里的人很可能救不上来,这赔偿的事再加一条人命,得变得多复杂,他们还能拿得到赔偿吗?!

他一直以来那么信任老金,当初老金来村里住的时候,是他看老金一个人可怜,找了好几个壮汉帮老金修房子。这么多年了,逢年过节的,他哪一次不是让家里人送米送菜,怕老金孤单,年夜饭都是一起吃的。

他把老金当老师,当兄弟,当成村里的救星。可是老金瞒着那么大的事,事到临头了,还敢跟他说现在病情基本控制住了,死鱼的数量在减少,追溯病源这件事太复杂,还想再查查。查个大头鬼!

"简博士你说说看!"村长打开了话茬儿,话就多了,"这治鱼和追溯病源也不冲突,他现在这样,难道还想瞒着谁?一百多万的损失,他打算自己扛下来吗!"

村长也不叫他"老金"了,一口一个"他",手指头点得像抽筋一样。

简南坐回到窗口。他很烦这样的事,这样的事和治鱼没什么关系,也不是他的工作内容。

他以前也曾经为这样的事和谢教授吵过,他的工作明明已经完成了,他明明只是个兽医,为什么还要和人打交道。治鱼,问责,该赔偿就赔偿,该损失就损失,这是规则,为什么这世界上的大部分人都不愿意遵守规则?为什么治兽病,到最后还得治人?

因为抱怨这些事,他曾经被教授批评不成熟。当时的他梗着脖子说自己以后只会待在实验室和手术室,他可以做一个不用和人打交道的兽医。而现在,他离开了谢教授,跑到了偏远山村,远离了实验室和手术室,却仍然没有远离人群。

晚上十点钟,他不能抱着阿蛮睡觉,还得帮他们解决人际关系。因为他在实验室里忙的时候,他们会带着阿蛮去吃饭,会带着阿蛮四处逛,会和阿蛮开黄色笑话，让阿蛮看他的时候眼神怪怪的。

阿蛮在这里挺开心的。

阿蛮刚才劝架，都没有杀气。

阿蛮在这里，晚上都能睡着了，他偶尔起夜的时候回来，阿蛮也不会睁着眼睛等他。

"一百多万的损失，就算对方要赔，也得打很久的官司。"简南忍着全身的痒，说得不紧不慢，"目前国内动物疫病的传染没有特别明确的赔偿准则，所以，如果要起诉，还是得按照经济纠纷起诉。因为金额巨大，这个案子要审，估计也要取证很久。"

"动物传染病的病源取证并不容易，就算老金已经事先藏好了从上游流进来的黑鱼，相关的检测也都有记录，但对方应该也已经有准备了。"

王建国一开始就没打算赔，他好歹也算是和他同门的师叔，遮掩的本事肯定不会太差。

"最好的取证方法就是查到上游的黑鱼养殖场是怎么感染EUS的，什么日期感染的，感染后又做了什么事情导致感染源外泄。这些都需要时间。

"所以，我们现在要做的事情确实是先治好村里的鱼。鱼塘的病鱼来源虽然已经查清楚了，但是对方是怎么感染的，还得继续查。"

简南顿了一下，下了结论："所以，确实应该按照老金说的做。"

他还是参与了人和人的纠纷，不但参与，他还做了仲裁，他还顺便给出了方法。让谢教授知道，估计会老泪纵横。

"别叫我老金，我就是个外人！"老金哼了一声，因为被说透了心思，脾气噌的一下就上来了。

这是老金思考了很久的方法。

阿蛮在鱼塘里发现的那些事，简南又跟他说了那些话，他对王建国其实已经死心了。之前只是被王建国师兄长师兄短地哭得心烦。王建国说他知道错了，说他点子背，运气差，这次要是被抓到了就完了。

所以老金心软了。年纪大了就是耳朵根子软，但是三观没软，再大的情谊也抵不过一村人的生计，所以老金想了一天要怎么解决才能真正帮到村里人。

他想的这些都不是他一个兽医应该做的事。结果，他还只是个"外人"。他说的话，还不如一个新来的后生小子说的有分量！

"不叫你老金，那叫什么？"简南皱眉，"我不想叫'师叔'。"

老金读了半茬儿就跑了，而且现在还没他厉害，按辈分叫，他觉得亏了。

老金："……"

"你早这么说我不就懂了吗！"村长拍大腿。

"你懂个屁！"老金拍桌子，"这小子讲的话，哪一句我没讲过？他讲的那么文绉绉你都听得懂，我的话你就听不懂了？"

"我他娘的不过就是个外人！"老金继续鼻孔出气。

"我就说了一句，你怎么就没完没了了？！"村长也瞪起了眼睛，"什么叫作简博士讲的文绉绉我都能听懂，你就是看不起我没文化！"

"说你一句'外人'怎么了？整个村除了你还有谁姓金？！"村长号着，"你去给我找一个，你要是找出来我管你叫爷爷！"

"……"

"我们走吧。"简南站起身。

"不劝架了？"听出点乐趣的普鲁斯鳄恋恋不舍。

"我说我和阿蛮。"简南一脸莫名，"你要和老金一起回去的，你们住一起。"

普鲁斯鳄举着手，手指点着简南，悲愤了半天："……我他娘的也不过就是个外人！"

"你跟我不同姓。"简南挥挥手。十点半了，他终于可以回去了。

"你要帮黑鱼养殖场找病源吗？"阿蛮到家了才说话，给他弄了块热毛巾，撩开他衣服看了一眼，"怎么还红着。"

"已经不痒了。"简南低头戳了戳红斑，"也软了。"

阿蛮跟着戳了戳，觉得好玩，又戳了戳。

"……我会练肌肉的。"简南感觉到阿蛮对他的软肚子很新奇。她估计没怎么摸过没肌肉的肚子。

"其实做学术的人，很少会有肌肉。"他想给自己辩解两句。

"练了肌肉说不定能帮你解决四肢不调的问题。"阿蛮比了下自己的小腿，"你很多时候差点摔跤，都是因为下肢力量不行。"

"……你不喜欢我经常摔跤吗？"简南抿嘴。

"……谁会喜欢自己男朋友天天摔跤。"阿蛮无语，站起来去洗毛巾。

"阿蛮。"简南叫住她。

"嗯？"阿蛮回头，发现这个刚刚坐下的人又站起来了，平举着手。

"我今天劝架是因为你。"简南说，脸上还有小块红斑，眼睛微微下垂，"所以，你要抱我。"

你得抱我。因为这样的进步，很不容易。

第19章 调查

"夸呢?"阿蛮好笑地上前,抱住这个大宝贝。

"也要。"简南满足地叹息。

"乖。"阿蛮用抱着的姿势踮起脚,摸摸他的头,笑得眼睛都眯了起来,"真乖。"

曼村租了台挖掘机。老金有在曼村挖鱼塘的经验,简南为了让洱海金线鱼的鱼苗可以有一个顺利的生存过渡期,也到现场参与了整个过程。

他不适合施工现场,每次回来都是一脚泥浆,鼻子被云南低纬度的阳光晒得开始发红、脱皮,晚上他在自己的箱子里扒拉了半天,居然扒拉出几包面膜。

阿蛮:"……"她知道他很珍贵,但是没料到他会珍贵到这样的程度。

"晒后修复用的。"简南把几包面膜放到水井里冰镇一会儿,拆了其中一包,指了指阿蛮脸上最近被晒出来的小雀斑,"你也得用。"

"你别想把这黏糊糊湿哒哒又冷冰冰的东西往我脸上放。"阿蛮动作敏捷地站起来跳上房梁。

她忘了她现在是简南的女朋友,她也很珍贵。每天早上出门被他连哄带吓地逼着用防晒霜,晚上回家洗脸还得盯着她用卸妆水——她都不知道简南居然买了这些东西,她都不知道国内买东西居然那么方便,这么偏的地方,只要在网上买好东西,等一周两次送到村长那里再去拿就可以了。

她眼睁睁地看着简南买了几箱内裤躲在房间里面用实验用的仪器消毒,抽真空,然后心满意足地放好——那里面居然有她的内裤。

没错,她现在的内裤也很贵。

"你走开!"阿蛮誓死捍卫自己保镖的尊严。再养下去她就细皮嫩肉了,这像是什么样子!

"其实我不用跟着去挖鱼塘的。"简南拿着面膜,"我只要在实验室里把水质模拟出来就行了,这些体力活都不用做的。"

"但是你喜欢这里的村民。"简南看着阿蛮,"你还希望我能有点肌肉。"

阿蛮咬牙切齿:"你有种就不要去,这借口你最近都用烂了。"一天起码用十次。

简南抿着嘴。

阿蛮蹲在房梁上犹犹豫豫,最终还是低咒一声,跳下房梁,走到简南面前仰起了脸。

"我对你真的太好了。"湿哒哒的东西贴在脸上,感受和她想象的一样不好。

"嗯。"简南也贴了一张,和她肩并肩坐在院子里。

曼村没什么光害,院子上方那片星空,在晴朗的天气里会有银河。真的银河,不是用夜光装饰贴出来的那种。

阿蛮仰着脸。

"我喜欢照顾人,做保镖的时候,我最喜欢委托人凡事都会看我一眼才放心去做的样子。"她敷着面膜,说话含含糊糊,"所以我以前常常想,如果我有个弟弟,我可能会把他宠到天上去。"就像现在这样。

极度缺乏安全感,所以希望别人依赖她,非她不可,所以想让自己变得很强大,变得谁都需要她。

"我可以做你的弟弟,哥哥,亲人,委托人。"简南半分停顿都没有,"任何人,你想要的,我都可以。"

疯子说着变态的话。

"儿子呢?"阿蛮转头,逗他。

"……"简南喉结动了动,"我可以跟你一起生。"

阿蛮:"……"靠。

"你有那么多敌人不是没原因的。"这张嘴简直是万恶之源。

简南笑,学着阿蛮两手交叉放在后脑勺,靠着台阶往后仰,一起看着星空。

"你们两个为什么要把院子大门关起来?"普鲁斯鳄的声音,嘀嘀咕咕的。

推开门,三个人六目交接。

普鲁斯鳄面无表情地往后退几步,重新关上院子大门,"砰"的一声。

一秒钟之后,他又打开大门,径直走向两人,把放在旁边的面膜撕了一包贴到自己脸上。

"我想过了。"他声音含含糊糊,"没道理每次享福的都是你们两个人。"

"我只是个技术工!"他今天出了一天差,风尘仆仆地赶回来,打开门的第一眼就看到这两人惬意地敷着面膜躺在台阶上看星星。

"不洗脸敷面膜会长痤疮。"简南面无表情地拿出手机,调出付款二维码递给普鲁斯鳄,"面膜钱。"

阿蛮无语地往边上挪了挪,离这两个一碰面就回到六岁的幼稚鬼远一点,伸手:"王建国的资料。"

普鲁斯鳄一边乖乖付面膜钱,一边把手里的包丢给阿蛮,嘴也不闲着:"这都是只有我本人去才调得出来的资料,一个字一个字地好好看,珍惜一点。"

阿蛮没理他,摘掉面膜靠在门边开始一张张地翻。

调查黑鱼养殖场当初是怎么感染EUS的并不简单。最初感染EUS的时间未知，作为当地最大的水产养殖场，里面工作的人很多，流动性也很大，阿蛮查了几个人，发现他们对鱼塘曾经感染过鱼病这件事一无所知。

这半年时间，记录在册的黑鱼鱼苗和运到市场开始贩卖的黑鱼成鱼都没有出现问题，整个养殖场的折损率都在正常范围内。

从表面数据来看，这并不是一个曾经或者现在正在大规模感染EUS的养殖场，除了黑鱼养殖场的法人王建国，没有人知道真相。

阿蛮在这里能做的事情不像在墨西哥那么多，她在这里没有耳目，没有关系网，也不清楚国内的法律，所以简南把前期调查王建国的工作交给了计算机专家普鲁斯鳄。他有专家顾问通行证，可以调取一些有前科的普通人的档案，包括银行往来记录和一些简单的家属关系。

为了让普鲁斯鳄认真干活，简南让塞恩在血湖附近给普鲁斯鳄装了个摄像头，摄像头正对着一颗鳄鱼蛋。这家伙有了新的心灵寄托，最近这两天干活很卖力，嘴巴仍然欠，但是活干得很好。他几乎找到了阿蛮需要的所有资料，还用他那个用来预测搜索人是否有自杀倾向的系统黑进王建国家的网络，跑了一遍王建国历史浏览记录里和所有搜索记录，把系统分析后判定有问题的记录都标红打印了出来。

"你如果开个安保公司，我一定会去你公司打工。"职业病挺严重的阿蛮啧啧称奇。比她花钱培养的耳目都要好用得多，还安全。

"信息时代，我就是王。"普鲁斯鳄尾巴就快要翘上天。

阿蛮："……"和普鲁斯鳄比起来，简南真的要沉稳很多，起码他只是告诉别人他是双博士的天才，而不是王。

"王建国有三个切入点。他有个儿子。"术业有专攻，阿蛮处理这些东西很专业，"出狱之后结的婚，结婚一年多就离婚了，那时候他儿子刚刚出生，从后续的通讯记录看，他和他儿子一直保持着逢年过节打个电话的关系，来往并不密切。"

"这几年黑鱼养殖场赚了不少钱，他儿子和他的关系就变得密切起来，从资料看，他每个月都会给他儿子打钱，数目都不小。"

"但是，今年三月份开始，这个记录就消失了。有将近九个月的时间，他和他儿子没有任何通讯记录。"

"他身边还有个女人，三十几岁，没结婚，从他开养殖场赚了钱之后就一直跟着他。这女人应该是王建国目前最亲近的人，通过她去查王建国对养殖场做了哪些事，应该是可行的。

"另外，就是他的搜索记录。"

"我看不懂，但是应该都和EUS有关系。"阿蛮把那几张纸递给简南。

"前面都是实验室做病毒分离的数据。"简南简单地看了几眼，"后面是治疗方案。"

"都是正常情况下发现EUS之后会去查的资料。"他没发现不对的地方，"不过这些资料的搜索记录都是从两个月前开始的。"

"那就假设他是两个月前发现养殖场被感染的。"阿蛮合上资料，"我这几天出去一趟，查查王建国两个月前在干什么。如果可能，我也会查查他为什么和儿子失联，以及他身边的女人和他的关系到底怎么样。"

"查的时候得留意这些数据。"简南掏出笔在资料上写写画画，"这些水质数据和黑鱼样本数据，可以证明最初的感染源在黑鱼养殖场。"

"好。"阿蛮拿出手机把简南刚才写的东西都拍了下来，"他儿子住的地方离这里远，我这两天晚上就不回来了。"

"嗯。"简南点头。

"你居然放心？"看戏吃狗粮的普鲁斯鳄震惊了，他以为他们两个变态已经到了不黏在一起就会死的程度。

"你工作的时候如果有人告诉你应该怎么写代码，你会怎么样？"阿蛮问。

"我会杀了他。"普鲁斯鳄毫不犹豫。

"所以……"阿蛮摸摸简南的头，真乖。

"这是你的护照和签证，我这里有复印件，这是墨西哥大使馆的电话。"简南话还没说完，"你到了当地，我会帮你定好住宿，三餐一定要吃，如果不知道吃什么就告诉我，我帮你叫外卖。"

"国内法律和墨西哥不一样，万一遇到什么事，不要冲动，给我打电话就行，不管什么时候，我都会接。"

阿蛮乖乖收好电话号码。

"……这不叫干涉工作？"普鲁斯鳄又震惊了，这又是什么双标现场？

"这叫关心。"阿蛮面不改色，"类似于你工作的时候有人帮你定好餐，解决你所有的后顾之忧。"

"……没人这样对我过。"普鲁斯鳄讷讷的。

"所以你好可怜。"简南站起身，开始赶人，"很晚了，老金家里要熄灯了。"

"还有一件事！"不想回去和老金面对面的普鲁斯鳄又拿出一份资料，"这个，你让我去查的。"

"阿蛮被领养的那家武馆的信息。"他亲自去调资料，终于找到了。

"整个县城都搬迁了，以前的老住址只有纸质资料。"普鲁斯鳄掏出一份复印件，因为年代久远，上面的字迹已经有些模糊，"确实有阿蛮说的那家武馆，我也查到了阿蛮的领养信息，包括领养后的入户。这是我今天跑了一下午拿到的户籍证明。"

"阿蛮可以恢复国籍了，不用你再做她的监护人了。"普鲁斯鳄像炫耀一样，拿着纸很快乐地宣布，"你们两个，可以不用绑在一起。阿蛮自由了。"

这是他今天晚上的重头戏，他觉得就冲他找到了这个，简南也不可能黑着脸把他赶出去。他们两个可以坐在一起通宵玩游戏，就像以前一样。说不定，他还可以不用再回到老金那里，他可以住在这里，每天蹭饭。

阿蛮和简南同时沉默。

普鲁斯鳄觉得他们是惊喜过度了，拿着那张纸又使劲晃了晃，强调："我找到的！"

简南走上前，先利用身高优势把普鲁斯鳄嘚瑟的户籍证明抢下来，交给了阿蛮，然后推着普鲁斯鳄往外走，就像上次喝醉了酒推他的凳子一样。

"喂！"普鲁斯鳄不明白简南怎么怒了，抿着嘴，木着脸，一副想把他丢出去的样子。

"喂！"普鲁斯鳄的声音轻了一点。他是很怕简南生气的，简南生气起来不仅不讲理，还会变得很暴力。远古鳄鱼最讨厌暴力。

"我自己回去。"他终于怂了，把面膜摘下来，灰溜溜地走了。

他说错了什么？他明明是最大功臣！

简南砰的一声关上门，转身的时候，看到阿蛮还站在那里，手里拿着她的户籍证明。

"我去帮你收拾行李。"愤怒的简南落荒而逃。

他刚才有那么一瞬间，差点要上去揍普鲁斯鳄。什么叫作他可以不用做她的监护人了？什么叫作他们不用黏在一起了？什么叫作阿蛮自由了？

他……他害怕得推门的手都在抖。

阿蛮，找到了户籍。

他第一站选择到云南，其实就是为了帮阿蛮找户籍，但是到了曼村，阿蛮亲了他，他就把这件事推到了所有事的后面。

现在，阿蛮找到了户籍，阿蛮就有了姓，阿蛮就有可能有了她想要的弟弟妹妹和亲人。

阿蛮喜欢他，因为他非她不可。

但是他知道，阿蛮从来都不是非他不可。

阿蛮一直是自由的，而普鲁斯鳄，把翅膀还给了她。

他是个变态，他想和阿蛮在曼村这个地方慢慢地培养感情，他想在这个有符咒的新房里，让阿蛮越来越喜欢他。

他希望阿蛮也能非他不可，然后他再帮阿蛮找她的户籍。

他一直在龌龊地、阴暗地、悄悄地计划这件事，计划着把自由的阿蛮变成他的阿蛮。

结果有了鳄鱼蛋的普鲁斯鳄突然超常发挥，为了感谢自己给他的蛋，居然这么快就帮阿蛮找到了户籍。

早知道这样，他就应该让塞恩给普鲁斯鳄看蟒蛇的！吓死他！

简南蹲在里屋，把阿蛮的行李箱塞到床底下。

仓皇得再也没有了简博士的样子。

仓皇得像那个被亲妈塞进冰箱里让他好好冷静一下的少年。

阿蛮拿着那张户籍证明看了很久。

普通的A4纸，上面复印了她在原户口本上的所在页，领养的证明，以及当地派出所的证明，盖了一个大红戳。

因为是领养的，所以复印的户口本页上印着一行小字"某年某月某日因错漏补报，移入本址"，和户主的关系人写着"女儿"，非常人性化地隐去了她被领养的身份。

只是当时谁都没想到，五年后，她会因为养父养母双双死亡又一次回到福利院，她的那张户口本页上，盖了一个大红色的迁出章。

再下面，就是一个表格，写着她的姓名：杨秀丽。曾用名：阿蛮。

阿蛮把户籍证明用手盖住，叹了口气。

她的真名真难听，难怪这么多年来她只记得自己的名字叫阿蛮。

她的出生日期和苏珊娜当初领养她时填的日期是一样的，大家都只知道她的大概岁数，模模糊糊地填了个"1月1日"。

新年伊始，重新开始。

一整张A4纸上都是类似的信息，工工整整地记载着她八岁之前在中国的人生。

第19章 ◆ 调查

不能说是百感交集。

这白纸黑字和大红戳，让她有一种正式感，她是中国人，她出生在这里，她在这里留有痕迹。虽然痕迹很老，户口本那页应该是被复印了很多次才存档的，模模糊糊的，都印出了叠影。

这么多年一直想找却一直没有认真去找的东西，就这么猝不及防地出现在她面前，变成了一张轻飘飘的纸。

这并不算是她真正的根，她还离那对把她卖掉，让她二十二年的生命一直颠沛流离的亲生父母还有一段距离。

但是，这是她在中国唯一拥有记忆的一段时间。

她对领养当年就车祸身亡的养母没有印象，但是她记得她的养父。

话少但是严厉，也喜欢抽水烟，坐在老旧的有灰尘味的武馆里，用棍棒教她写字，写错一个字就得打手心，她哭了，就会罚她蹲马步。

很模糊的记忆里，她养父的身形慢慢佝偻，用棍子打她越来越不痛，盯着她扎马步的时候会睡着，再后来，他拉着她的手，说了一句"苦命的娃儿"。

模模糊糊破破碎碎的记忆就因为这张户口本复印页有了泛黄的画面，原来养父，姓杨。

阿蛮盯着那张纸都快看出一个洞。

她成年后就在自己身上文了荁草，因为她养父生病的最后那段时间里，他们家后院翻出来的田地里长满了这样的草，当地人叫它拉拉秧。

非常烦人的东西。缠绕在农作物上，一旦生根就开始疯长。茎上都是倒刺，细细密密的，钩住皮肉就会戳进皮肤很难清理的倒刺。

她养父死了，她不知怎么就跑丢了鞋子，脚底板都是这样的倒刺。

被送到福利院的时候，阿姨给她穿上了鞋袜，她却没有告诉阿姨她脚底板上有倒刺。倒刺在皮肉里慢慢红肿发炎，所以她刚进福利院的那一个月，生了一场很重的病。

当时的医生也和护士说，这是个苦命的娃儿。

大家都知道她苦命，但是，她却一直没有一个家。

那是她人生的第一课，荁草带来的绵密疼痛和一个月的缠绵病榻让她记忆深刻，并且把它刻在了身上。

而今天，这些东西都变成了这么一张纸，证明她不是石头缝里蹦出来的，证明她有名有姓。

第20章
暂别

阿蛮仰起头，看着院子上空的银河。再次低下头，眼底的泪意就已经收了回去。她是真的被简南影响得越来越娇气了，就这么一点事，居然眼眶都要红了。她回头，看着一直关着门的里屋。

"简南！"她喊他的名字。

里屋一阵乒乒乓乓，简南打开门，在夜里二十几度的曼村，满头大汗，满脸通红。

"我有名字了。"阿蛮看着简南眯着眼睛笑，"很难听的名字。"

"我姓杨，叫杨秀丽。"她扬着那张纸，眯着眼睛，笑着笑着就咧开了嘴。

真是，好难听的名字！

"你还是叫我阿蛮吧。"她决定。

她有姓名了，阿蛮就可以叫得更有底气。

阿蛮刚刚敷完面膜，脸上还有湿意，短发长长短短的，乱蓬蓬。她穿着她从切市跳蚤市场淘来的好质量的背心，外面却不再是她标志性的黑色帽兜——二丫说她穿黑色帽兜看起来像漫画里的女杀手，她觉得是奇耻大辱，于是把黑色帽兜藏了起来。

她现在披着有很多花纹的大披肩，云南每个小店里都有的那种，她把自己整个人裹在里面，显得更加瘦小。她仰着脸，挥舞着那张纸——那个简南觉得天突然就塌下来的、阿蛮的翅膀。

他刚才藏阿蛮的行李的时候，想了很多办法。

他可以再改一次合同，理由很充分，阿蛮现在有了户籍，恢复国籍后就有了身份证，他可以在合同里提高阿蛮离开的门槛。阿蛮对他很心软，如果他非常想，阿蛮会同意。

他可以表现出更强的占有欲，非阿蛮不可，没有她就干脆失去自己生活的能力。阿蛮喜欢这样，他偶尔因为阿蛮不在忘记吃饭，阿蛮会一边逼着他吃很多饭,一边笑眯眯。

他可以给阿蛮更多的东西,完全的关注,完全的付出。

阿蛮看得懂,阿蛮一直都看得懂。

但是……阿蛮现在就站在他对面,扬着那张纸,脸上是纯然的开心,眼角还有一点点红。

他从来没有见过阿蛮哭,哪怕是像现在这样,眼角只有一点点红。

孤儿一直是阿蛮的心病。简南低下头。他却卑劣地一直想让孤儿阿蛮只有简南。他没有愧疚心,他可以继续他的计划,却最终,因为阿蛮在灯下湿漉漉的笑脸,而卑微了。

"好。"他听到他自己说,"我叫你阿蛮。"

阿蛮更开心了,嘿嘿嘿地笑了一会儿。

"我去洗澡。"她把那张纸小心翼翼地叠好,放在她随身包最最里侧的口袋里,还拍了拍。

"我那个开武馆的养父,也姓杨呢。"她说。

显而易见的事情,她当成了新闻。

"我有没有跟你说过,我扎马步非常标准。"她刷牙的时候又探出了一颗脑袋,"我养父教的,他应该是很有名的武师吧,像老金这样的,退隐山林之类的。"

她咔嚓咔嚓地刷着牙,想了想,又把脑袋缩回到厕所里。

"刚才那张纸。"她漱口的时候,踢踢踏踏地跑出来,把包里的那张A4纸又拿了出来,"这个印章是对的吗?"她把纸递到简南面前。

简南看着那张纸,里面的字他一个都看不进去。

"对吗?"阿蛮因为简南的沉默变得有些迟疑,又问了一遍。

她很少会一样的话问很多遍,她从来没有露出过这么迟疑的表情。

"对。"简南强迫自己把那张纸的内容看进去。

阿蛮是孤儿,阿蛮叫杨秀丽,阿蛮在这里面的生日,是一月一日。

"很奇怪。"阿蛮歪着脑袋,"看着这张纸,我突然就想起我养父的样子了。"

她以前想过很多次都没有想起来。

"他个子没有你高。"阿蛮踮起脚,手指放在简南的下巴,"大概只到这里。"

"比你魁梧,比你黑,而且有很多胡子。"阿蛮挠挠头,"我记得他这里,有颗痣。"她指着下巴。

"我还想起了武馆的样子,应该是仓库改装的,我养父在上面铺了木地板,放了一些软垫。

"下暴雨的时候,仓库会漏水,木地板就会被泡开,武馆就得休息一天。

"每到那个时候,我养父都会臭着脸把泡开的木地板铲掉,装上新的。我就会坐在武馆角落的书桌上战战兢兢地写字,毛笔字,写错一个字就会被打一次手心。"

阿蛮用拇指和食指比了个距离:"用这么宽的竹条。"

"所以我一直很讨厌暴雨天,总觉得暴雨天里有木头被泡开的发霉的味道。"她把这些话都说完了,愣了下,大概被自己的话痨吓到了。

"我去洗澡。"她再次宣布,再次把那张纸叠起来,放到随身包最里面的侧边口袋里。这次没有拍,只是很不好意思地冲他笑了笑。

小女孩的那种笑容。

他还可以用各种方法截断阿蛮所有的退路,从合同开始。他脑子里的理智告诉他。

阿蛮这样很危险。阿蛮现在的情绪,是他从来没有见过的。饱满的,孩子气的,欣喜若狂的。哪怕她亲了他,她眼底也从来没有过这样的光彩。所以,他要切断这一切,不动声色的,让阿蛮仍然只有简南。他的理智再一次提醒他。

阿蛮还在厕所里洗澡,哼着歌,荒诞走板。

简南蹲下。把塞到床底最里面的行李箱拖出来,把阿蛮经常穿的衣服拿出来叠好,把他之前在网上买的护肤品洗漱品的旅行套装塞到他买的旅游化妆包里,掂了掂分量,觉得阿蛮应该不会发飙,就慢条斯理地拉上了拉链。

他的理智还在叫嚣,他开始默背阿蛮教他的脏话。

这操蛋的世界,操蛋的人生。

他开始整理药盒,创可贴、感冒药、肠胃药、止泻药、健胃消食片,还有一小盒止痛药。他之前买了个粉红色的药盒,为的是可以哄着阿蛮接受以后出远门都能随身带点备用的药,不要再试图去兽医院找兽医。

还有什么?他坐在床边抿着嘴,背诵着脏话。还有一个小的行李箱,上面乱七八糟地印着很多花纹,阿蛮觉得挺好看,他就买了。

把所有的东西放进去,把行李箱的密码设置成"011",阿蛮户籍上的生日。

然后他就一直坐在床边,等着阿蛮。

他很早就知道,阿蛮肯定会出差。他说过阿蛮可以随时接保镖的工作,只要提前跟他说一声。说这些的时候,他看起来特别体贴,那是因为他知道,他是这个世界上和阿蛮牵扯最深的人,阿蛮会回来。

那个时候,他没有看到过这样的阿蛮。

第20章 ◆ 暂别

那个时候，阿蛮还没有亲他。

那个时候，感情没有现在这么深。

"行李都收拾好了。"等阿蛮出来，简南发现自己的语气听起来并没有什么不一样，"密码是011。"

应该不一样的，因为他现在很想吐。

阿蛮看着这一行李箱的女性用品，花花绿绿，大部分都是粉红色的底："你真是……"

她摇头笑："要不是因为你是简南，你真的有可能已经被我揍了无数次了。"

她最多就出差两天，他却给她带了满满一行李箱的东西。出去两天而已，为什么要面膜?!

"为什么我是简南你就不会揍我?"简南反问。

阿蛮一愣，抬头。

"我很欠揍。"翻涌的肠胃终于因为他这句话，变得平静。他知道，他可能要搞砸了，搞砸这段感情，搞砸这段他认为的他人生中最幸福的时光。

他当初，确实应该用自己的全副身家去换取卫生院的那一刻，因为他后面的话一旦说出口，他今后的生命里可能就只剩下那一刻了。

"我不喜欢你找到过去的户籍。"他看着阿蛮，觉得自己仿佛回到了切市的半夜，他拿着医药箱，担心阿蛮随时会关上门的那个晚上，"我不喜欢你想起童年，不喜欢你有了姓，不喜欢你有了回忆。"

"哪怕你很高兴，我也不喜欢。"这才是他的真实情绪。

阿蛮嘴角的笑意一点点地淡了下去。

"我不喜欢你有其他的东西。"简南看着阿蛮，坚持把话说完。

他终于不想吐了，木已成舟。

"那出差呢?"没有了笑意的阿蛮反问。

问完了，她又自问自答："出差应该没事，毕竟是工作，你向来都很尊重我的工作。"

说完，又改了说法："你好像只尊重我的工作。"

简南安静，呼吸慢慢地慢了。

阿蛮还是蹲在那里，想说什么，最终什么都没说。

"先睡吧。"她决定，"等我出差回来再说。"

简南没动。

"我能理解你说这些话的意思。"阿蛮仍然像那个晚上一样，没有当着他的面甩上门,"你也能明白我现在的心情。"都明白,所以反而不知道应该说什么。

"睡吧。"她宣布。

复杂的事,她不爱想。

在一起之后,因为天天腻在一起,因为被这个男人全心全意地对待,她很幸福,所以也自动忽略了简南病态的占有欲。

更何况,她也是有感情的人,她主动亲上去,并不是因为心软,也不是因为感动。

她喜欢的人是个变态,对于这件事,她很早就有心理准备。

只是简南当着她的面说出这些话,她仍然会感到难过。

她一直以为人和人之间没有隐瞒,把所有的话说出来,应该就能解决所有问题了,但是她没有料到,有一天把所有的话说出来,仍然不能解决问题。

有一种东西,叫作"分歧"。所以她那天晚上一直背对着简南,听着他一动不动地躺着,没有翻身,也没有入睡。

等了很久很久,他才终于转身,把手轻轻地放在她的腰间,慢慢靠近。他在她背后,抱住她,把她搂入怀里。

"睡吧。"她仍然没有转身,因为太久没说话,嗓子有些哑。

分歧,不能靠心软解决问题。

阿蛮闭上眼。

"你们吵架啦?"王二家的送早餐来的时候,神秘兮兮地压低嗓子,"我看你家媳妇一大早就拎着箱子走了,你也没出来送。"

简南接过早饭,低着头没说话。

王二家的于是闭上了嘴。相处将近两个星期,第一印象很温和的简博士反而成了他们不敢随便乱说话的那一个。

早餐是王二家自己磨的稀豆粉,加了葱花和榨菜。如果阿蛮在,一定会加一大勺辣椒粉。简南只吃了一小口,甚至没有拿出自己的筷子套餐。

阿蛮从来没有生气过,他看过她发脾气的样子、暴躁的样子甚至打人的样子,但是阿蛮从来不生气。

她包容了他所有的不一样,唯独这次,她笑容淡了,说,睡吧。

早上走的时候,他一直跟着她,亦步亦趋,看着她刷牙洗脸,看着她收拾东西。出门之前,她回头跟他淡淡地说了一句:"不用送了。"

四个字。没有和他说再见。

他知道阿蛮的行动路线，先坐村长的大卡车到镇上去找那个一直在王建国身边的女人，接着会在镇上休息一晚，第二天一早坐长途汽车去找王建国的儿子。按照计划，三天两夜就可以来回。

只是，找王建国儿子的时候，阿蛮发了条消息说自己要多待一阵子。

她没说多待多久，也没说待着要干什么，只是告诉他两天后她回不来了。

于是，他照着一日三餐的节奏给阿蛮发消息，阿蛮偶尔会回，回的都是很简单的单字，"哦"或者"嗯"，再不然就是"好"，只有晚上睡觉之前，她会主动给他发一条"晚安"。

就两个字。接下来不管他发什么她都不会再回。

所以他想，阿蛮应该是生气了，只是并没有打算离开他。因为她还没毁了他，因为她还会跟他说晚安。

心情稍微安定了一点点，他才有力气去回想那天晚上阿蛮说的每一句话，脸上的每一个表情。

鱼塘还在挖。挖鱼塘有很多讲究，三亩地的鱼塘，朝向和长宽比，池塘中埂面要窄，坡要平，深度要适合洱海金线鱼，还得挖出金线鱼穴居的位置。所以他每天白天仍然很忙，现场实验室两地跑，回来的时候脚上身上都是黄泥。但是没人笑话他，也没人上蹿下跳的不肯擦防晒不肯敷面膜。

阿蛮不在，他看着空荡荡的院子，到井里打一桶水直接浇到身上，被冷得在院子里四处乱窜。

简南看起来很平静，平静得连普鲁斯鳄都没有发现他的异常。普鲁斯鳄最近所有的心思都在那颗蛋上，除了坐在电脑前就是躺在床上，根本没有心思管简南的情绪异常。

明明谢教授让普鲁斯鳄过来，有一大半原因是让他看着简南的。

不过普鲁斯鳄本来就没有靠谱过，这次一声不吭地直接帮阿蛮办好户籍证明，就是他不靠谱的巅峰。

简南全身发抖，又给自己浇了一桶井水。

他需要这样的冷静。不然他克制不住自己去打开内心那扇火场的门，《白兰香》和阿蛮的脏话都没有用了，他的情况已经恶化到根本不想主动找吴医生的地步。

这在他被诊断为反社会人格障碍的这几年，从来没有发生过。

他开始做噩梦。那天晚上火场的所有细节都变得越来越清楚，他已经想起了地毯的颜色，想起了墙纸被火苗卷起来的样子，甚至想起了他妈妈再婚的那位丈夫从火场里被救出来的样子。

救出来的时候就已经断气了。

他妈妈拽着他的衣服声嘶力竭地骂他，她说他根本不是因为太慌了才没有第一时间告诉消防员那个房间里还有人，他是以为那个房间里面的人是她，他就是想杀了她。

一个打算放火烧掉所有人的人，在那一刻指责他才是杀人犯。

哪怕他是她的亲生儿子，哪怕那一天是他十七岁的生日。

他还想起来，他当时回答了她的问题。

他说，你本来就是想死的，我只是不想打扰你。在她耳边说的，说的时候，表情很乖巧，声音很轻很轻。

然后他的妈妈尖叫着让所有人来听听他这个恶魔在说什么，她说她生了一个怪物，她说如果早知道有这么一天，当初就不应该把他生出来，或者应该在他还在襁褓中的时候就直接把他掐死。

于是她当着所有人的面，掐住了他的脖子。

他的妈妈彻底疯了。

而他，在一次次的梦魇中，终于把吴医生在他脑子里打碎的拼图全部拼了出来，完完整整的，连当时他被烧焦的头发丝都记得清清楚楚。

他是个怪物，高智商只是他这个怪物存活在这个社会上的求生工具。如果没有高智商，谢教授不会留着他，普鲁斯鳄不会做他的朋友，阿蛮……

他越来越混乱的脑子因为这两个字安静了几秒钟。

阿蛮，并不是因为他的高智商才亲他的。

"你为什么喜欢我？"他抖着手给阿蛮发短信。

晚上八点多，一般这个时候，阿蛮不会回给他。

她走了六天，一个电话都没有打给他。

她为什么会喜欢一个怪物？她为什么会对怪物生气，却还不放弃他？

她为什么要跟他说晚安……

简南根本没有想着阿蛮会回他，只是发出去一条短信，心里却闪过了无数个问题。所以当被他调成最大音量的手机突然响起短信声的时候，他差点把手机丢到水井里。

是阿蛮的，这次不是字，只是一个问号。

简南原地坐下，也不管自己身上湿淋淋的还滴着水，也不管院子里都是黄泥巴，他捧着手机把自己刚才的问题一个字一个字输进去，反反复复看了三遍，每个标点符号都看了三遍，最后数了数字数，确定是三的倍数之后，虔诚地点了发送。

这是他唯一的伪科学迷信，他坚信三是个好数字，因为"一生二，二生三，三生万物"。

这次阿蛮回得很慢。简南拿着手机，安安静静地等。

"你很纯粹。"阿蛮的短信姗姗来迟，明明等了很久，却只有四个字。

简南看着那四个字，掰开了揉碎了又排列组合。他以为这就是答案，他问出来的时候并不知道自己想要什么答案，但是阿蛮回了四个字，他想把这四个字当成答案。

但是手机却再一次响了起来。这么多天来只回单字和晚安的人，短信一条条地接踵而至。

"你很尊重生命。"阿蛮的第二条短信。

六个字。简南幸运数字的倍数。

"你……"阿蛮的第三条短信。手机叮叮咚咚，热闹得隔壁的狗又开始吠。

"背诵规则，努力照着规则走，走得比大部分正常人都要好的时候……"

"很帅。"

她说。然后就再也没有了下文。

简南呆呆地坐着，手机锁屏了，他就再摁一次解锁键，让画面一直停在短信页面。

现代人聊天很少用短信了，但是阿蛮不乐意用其他的聊天工具，她说其他聊天工具都容易被监控追踪，短信反而相对安全一点。

她有很多在和平年代的人不会有的危机意识。

她终于找到了户籍，她有个很难听的名字，这里，是她的故乡。

但是他说，他不喜欢。

手机又锁屏了，黑掉的屏幕上面映着他的脸，他的脸面无表情地和他对望。一个怪物，可是阿蛮说，他很白。

简南这一次没有再摁亮手机。他坐在院子中心，低着头，紧紧握着手机，身体越缩越紧，眼眶越来越红，一滴液体滴在手指上，又从手机屏上滑落到地上，和他刚才冲掉的井水融为一体。

人类哭泣，尤其是成年人哭泣，除了生理性的情绪宣泄，其他的大多都是无法言说的复杂情绪，他的大脑前额叶区块无法感知的情绪。

简南眨了眨眼睛，液体又滴了一滴。这一次，他听到自己吸鼻子的声音。

哭泣的时候，泪水经过泪小管、泪囊和鼻泪管与鼻腔相通，通过它们经鼻腔排出体外，排出体外的时候又会带出鼻腔的分泌物，所以，会感觉鼻腔里面充满了鼻涕。

简南发现他已经开始抽泣，一个人在院子里哭得都发出了呜呜声。

头涨痛得一塌糊涂，呼吸也开始变得困难，他坐在那里又是呜咽又是喘息，还得对付鼻子里流出来的液体，唏哩呼噜的。

他手里的手机拿起又放下，通话键被摁到发烫，最终还是把手指拿开了。

他又站起来，重新打了一桶水，兜头兜脑地往自己身上浇。

"阿蛮。"他终于让自己冷静下来，发了短信，"我想你了。"

这是他冲了三桶井水后才能发出去的话。

不那么急切，不强迫人，不会让人觉得不舒服，而且，六个字。

这一次又等了很久。

阿蛮还是回了。

她说："晚安。"

简南就这样站在院子里，吸着鼻涕笑出了声。

"阿蛮。"他又开始噼里啪啦地打字，"等你回来了，你陪我一起去找吴医生问诊好不好？"

阿蛮这次回得很快，只有一个问号。

简南走到里屋，把自己裹在浴巾里，缩在台阶上继续敲手机，他想说的很多，又想要幸运数字，所以删删减减的。

手机又响又振动，页面刚显示出阿蛮的名字的那一瞬间，简南立刻就按了接听。

"怎么了？"阿蛮的声音。

"我哭了。"简南回答。多好，三对三。

阿蛮："啊？"

只是一个字，他都能听出她的困惑，她在电话那头一定皱着眉，一脸郁闷。她最不耐烦人家说话说一半留一半。

"我哭了。"简南重复，"不是生理性的，也不知道什么原因，就突然哭了，很大声，隔壁肯定听见了。"

"为……什么？"阿蛮犹疑了。

"因为你说我帅。"简南咧嘴。

直接原因就是她的短信，深层原因，他不是心理医生他也不知道。

阿蛮:"……"

"你什么时候回来?"通上话了,听到她的声音了,他才知道他有多想她。

他这几天已经把阿蛮走的那天说的每句话、每个表情、每个动作都复习了好多遍,但是听到她的声音,他还是能迅速知道阿蛮现在应该是什么样的表情。

"王建国儿子这边有线索。"阿蛮大概也觉得这种时候聊公事没意思,只是简单带过,"再过两天应该就能回来了。"

"哦。"简南应了一声。

阿蛮没接话,也没挂电话。

"我没有不尊重你。"简南安静了半分钟,才重新开口。

"除了你的工作,其他的,我也尊重的。"他说。语气不是他惯常的样子,可能因为鼻塞,也可能是其他原因。

阿蛮很轻地"嗯"了一声。

"你……不要生气了好不好?"简南因为阿蛮的这声"嗯",眼眶又红了。

"靠!"阿蛮在电话那端骂脏话,"我明天去改签车票。"

简南:"啊?"不是说还有两天吗?

"这边昨天就弄好了,我只是暂时不想回来。"阿蛮狠狠了。

"怎么地?我不能生气吗?"她恼羞成怒,学了普鲁斯鳄的口气。

"不要学普鲁斯鳄。"简南低头,心跳得砰砰砰的,自己都不知道自己在说什么。

"你没事吧?"阿蛮在挂电话前又问了一句。

"有事。"简南很肯定,"所以我想让你和我一起去看吴医生。"

很有事,他都不知道这哭是好是坏。他害怕了。他想阿蛮了。

阿蛮的回答是飙了一句脏话,直接就挂断了电话。

应该让她离普鲁斯鳄远一点的,简南挂了电话之后,对着星空傻笑。

阿蛮说他很帅。

简南继续傻笑。

说了明天去改签车票的人,当天凌晨就到了。

怕吵醒简南,翻墙进来的,进屋的时候用一根铁丝撬了锁,风尘仆仆的,第一件事就是去房间里摸了摸简南的额头。

"唔?"睡眠很浅的简南立刻就醒了,一双眼睛瞪得老大。

他很奇怪,每次被吓到的时候,发出的声音都是"唔"而不是"啊"。

"眼睛怎么肿成这样？"阿蛮傻了。他这是抱着枕头哭了一晚上吗？

简南揉着眼睛，努力睁大眼。

他没那么傻，不会掐自己一下才能分辨现实和梦境，阿蛮确实回来了，刚才摸他额头的手心触感就是阿蛮，手心有茧，手指有力，温度带着夜风的微凉。

他坐起身，看了一眼时间。

"你……怎么回来的？"

凌晨三点钟，这一路过来，黑漆漆的，还都是山路。

"我叫了车。"挂了电话她就直接叫了车。过了那么多天，气本来就已经消得差不多了，再加上简南电话里的鼻音，她回来的路上都在思考她有没有必要把这件事搞得那么严重。

虽然她是真的生气了，虽然她觉得这件事如果不解决，她以后心里可能会存一个疙瘩。简南没有同理心这个问题在这件事上变得非常突出，她觉得她有可能会失去和简南分享喜怒哀乐的动力。

但简南那个电话仍然让她非常迅速地缴械投降了。

没有气了，就很难对他硬起心肠。毕竟，她是喜欢他的。

可是别扭仍然存在，问题没有解决，她一时冲动回来了，现在看着简南，却不知道应该说什么了。

他刚睡醒的时候反应总是很慢，现在还是木呆呆地看着她，眼睛是肿的，鼻尖还是红的，衣服领口仍然很大，滑下来一大半，露出了大半边的肩膀。

但是却没有她走的时候那么白了。

"你最近没擦防晒？"阿蛮也知道自己在这个时候问出这样的问题很烂，但是，她尴尬。

简南的回答是往边上让了让，让出了阿蛮平时睡觉的那半边床。

"我还没洗澡。"阿蛮咕哝，却言行不一地脱了鞋，爬上了床。

还是她走之前的姿势，简南从后面抱住她，搂得很紧，也不怕热。

"我没洗头。"阿蛮继续咕哝。

虽然简南电话打过来的时候她刚洗漱完准备上床，但是这一路颠簸过来，她现在身上的细菌实在是不符合简南平时的检验标准。

"我想你了。"简南的话仿佛带着水汽，湿哒哒黏糊糊的。

阿蛮瞬间不动了，只觉得耳朵酥酥麻麻的，一路麻到心里。

"我们这样不好。"被抱着太舒服了，阿蛮继续言行不一地一边往简南怀里钻，一边抱怨，"这样吵架不会有结果的。"

第20章 ◆ 暂别

下次再遇到这样的事情，她可能还是会气得天没亮就走人，多气几次，她怕以她的脾气，她会就这样走了再也不回头。

但是该死的，简南身上真的太舒服了。熟悉的味道，平和安宁，他由着她在他怀里像泥鳅一样动来动去，偶尔还会安抚地摸摸她的头发。

太舒服了。她会眷恋，会上瘾，会被男色所惑。

"我的思维逻辑和别人不一样。"简南搂着她，没关灯，所以能看见阿蛮脸上别扭的表情。

阿蛮还在生气，但是，从抱住她的那一刻开始，他脑子里面的喧嚣和刚才还在进行的噩梦就都远了，明明还在，却被固定在过去的这条界限里，被压进了玻璃罩。

"听到你找到原户籍的时候，我的第一个反应就是我之前定的那些能让你和我有牵扯的规则都没有用了。"

阿蛮一愣，不动了。

"因为我希望你永远留在我身边，所以我的大脑会迅速地列出能让你留在我身边的方法，然后把所有可能让你离开我的原因都放到敌对的那个区域。"他说得很绕，但是很慢。

"正常人都知道，用合同，利用她的同情心，刻意地投其所好或者用物质把一个成年人永远留在身边，是病态的，是不对的。"

阿蛮转身，抬头看他。

"正常人在做事的时候，会先判断这件事是不是正确的，然后才会决定要不要做。

"但是我不会。我的第一反应就是要把你留在我身边，我不会去考虑这件事情是不是正确的。"

这就是反社会人格可怕的地方，他所有的想法在成为行动之前，都不会经过道德衡量的这道门槛。所以，人性的自私贪婪欲望，在他脑海中成为想法之后，就会变成行动。

"我为了不被打成异端，不被烧死，在做其他事情前会停顿一下，强迫自己去背诵道德标准，所以很多时候，我的行为看起来很像一个正常人。"

甚至比正常人更善良一点。

"但是我对你不会这样。"

所以他把阿蛮气跑了。

"而且我也不想对你这样。"他强调，任性并且狂妄。哪怕经历了这一次，哪怕他现在眼睛肿成核桃，但是不想就是不想，而且以后也不会改。

阿蛮没说话，她在等下文。

这六天里，她都在工作，什么都没想，这些复杂的事情，不是她擅长的。但是简南肯定想了，他能这么说，代表他有办法了。

"所以我想复盘。"简南终于说出了他的办法。

阿蛮张着嘴："啊？"

"把那天晚上所有的事情都重来一遍，一点点找到让你不开心的点，我会改掉。"他解释。

阿蛮："……啊？"

"我想记住你的情绪，会让你不高兴的地方，会让你生气的地方。像道德标准一样，在行动之前先想一想。"

他决定要做一套阿蛮独有的道德标准，反正他脑容量大，都记得住。

阿蛮："……"天才的脑子里其实也有糨糊吧，她绝望了。

"就从我把普鲁斯鳄赶出去开始。"他甚至坐了起来，"你拿着那张户籍证明站在那里，我在院子里。"

"我会把我当时脑子里的想法都告诉你，你如果觉得不开心的，就打断我。"他开始穿鞋子。

兴致勃勃，凌晨三点。而且看他的样子，他还打算每次吵架都这样玩。

"复盘"……真是难为他了，一个专家学者，上哪儿找的这种听起来就让她很想打人的词。

"你给我躺好！"阿蛮没好气地把他拽回床上，把他的手摆回原来的姿势，她也重新躺回去。

"再乱动揍你。"她威胁他，扬了扬拳头。

"可是我不想发生这样的事了。"简南并没有被威胁到，复盘，他是认真的，"事情如果没解决，我们之间就会有阴影。"

原来他也知道。

"我没有那么多生气的点。"阿蛮语气缓和了很多，"只是找到原户籍这件事真的发生了，我的心情比我之前预期的要复杂很多。"

她并不擅长讲心事，这样面对面抱着在床上聊天，四目交接的时候会尴尬。

所以她翻了个身，让简南从后面抱着她，她自己一边说，一边心不在焉地玩简南的手指。这家伙，连指甲都修剪得刚刚好。

"我当时其实很无助。"阿蛮想了很久，想出一个形容词，让简南意外的形容词。

"我以为你很高兴。"简南从来没想到"无助"这个词会从阿蛮嘴里说出来，还是用来形容她自己。

"是很高兴，但是高兴之后，就变得有点复杂。"阿蛮笑笑，"我并不是真的没有能力找原户籍。我记得我被领养的地点，苏珊娜抛下我周游世界的时候，也把之前那张领养证明给我了。这些东西，真要花工夫去找，我自己也能找到。"

"但我只是托人找了几次，对方跟我说福利院不在了，我也就算了。"就像一开始简南说要帮她找那样，后来简南没声音了，她也没再催过。

"我以为是近乡情怯。因为那些东西不会变，如果我真的想找了，总是可以找到的，所以我也一直拖。

"但其实不是。

"被我养父领养在武馆的那几年，可能是我生活中最幸福的几年。回想起那几年，我会很想知道我到底缺了什么，才会变成这么命苦的孩子。"

"所以你说你不喜欢我有其他东西的时候，我才会生气。"她说完了，开始专心玩简南的手指。

她非常生气。她凭什么不能有其他的东西，凭什么连简南也要这样说，哪怕她知道简南这样说的原因，她仍然无法接受。

她从来没有这样生气过。所以那天凌晨走了，她还真的想过再也不要回来了。她既然有了其他东西，那她就不要简南了。

可是到了晚上，她还是没忍住给简南发了一句"晚安"。

他应该被吓着了，他就是单纯地不喜欢她为了其他事情那么高兴，单纯因为占有欲太强烈所以变得病态了。

他没有同理心，所以他根本无法体会她那么复杂的心情。她这样的反应，他肯定会吓着。

她在外面一直在给自己找原谅他的理由，找了六天，却因为简南一句她为什么会喜欢他，兵败如山倒。

现在躺在他怀里，把这些都说了出来，突然就觉得这六天来的委屈，其实也不过就是一场撒娇。她不习惯撒娇而已。也就是仗着这个人绝对不会像其他人一样抛下她，所以她第一次撒娇用力过猛了而已。

"睡吧。"都说完了，她突然就困了。

可是身后的男人不困了。他从她说了"无助"就开始流眼泪，一直到她说"睡吧"，他才因为快要憋死了，很轻地吸了一下鼻子。

可是耳力很好的阿蛮还是发现了，转过头去，发现之前肿成核桃的眼睛现在已经变成一条线了。

"对不起……"简南也不知道是对不起什么。

他难受死了，不明原因地哭，心里面有一股绵绵密密的痛，想到他这六天来居然因为她不给他打电话就不敢主动了。他一个神经病为什么要跟正常人一样，他不敢主动有什么意义??

"你要不要现在就找吴医生。"阿蛮慌了。这不是正常人的哭法，简南憋得脸都紫了。

"不要。"哭得太难看了，简南索性把阿蛮的脸埋到他怀里，他自己仰天对着天花板，张着嘴大口大口地呼吸。

他只是太聪明了。为了复盘，他把吵架那天晚上的所有小细节都刻到了脑子里，所以刚才阿蛮说的每一句话，他都能对应到那天的场景里。

他把阿蛮一个人丢在院子里很久，那时候他在忙着藏她的行李箱。

他在阿蛮一次又一次探头出来跟他聊过去的时候，都保持了沉默，并且脸很臭。

他在对阿蛮说出不喜欢她有其他东西之后，晚上还抱着她睡了。

阿蛮居然没有甩开他。

他真的是……

因为憋着，他呼吸声都带着咕噜。

"要不要去医院啊?"阿蛮被他摁着，又不敢太用力，只能闷声闷气。

没有人会这样哭。他这样子像是要把这二十几年来没哭的眼泪都流光了，她都担心他会脱水。

"我只是……"说话了会更喘，"不知道哭的时候应该怎么呼吸。"他没哭过。

"我也不会啊!"阿蛮怒了。她也没哭过啊!

"我自己调整。"他也没指望她。

"哪有我们这样吵架的。"阿蛮闷了半天，吐槽了一句。

好不容易摸索出哭的同时怎么吐气的简南一口气正吐了一半，因为她这句话，又呛又咳。

"你要不要纸巾，要不要喝水? 要不你干脆去洗个澡吧?"他的女朋友手忙脚乱，从担心到看到他这一脸的液体，十分嫌弃地往边上躲了躲。

"真的没事吗?"他的女朋友站在厕所外面，三分钟敲一次门。

她是真的喜欢他，连他说出那么过分的话，都没有选择走。

他也真的是个怪物,第一次吵架,哭到他觉得他可能真的得去挂一瓶生理盐水,要不然可能会脱水。

她不嫌弃他。

她真的不会离开她。

她真的,喜欢他。

普鲁斯鳄蹲在简南面前,距离非常近,近到简南想有辱斯文地啐他一口痰。

"啧啧啧。"毫无眼力见的普鲁斯鳄已经这样"啧"了好久。

"你有没有兴趣去做人体研究?我知道好几个大学都在找实验对象。"普鲁斯鳄很认真,"你这种哭到脱水来挂盐水的,我觉得他们应该会很感兴趣。"

简南拿出纸巾擤鼻涕,顺便在卫生所的床上翻了个身,背对着普鲁斯鳄。

他还没有完全止住哭,小村庄的卫生所没有镇静剂,说实在的,就算有,他也不敢随便用。于是就只能自己调节呼吸。幸运的是虽然止不住哭,但是流眼泪的速度已经慢慢降下来了,他总算不用因为止不住哭而在天还没亮的时候叫救护车把自己送到镇上去,虽然他不觉得丢人,但他毕竟是简博士……刚来的时候他逢人就自我介绍的简博士……

"普鲁斯鳄,你不要惹他!不然我揍你。"阿蛮在卫生所外面探出半颗脑袋,看简南扭头想看她,又迅速缩了回去。

她不能被简南看到,要不然他好不容易快要止住的哭又会加重。刚才就是这样,都快要止住了,结果两人四目交接,他眼泪又开始哗啦啦的。她被吓到了。她刚才甚至在想简南是不是快要哭死了,连一大清早被阿蛮从床上挖起来的卫生所的医生,都说他从来没有见过这样的病例。

偏偏吴医生的电话还关机。按照简南的说法,吴医生现在应该还在飞机上——她去瑞士参加研讨会了,这两三天估计都在飞的路上。

这肯定不是正常的哭,也不是什么情绪宣泄,更不是她自认为的简南想把这二十几年没有流出来的眼泪流干。

这就是生理上的,不知道是触动了简南大脑的哪个开关,他前额叶区出现了故障,所以就算他们的架早就吵完了,简南抱着她甚至都有反应了,他的眼泪还是止不住。

"我没事了。"简南在卫生所的床上第N次冲着门外喊。

阿蛮探出了半颗脑袋,用手比了个"五",喊道:"再等五分钟!"她才不相信他的"没事"。鬼才会相信他的"没事"。

"你快把她吓死了。"普鲁斯鳄继续啧啧称奇,"我还从来没见过阿蛮这么慌的样子。"

"你不要惹我!"简南捂住鼻子。就这么简单的一句话,他又要忍不住哭了。

"我叫你不要惹他!"

阿蛮捂着脸冲进来,反绞住普鲁斯鳄的胳膊,把他往屋外拽。

普鲁斯鳄一边嗷嗷喊痛,一边拽着卫生所病床的拦挡。作为一个合格的吃瓜群众,他实在不想这么快就被清除出场。

"我们可以聊工作啊!"到底是天才的脑子,"我就不信对着溃疡的烂鱼和王建国都能哭得出来。"

很有建设性的意见。阿蛮动作停住,看向简南。

"可以试试。"简南的目的是无论如何都要看到阿蛮,反正挂着盐水,呼吸也通畅了,小乡村的卫生所里抗生素充足,他还真不怕停不下来。

阿蛮犹犹豫豫地放开普鲁斯鳄,还在流眼泪的简南十分开心地让出半张床。

"……这里是公共场所。"普鲁斯鳄惊呆了。

"这里只有我们三个人。"医生在确定简南生命体征平稳,整个人没有大碍之后就去补眠了。虽然还在哭,但是摸索出怎么呼吸的简南已经可以话痨了:"而且只有一张凳子,而且阿蛮很累。"她舟车劳顿连夜赶回来的,连夜!

普鲁斯鳄心灰意冷地挥挥手。

阿蛮犹豫了一下,没有嚣张到直接爬上床,只是坐到了床边。她还是怕他又止不住,所以只给他看半张侧脸,又怕他会一边哭一边嘀咕,所以把手塞到他手上,两人十指紧扣。

拿捏得死死的。普鲁斯鳄感叹。

"查得怎么样?"普鲁斯鳄终于放弃自虐。他不想试探他们两个恋爱是不是真心的了,热恋期,简南又是这样的性格,说多了都是泪。

"王建国的儿子有问题。"阿蛮倒是很迅速就进入了状态。

"王建国在三个月前做过一次DNA鉴定,查他儿子和他的亲子关系。"阿蛮笑了笑,"结果他一直以来每个月寄钱养着的儿子其实不是他的亲儿子。"

"你怎么查到的?我怎么没查到!"普鲁斯鳄不服了。

"因为提交DNA鉴定的人是王建国现在的女朋友,并不是王建国本人。"

所以普鲁斯鳄错过了。

"那个女人为什么要查王建国儿子的DNA?"普鲁斯鳄皱眉,"如果是为了钱,王建国已经有九个月没有给他儿子寄钱了,为什么会在三个月前突然起意要查他儿子的DNA？"

时间不对，逻辑也不通。不是他查出来的，统统存疑。

"你找资料的时候没去看过本人吧。"阿蛮笑，用手比了比肚子，"王建国的女朋友肚子都这么大了。"

普鲁斯鳄："啊？"

"王建国的女朋友怀孕了，五个多月了。"阿蛮扭头看了简南一眼。

谈工作是有用的，他的眼泪又止住不少，所以她一反常态地把整件事的来龙去脉都解释得非常清楚。

"我本来以为这只是一般的家庭狗血剧，王建国前妻的儿子不是他的，王建国断了他儿子的经济供给，决定和现在这个女朋友再生一个孩子。

"三个月前，王建国女朋友怀孕刚两个多月，为了让王建国彻底断绝和前妻儿子的往来，去做一份白纸黑字的DNA鉴定，这也很符合逻辑。"

"所以我以为这条线没什么值得挖的，王建国的私事和养殖场应该没什么关系，后来去看王建国的儿子，只是为了走走流程。"顺便离简南远一点。

简南感觉到了，很轻地哼了一下。阿蛮低头笑。

"我有眼睛。"普鲁斯鳄字字泣血。

"你每次反应别这么大，说不定早就已经习惯了。"阿蛮很真心地给他一个很好的建议。

"谢谢。"普鲁斯鳄翻着白眼道谢。

"我跟了他儿子两天。"阿蛮继续她的工作汇报。

简南又哼了一声。走流程，她跟了两天……

"我当时在生气。"阿蛮被他连着哼了两次，脸都快要红了。

她很少这样孩子气。简南翻身，弓着身体躺到了阿蛮旁边，头枕着她的腿。

"不流眼泪了？"阿蛮发现他脸上几乎已经干了。

"嗯。"简南抱住她的腰，点点头。

普鲁斯鳄："……去他祖奶奶的王八羔子！"

"然后？"他马上就要控制不住殴打病人了。

"然后我发现，王建国前妻的老公每天都会在固定的时间点去一家酒店开钟点房。"阿蛮的脸真的有点红了，因为简南鼻子不通气，正在用嘴呼吸，弄得她肚子好痒。她觉得他们两个在白日宣淫。说真的，普鲁斯鳄好可怜。

"开开开什么房？"普鲁斯鳄结巴了。

千古宅男突然听到女孩子当着他的面说这两个字，脸迅速地涨红了。

简南这回有反应了，他伸手把挂盐水的那根铁杆子拿过来，砰的一声敲在普鲁斯鳄的脑门上。

普鲁斯鳄脑门迅速红了一块："我他……"普鲁斯鳄想骂脏话又不知道应该骂什么，"我脸红一下都不行吗！"

"不行。"简南回到病恹恹的状态。

脸红，就代表普鲁斯鳄想到了龌龊的东西，该打。

"他每天都会在那个时间点和人视频。"阿蛮无视这两个人的幼稚行为，说得更加劲爆，"视频裸聊。"

千古宅男普鲁斯鳄捂住鼻子，怕又被简南打，于是站起来，跑到简南打不到的地方，继续捂住鼻子。

"这么刺激的吗！"普鲁斯鳄瞪大眼。

阿蛮很淡定地丢下最后一颗炸弹："视频裸聊的对象就是王建国的女朋友。"

普鲁斯鳄："……什么？！"

连一直努力想让鼻子里的眼泪流光的简南都忍不住抬头，一脸震惊。

"所以我的跟踪还是有用的。"阿蛮低头，笑嘻嘻。

"王建国女朋友不是怀孕了吗！"惊呆了的普鲁斯鳄一下子不知道应该抓住哪个重点，"和孕妇裸聊？？？"

不是，和老婆的前夫的女朋友？？？

不是。

"他就这么喜欢王建国的女人？"一个前妻不够，现在还要现女友？

兴趣爱好这么高度重合？而且……

"这和黑鱼养殖场有什么关系？"普鲁斯鳄终于从八卦震惊中回过神，想起他们其实是来治鱼的。

"王建国前妻的老公，姓林。"阿蛮这六天的调查硕果累累，"工作是水生生物检疫检验员，王建国的黑鱼养殖场也在他的检疫范围内。"

黑鱼养成后需要抽检合格才能投放到市场，尤其是王建国这样的大型养殖场，检疫流程是必须的。

这么复杂狗血又刺激的关系，普鲁斯鳄这样自诩人间计算机的大脑都有点宕机。

"所以，我后来就把重点放在了这位林姓检疫员身上。我跟了他三天。"阿蛮特别补充，"这三天都不是走流程。"查到这位林姓检疫员之后，阿蛮之所以没回来就真的是因为在认真工作了。

第20章 暂别

"我发现他工作很忙,检疫很多东西,会收钱,还会私下贩卖廉价鱼苗,王建国是他的固定客户。"阿蛮停了下,说,"资料和证据我都带回来了,在行李箱里。"

"一个月前,他低价卖出了一批鱼苗。这批鱼苗,王建国买了一大半,其他的都被周围的小养殖户买走了。"阿蛮终于说到重点,"我挨家挨户都查了,发现在这几家小养殖户也没有爆出EUS,但是投放到市场之前的抽检人都是这位林姓检疫员。"

"得了EUS的黑鱼还能吃吗?"她问。她一直很好奇这件事。

"携带了丝囊霉菌但是还没有发病的鱼,你吃了也不知道。"简南补充,"而且很多养殖场都是特供给饭店的,就更不知道了。"

阿蛮:"……"她短期内不会吃鱼了。

"不过烧熟了也就杀菌了。"简南也不知道是不是安慰她。

"我不管,我不吃了。"阿蛮摇头。她在实验室看了好多溃烂的鱼,她才不要吃!

"你是怎么查到那么多东西的……"深受打击的普鲁斯鳄关注点却在其他地方,"而且王建国为什么要和他前妻的老公关系那么好?"而且为什么还那么狗血,那么八卦。早知道他一直查下去就好了,比看这两人好看多了!

"这个我查了,但是可信度不确定。"阿蛮发现简南已经彻底止住眼泪了,心情终于变得明朗。

"二十年前,被王建国丢弃的样本污染过的村庄里,有一个村庄出过人命官司。"

"当年的牲畜养殖比现在难很多,发现被污染之后,全村的牲畜都被灭杀,有个王姓养殖大户因此自杀了。那个人的名字叫作王林,他有一个儿子,当时还未成年,被亲戚领养,年龄和现在这位林姓检疫员完全对得上。"

"所以我又去查了这位检疫员的曾用名。我发现领养他的亲戚不姓林,这个姓是他成年后自己去改的,为了纪念他爸爸。"

普鲁斯鳄:"……"

看似毫无关系的两个人,其实结局已经注定。

不过就是缘起缘灭,天道轮回。

第21章
真相

阿蛮这六天里找到的线索几乎拼全了整个黑鱼养殖场感染EUS的全景。

那位林姓检疫员全名叫林经纬，今年三十六岁。当初王建国污染全村牲畜导致他父亲带着母亲自杀的时候，他刚满十六岁。十六岁已经是什么都知道的年龄，被亲戚领养后，林经纬还去旁听了王建国的庭审。

对于突然失去双亲、生活轨迹完全被改变的林经纬来说，王建国被判了六年刑期根本就是个笑话。但是作为普通人，除了内心深处不甘和仇恨的种子越埋越深之外，他没办法采取任何实质性的行动。

而动物传染病肆虐导致村里人唯一的经济收入来源全部被灭杀的惨状，让他对动物传染病学产生了浓厚的兴趣。大专时，他选择了水产养殖专业，大专毕业后就在老家附近的小镇上当起了水生生物检疫检验员。

仇恨和不甘在时光里被慢慢深埋，林经纬在小镇上拿着每个月两千多的微薄工资，在忙碌的生活里逐渐遗忘了过去的伤痛。他对水产品的检疫特别认真，为人耐心和善，慢慢在很多水产品养殖户里面有了点名气。

二十九岁那年，他在镇上遇到一个女人，比他大三岁，单身带着个六七岁的孩子。有一些悲剧的发生是冥冥中注定的，他喜欢上了这个女人，并且和她结了婚。

那时候，他并不知道这个女人曾经是王建国的妻子。

三十岁那年，他升了官，当上了小镇检疫员的小组长，接管了整个区县行政区的水产品检疫，然后，他遇到了来办理水产品检疫的王建国。一别十四年，他仍然一眼就认出了这个人，内心深处仇恨的种子开始疯狂生长。他在做检疫工作的时候极为苛刻地针对王建国，人精一样的王建国意识到了，私下里找到了他。王建国说，对他一见如故，想请他吃顿饭。

这本来是违规的。但是王建国这句"一见如故"刺红了林经纬的眼睛，他跟王建国出去吃了一顿饭，收了王建国一盒点心，点心盒子打开，里面是整扎

第 21 章 ◆ 真相

的人民币——他一年的薪水。

王建国就这样把钱送给了他，对他第二天仍然苛刻针对的行为毫无怨言。有一就有二，王建国开始经常请他吃饭，经常送他点心，听说他家里有个小男孩，还经常买小孩的玩具送给他。

王建国在酒席上面说的话都是掏心掏肺的：什么他以前做了一件错事，被关进去待了几年；什么出狱后世界都变了，过去很多在他面前博士长博士短的人现在看到他直接装作不认识；什么养殖场有多难，打通市场得求人，他一个有前科的人，做起这些事真是字字血泪。

林经纬知道自己不应该和王建国走得那么近的，但是王建国诉的那些苦、说的那些话太吸引他了，他听着王建国出狱后的血泪史，心里的不甘一点点地探头，又一点点地被抚平。

他和王建国走得越来越近。他旁观王建国经历的所有困难，不插手帮忙，心安理得地拿着王建国给的钱，在检疫的时候仍然针对刁难。

王建国坐了一次牢，仿佛整个人都变了，胆小怕事。大概看出他喜欢看他狼狈，每次狼狈的时候，都会冲着他不好意思地笑。讨好的笑，像狗一样。

王建国带着他进出鱼苗市场，给他介绍外快，告诉他以他的工作贩卖鱼苗，生意肯定好。王建国还帮他介绍下家，都是能和王建国称兄道弟、勾肩搭背的关系，嘴巴很紧。

他的收入，渐渐变成了以前的两倍、三倍，王建国不再给他钱，但他的钱却赚得越来越多。后来，他发现脱离了王建国，他也能赚到这样的外快，胆子就变得越来越大。

再然后，很偶然的，他发现他的妻子是王建国的前妻，他的儿子是王建国的孩子。之前所有隐隐约约的欺负王建国、把王建国踩在脚下的快感都消失了，他穿了王建国的破鞋，他还养了王建国的孩子。

王建国，害死他父母的人，他却帮这人养大了孩子。

可是这个时候，他已经没办法把王建国从生命中剥离了，他收了王建国太多的钱，他现在大部分的收入来源，王建国都知道，都是王建国帮他打的掩护。

他如果报仇，激怒王建国，他的工作他的收入他的生活就都会归零。

林经纬的心理在这样的折磨下变扭曲了，他开始暴打他娶回家的妻子，虐待她的孩子，并且要求他妻子去跟前夫要钱，他从今以后不会在养孩子上面花钱，一分钱也不会给他。

要了钱，却不允许他们父子见面。

林经纬看着王建国每个月给孩子寄生活费，他打着王建国的前妻和儿子，王建国每个月给他们打钱的时候，他都用暴力抢走大部分的，只给王建国的妻儿留仅够活下去的钱。

小镇的人都夸他是个好丈夫，妻子儿子都穿得光鲜亮丽，没有人知道他们脱了衣服，身上全是常年被虐打的青紫。

王建国始终不知道自己每天点头哈腰以待的林经纬是他儿子的继父，也不知道林经纬每天都照着三餐虐打他的亲生儿子。

林经纬在这样畸形的报复下，收获了更多的快感。

这样的快感会上瘾。越来越扭曲的林经纬甚至私下勾搭了王建国现在的女朋友，三十多岁的女人，王建国从风月场上带回来的女人，风韵犹存，风骚见骨。

林经纬越陷越深，在报仇的路上，逐渐变得面目全非。直到王建国的儿子长到十三岁，突然拔高了个子，眼神变得狠厉，挨打的时候，会还手。

少年还手比成年人更可怕，他不怕弄死这个常年虐打他和他妈妈的继父，好几次动手的时候用上了菜刀。

林经纬甚至在继子的床底下发现了一大扎铁棍。

而他勾搭上的王建国的女朋友，最近也因为不满王建国每月每月寄出去的生活费，让林经纬帮忙想想办法。

林经纬想到了一个办法。

他在酒席上假装喝醉，和王建国哭诉自己的老婆在外面偷男人，他说他老婆是惯犯，之前那段婚姻里就偷过，甚至连小孩都不是原配的。

再然后，他制造了一次偶然的机会，让王建国和他老婆碰了面。王建国当时脸就绿了，什么都没说，回去之后直接断了寄给他们的月供。

没有了月供，王建国的儿子为了自己和妈妈的生计，开始和坏孩子一起敲诈勒索别的小孩，每次敲诈到钱，林经纬都会夸他，那一天就不会主动打他。

林经纬并没有注意到自己原本平静幸福的生活，因为王建国的出现，早已经开始分崩离析，妻子儿子都恨不得杀了他，他自己的工作也岌岌可危。他只是越来越深陷到这样的漩涡里，眼前一片漆黑。他所有的梦想，就是让王建国身边所有的人都不要好过。

到最后，王建国的女朋友怀了他的孩子，他小心翼翼地呵护，心里想着他也要让王建国在毫不知情的情况下把他的儿子养大。

可是王建国却开始怀疑他前妻在和他的那段婚姻中到底有没有出过轨，林经纬怕夜长梦多，让王建国的女朋友拿着别的孩子的头发去测DNA，拿到结果的王建国看起来已经死了心，再也没纠结过这个问题，也再也没有给他前妻汇过月供。

酒席上，喝多了的王建国跟林经纬说，他想干一票大的，他们两个被同一个女人绿过，所以他只相信他。

利润很大，王建国用筷子蘸着酒水在酒桌上写了个数字，林经纬看了一眼，动心了。

钱这个东西，没有的时候只是想着，有了之后，就想要越来越多。更何况王建国之前介绍的生意都很靠谱，于是林经纬和王建国干掉了那杯酒，像之前的无数次那样，他加入了。

他们并没有想到这批比市场价低了将近三分之二的入境黑鱼鱼苗携带了AI，一场暴雨之后，养殖场开始出现大规模的黑鱼溃疡。

黑鱼是对EUS病毒最薄弱的鱼种，死亡率很高，王建国找借口开除了养殖场里发现黑鱼问题的几个老工人，瞒下了EUS病情，并打开了下游入口。

"必须让整个河域都感染上EUS，这样我们才能逃脱。"王建国告诉林经纬，"这段时间，检疫这边不能露出半点风声。"

收受贿赂，走私鱼苗，检疫放水，每一条罪都足够坐牢的林经纬没有别的选择，只能同意。

王建国在另一个暴雨天气开了闸，病鱼流出，病毒在低水温下爆发，直接感染了下游的曼村鱼塘。

曼村的老兽医老金是王建国的同门，王建国说，他能搞定，林经纬也就信了。谁知道那个老金和王建国一起喝了几顿酒，吃了几餐饭，回去就提交了专家申请，还封了整个鱼塘的下游出口。

王建国一开始还不死心，找老金哭诉，甚至说自己可以私了，曼村损失了多少，他就赔多少。

老金信了。但是林经纬不同意。EUS一旦被控制住，源头很容易就能查到，那么他们低价购入的鱼苗源头也很容易被查出来，私了他一样会坐牢。现在唯一的出路，就是感染整个河道。

双亲因牲畜传染病而死的林经纬，为了传播传染病，找人疏通曼村鱼塘的出口，再后来，就有了阿蛮那一系列的事情。

阿蛮找到的证据链非常完整，寻找EUS病毒源头的事情最终以王建国和林经纬一干人等均被收监为结局。按照检疫局规定，林经纬所在的检疫机构被查封，曼村鱼塘的损失由该检疫机构全款赔偿。整件事情尘埃落定，阿蛮像之前

第21章 ◆ 真相

做保镖时带着战地记者走出武装分子包围圈那样,在业界一战成名。

只是这一次靠的不是侥幸,靠的是实力。

"牛!"一起排排坐敷面膜的普鲁斯鳄夸她。

一般人最多查到黑鱼养殖场的鱼苗出现问题就打住,阿蛮却连他们的作案动机、利益纠纷和感情瓜葛都挖了出来。他当初给阿蛮资料的时候,压根没想到阿蛮居然能挖得这么深。

"可是这个林经纬……"阿蛮其实是唏嘘的,林经纬一开始并不是坏人。

"和王建国沾上关系,牵扯那么深,路都是他自己选的。"普鲁斯鳄没什么感觉。

最初的八卦和震惊之后,剩下来的人性部分,他兴趣不大。毕竟出狱后的王建国根本没打算改过自新,仍然在投机捞偏门,只是正好对应的检疫员是林经纬而已。

孽缘罢了。

"可我总觉得怪怪的。"阿蛮很难解释心里的感觉,"王建国在整件事情里面除了一开始拉着相关检疫员下水的逻辑是通的之外,后面的存在感太弱了。"

前后太不一致了。

"因为他是故意的。"简南最近面膜敷得很勤,因为之前哭得脸都裂了。

阿蛮和普鲁斯鳄同时转头看他。

"他一早就知道林经纬是谁,知道林经纬娶了他的前妻,养着他的儿子。"简南面无表情。他理解王建国。

"所以他之后做的所有的事情,都是报复。"

"可是他这样,他的亲生儿子也会被打啊。"阿蛮无法理解。

"这也是一种报复,报复他的妻子和儿子离他而去。"简南对答如流。

"但是他也会坐牢啊。"阿蛮傻眼。

"如果没有你,他这一次根本不会坐牢。"

只要等到整个河域被感染,他再举报检疫员林经纬,他就可以置身之外。

"就算有了你,他这次也不会被判很久,和他有关的刑事罪名只有行贿。"简南惨白的面膜衬着里面黑漆漆的眼珠,"甚至行贿的金额都不太大,他只是把林经纬带入行,剩下的都是林经纬自己做的,而且扩散病源有所行动的人是林经纬,导致检疫机构被查封的人也是林经纬。"

林经纬才是主犯。就算王建国是"二进宫",这一次也不会判很久。相比夺人妻儿的仇,王建国肯定觉得是值得的。

第21章 ◆ 真相

阿蛮脸上的面膜都快要滑下来了，眼睛瞪得老大。

"王建国有反社会倾向，你再回头想想整个案子，其实并不难懂。和反社会的人混在一起，照着他的逻辑走，很少会有好下场的。"

他们最懂人性贪婪。

阿蛮抬手，一个巴掌"啪"的一下打到简南的后脑勺。简南脸上的面膜直接被打飞，委委屈屈地"唔"了一声。

"好好说话！"吓唬谁呢这是！

"所以我觉得这点罪不够判王建国的，已经把他这几年经营鱼塘搞恶意竞争、隐瞒疫情、非法培育野生品种、贩卖珍稀鱼种等罪名一起举报了。他应该会罪有应得。"简南最后这四个字说得义正辞严。

"我靠，好恶心。"普鲁斯鳄搓搓手。

这家伙"妻管严"的程度太深了，阿蛮的三观就是他的三观。照这样下去，他觉得吴医生可以功成身退了，只要有阿蛮在，简南就不会变坏。

"我脸裂了。"被打后脑勺的简南指着自己的脸。

普鲁斯鳄："……"

"你摸摸看。"简南抓着阿蛮的手往自己的脸上放。

普鲁斯鳄无语，去他七舅老爷的二舅公公！！

"王建国一开始应该也不知道那批鱼苗有问题吧。"等普鲁斯鳄恋恋不舍地走了之后，阿蛮靠在厕所门口，嘴里吃着糖。

简南正在刷牙，听到她的问题，放下牙刷先漱口再擦嘴最后站直，转身面对她，点点头。

这个精致男孩仍然觉得刷牙这件事和洗澡一样，非常私人。

经常一边刷牙一边找他聊天的阿蛮嫌弃地翻了个白眼，继续她的话题："王建国的主要目的还是投机赚钱，他接近林经纬，是因为他需要林经纬这样的角色作为主犯，报仇只是顺带的。"

"不能说是顺带，只是利益最大化。"简南纠正。

看着自己培养的替罪羔羊一直被玩弄在股掌之间，最后堕入深渊，这样的快感才是王建国最喜欢的。

"其实只要知道王建国的思维逻辑，想通这些也不难。"阿蛮一脸没什么大不了的表情，嚼着糖帮简南关了厕所门，"你刷牙吧。"

她又踢踢踏踏地跑到院子里玩搏击去了。

为了保持最佳状态，她用麻布袋扎了一个一百多斤的人形沙袋，天天晚上丢着玩。他因为好奇试过一次，发现自己连举起来都费劲。

阿蛮其实也是个会让人觉得害怕的人。黑市保镖的工作离死亡很近，在那样的环境下长大，她身上的特殊气质会让很多人第一时间下意识回避。

但是，她真的很好。

简南重新开始刷牙。

她怕他会因为王建国的事情难过，她知道他最在意的事情一直都是他可以和这些变态思维互通，因为互通，他觉得他自己总有一天会因为触到了某些开关而变成那样的人。

所以，她锻炼到一半，跑过来跟他说她也想通了王建国的逻辑，所以，她用一脸没什么大不了的表情安慰他想通这些也不难。

阿蛮式的安慰。

没什么大不了的，不过就是摸清规律而已，她也能想到。

"阿蛮。"简南刷完牙洗完澡，出来的时候脸上盖着毛巾，"我们可能得提前回上海。"

正满头大汗地和一百七八十斤的沙袋玩背摔的阿蛮抬头。

"我又哭了。"简南拉下毛巾。

阿蛮："……"

曼村的鱼塘疫情发展到现在，简南作为专家顾问，能做的确实已经不多了，剩下的工作老金都能做。他和阿蛮帮曼村追回了损失，拯救了鱼塘里将近百分之四十的高价鱼苗，本来是可以雄赳赳气昂昂敲锣打鼓地功成身退的。但没想到，最后他们这队专家顾问提前撤离的原因是简南哭得停不下来……

一阵一阵的，也没人知道让他哭的开关。吴医生和他视频了两次，决定提前结束她在瑞士的研讨会，昨天已经上了飞机。

长时间不间断的流泪已经让简南的眼睛开始畏光，阿蛮给他做了个冰敷眼罩，没工作的时候，简南就敷着眼罩，拽着阿蛮的背心。

这种情况下，热衷于开流水席的村长也不好意思再搞什么庆功宴，为了表达感谢，一筐一筐地往王二家的新房运各种补品，补眼睛的补肾的补水的，都是村里每家每户通过各种渠道托人或买或摘的好东西，奇奇怪怪的什么都有。

"据说这个可以止哭。"阿蛮从一堆草药里面抽出两把。

简南拽下眼罩看了一眼："这是鸡肝散，清热消炎的，民间有用这个当药治疗夜盲的方子。"

第21章 ◆ 真相

他只是单纯地哭,又不是夜盲。

"你为什么连中药都懂?"阿蛮蹲着看那一地的草药,觉得长得都差不多。

"中兽医在中国兽医学里面是很独特的一个分支,我也学过。"简南抽着鼻子,有问必答。

"这些中药你都用不上,我们走了之后该怎么办啊……"阿蛮蹲在药堆里叹息。

"留给老金吧。"简南重新戴上眼罩,"老金很喜欢的那个显微镜也留给他。"

挺贵的,但是留给老金的话,他就可以买最新型号了。

阿蛮抱着膝盖没吱声。这是她工作以来做的最不危险的一份工作,不但不危险,她还和村里的人都熟了。

她知道王二家的其实不怎么喜欢王二儿子明年要结婚的对象,王二家的嫌弃人家眼睛不够水灵,嘴皮子不够利索。

她知道村长给老金介绍了好几个对象,但是老金看到女人就口吃,手抖得跟帕金森一样,眼睛一直盯着对方不说话,来几个吓跑几个。

她还知道二丫的父母喜欢关起门来脱衣服……

她很少和人走得这么近,连隔壁家的狗狗看到她都会晃尾巴的那种亲近。

"帮我买几个沙袋捐给村公所吧。"阿蛮歪着头,"给二丫她们练拳击用。"

别别扭扭、舍不得这样的情绪对她来说挺陌生,她觉得她应该会经常想起这个地方。

"二丫他们今天还会来吗?"简南摘下眼罩,打开购物网站。

阿蛮每天晚上六点钟会带着二丫和另外几个孩子在院子里练搏击,大部分时候都在练体能,仰卧起坐、俯卧撑、蛙跳什么的,偶尔会教他们入门的招式,只教一个小时。

每天这个时候,院子里都很吵,欢声笑语的。今天是最后一个晚上了,简南看阿蛮很早就在院子里放好了她扎的小沙袋,一直在看时间。

阿蛮凑过去,把下巴放在简南的肩膀上,拿着简南的手机选了几个适合孩子们用的沙袋加入购物车,想了想,又选了几副拳套,再把手机还给简南。

"会来。"她说。

"舍不得?"阿蛮很少露出这样的表情,耷拉着脑袋,蔫耷耷的。

阿蛮的下巴在他的肩膀上戳了戳,算是点头。

简南侧脸,亲了亲阿蛮的脸颊。

阿蛮嫌弃地抬头。

"一会儿二丫他们看到了又要说我们不脱衣服干奇怪的事了。"阿蛮抹了一把脸。

她害羞了。

之前在卫生所还能觍着脸说他们好了，之前也经常卿卿我我抱在一起，但是那时候最大的感受是舒服，和自己喜欢的人亲近，很舒服。

不像现在，只是亲了下脸颊，她的心跳就加速了，小肚子痒痒的。

怪怪的。哪怕眼前这个人最近哭得不成人样。

二丫她们来的时候眼睛红红肿肿的，这一院都是哭鼻子的人，反而显得阿蛮格格不入。

"我又不是以后都不回来了。"阿蛮被逗乐了。

"我妈说阿蛮姐姐也是我们这里的人。"二丫抽抽搭搭，"那为什么要走啊。"她还小，她以为他们来了就住在这里再也不会走了，就像村里其他人一样。

"我爹说是因为那个哭鼻子叔叔……"有个小胖姑娘哭得最惨，一边说还一边号，"阿蛮姐姐是哭鼻子叔叔的老婆，哭鼻子叔叔去哪儿，阿蛮姐姐就得去哪儿。"

这都什么乱七八糟的辈分。哭鼻子叔叔摘下眼罩瞪了她们一眼，但是因为眼睛肿了，瞪起来没什么杀伤力。

"我爹说，如果你们留下来，他可以帮你们造房子。"二丫拉着阿蛮的手，"比这个房子更好的房子！"

"我爹也可以！"个子最高的那个女孩子也举起了手。

"我妈我妈……"小胖姑娘想了很久，"可以给你们送饭！"

"我妈做的饭比王阿姨家里的饭好吃！"小胖姑娘拍拍肚子，增加说服力。

阿蛮笑了，肿着眼泡瞪眼睛的简南也笑了。

没有家的阿蛮，回国之后到的第一个地方，就有人嚷着要给她造房子。

"这个沙袋小人一人一个。"阿蛮开始分发她做了一个晚上的离别礼物，"按照我教你们的方法，每天捶着玩。"

"拳击沙袋和手套过两天找村长要，我和村长说好了，会在村公所搭一个拳击台给你们用。"阿蛮看着几个小哭包，拍拍手，"来，复习一下。"

"我们为什么要学拳击？"她问。

"为了强身健体。"年纪最大的那个记得住这个复杂的词。

"为了挨打！"年纪最小的那个记住了最让人印象深刻的词。

"为了可以躲开挨打！"二丫纠正。

"为了可以跑得快！"小胖姑娘补充了一句。

拼拼凑凑的，但是总算没人像一开始那样说自己学功夫是为了打坏人了。

"那遇到坏人了要怎么办？"阿蛮接着问第二个问题。

"跑！"小胖姑娘第一个抢答。

"喊救命！"二丫紧随其后。

"往人多的地方一边跑一边喊救命一边说自己不认识他！"年纪最大的那个对这答案记得最牢，长长一串，说得都不带喘气的。

"那如果跑不了呢？"阿蛮又问。

"先听话。"二丫皱着眉。

小小的孩子其实并不理解为什么是这样的答案，但是她们喜欢阿蛮姐姐，阿蛮姐姐每天重复的话，她们都记住了。

"不要激怒坏人。"年纪最大的孩子紧接着说出了最难的答案。

"等坏人不注意，再跑。"记得所有带"跑"字的答案的小胖姑娘又想起了一条。

"先安静地听话，不要激怒坏人，等坏人不注意了再跑。在这个过程中，如果对方只有一个人，就用我教你们的方法打他的要害，但是千万不要拿武器攻击，因为武器也有可能会伤到你们自己。"阿蛮把答案再重复了一遍。

半大不大的孩子懵懵懂懂地点头。

但愿她们永远遇不到她说的那些情况，但愿她教给她们的那些窍门永远没有用武之地。

但愿，只是强身健体。

简南半躺在躺椅上，看着耐心教孩子们使用沙袋小人的阿蛮。

她头发长得都可以扎成小辫子了，半长的头发遮住小半张脸，比在墨西哥的时候柔和了很多。

她内心深处仍然有想把她养父的武馆发扬光大的想法，她在那些沙袋上面写了一个"杨"字，教孩子的时候用的是老式武馆的教法。当年只有六七岁的孩子，记住了很多东西。

她喜欢教小女孩，教她们怎么躲避坏人，她会很认真地回答小女孩隐私的问题，她很懂得小女孩那些不敢和大人说的话。

她很温柔。温柔的背后，是一个没有姓的孤儿阿蛮经历过的所有的痛。

他的阿蛮。

会因为皮肤变好了觉得不安，会在睡觉的时候蹭到舒服的床单就孩子气地开始滚，大部分时候仍然浅眠，孤身的时候仍然会把手放在她过去常常插着匕首的地方。

他的阿蛮。

他最近频繁流泪的原因，止都止不住的，想把她这些温柔背后的阴影都哭出来，想让她永远像现在这一刻，舍不得了会和他撒娇，对着孩子会孩子气地皱鼻子。

他的阿蛮。

但愿她从今往后，再也没有阴影。

"阿南跟我说，你是他唯一的债权人、监护人，他的任何事情，我都可以毫无隐瞒地告诉你，并且不用美化。"吴医生真人比阿蛮想象的高，和视频里一样和蔼，很爱笑，并且说话声音很温柔。

阿蛮点点头。她有点紧张，吴医生看完简南之后，就把她单独叫到了办公室。她的办公室里有很舒服的沙发，很精致的杯子，很香的咖啡豆。

吴医生是看着简南长大的长辈，温柔和蔼得让阿蛮手脚都有点软。她从来没有被这样有教养的和蔼长辈款待过，吴医生给她倒的咖啡里还加了她自己手打的奶泡，并且放了很多糖。吴医生知道她喜欢吃甜的。

"抱歉。"吴医生温和地笑，"为了阿南，我贿赂了陆为，让他说了不少你的事。"

吴医生敏锐、幽默并且坦诚。

阿蛮又摇了摇头："没关系。"她的声音都不自觉地放轻放软。

"你……"吴医生给自己泡了一杯茶，终于坐下之后，沉吟了一下，"我接下来要说的话，可能会让你觉得不太舒服，你可以随时打断我、反驳我。我没有恶意，我只是单纯地想了解你们两个在这段感情里面各自承担的角色。"

"这有助于让我理解阿南现在的情况。"吴医生补充了一句，"非常抱歉，这样的治疗并不常规，但是阿南身上的很多东西很难用常规的方法对待。"

阿蛮将两手放在膝盖上，点了点头。她都快紧张成简南了。

吴医生问："阿南把你当成他的唯一债权人、唯一监护人，甚至是唯一一个相信的人，你觉得这样的关系正常吗？"

吴医生又换了个说辞："或者说，你意识到简南根本没办法离开你，他把自己绑在你身上，强迫你和他生死与共，你会感觉不舒服吗？"

"类似于被变态缠上之后无法摆脱的那种不舒服，或者说因为对方独占欲太强而失去人身自由的那种不舒服。"吴医生慢吞吞的，很温柔地把本来有些尖锐的问题拆开好几段，循序渐进，"我知道阿南对你做过的那些事，那不是一个普通人能承受的事，我想知道的是，他有没有通过特殊的方法强迫你。"

"啊？"阿蛮万万没料到吴医生问的第一个问题她就答不上来。

"阿南擅长说服人，你别看他看起来很直接，似乎不擅长社交，但是通常只要给他说话的机会，他就一定可以达到他的目的。"

普鲁斯鳄很早之前也这样劝告过她，让她不要给简南说话的机会。

"所以，你被强迫过吗？或者说，你后悔过吗？"吴医生接着问。

阿蛮微微蹙起眉头。

"如果这个问题回答不了，我们可以先进行后面的问题。"吴医生并不勉强，甚至还冲她鼓励地笑了笑。

阿蛮喝了一口咖啡。她开始摸不清楚吴医生的意思了，因为起了戒心，她的紧张感就消失了。

"陆为把王建国的事告诉我了，再加上你曾经的生活经历，所以我默认，你应该是非常了解反社会人格的人。"吴医生还在继续，"我可不可以问问你，为什么在那么了解的情况下，还会和阿南建立这样亲密的无法分割的关系。你可以仔细回想一下，整个过程中，你完全独立思考采取主动的情况有多少次，是不是每个关键节点，其实都来自阿南的有意引导？"

阿蛮放下了咖啡杯。

"原生家庭对一个人的影响非常大，尤其是阿南这样的家庭，他的幼年少年时期都是被控制的，他像一个被放在固定模具里长大的面包，突出一点点就会被整形塞回去。

"火灾事件之后，固定他的模具突然消失，他失去了控制，疯狂生长，在我的心理暗示下遗忘了那场火灾之后，他变成了一个渴望回到过去的人。"

阿蛮看着吴医生。

吴医生也看着她，没有回避："你没听错，阿南心底深处渴望回到模具里，投射到生活上就变成他渴望一份永远都不会离开他的感情，他把这份感情变成一种固定的模具，被固定的感觉会让他有安全感。

"所以我能想象他遇到你之后会有的所有表现，你强大坚定，你可以依靠，你的包容心很强，阿南遇到你，百分之一百会想尽各种方法留下你。

"但是，你只是代替了他曾经那个偏执的母亲，成了他的新的模具，不能离开,一旦离开,他这一次的疯狂生长就无法治疗。"

"这样,也没关系吗?"吴医生看着她。

还是那样温和的语气,不紧不慢的,一点都不咄咄逼人。

还是微笑着,咖啡香味很浓,沙发还是很舒服。

阿蛮笑了。

"我没有原生家庭,所以我并不能理解原生家庭对一个人的影响。"她回答,没有正面说自己有没有关系。

但语气已经很冲。

如果这个笑眯眯的女人不是简南的心理医生,她现在应该已经暴走了。

什么模具,你见过在模具里哭成孟姜女的人吗??

可吴医生还是微笑着,看起来没有半丝不悦,她说:"有影响的。"

"因为你没有原生家庭,你害怕自己消失无踪,被人遗忘,所以你渴望被人需要,所以你特别能够包容不一样。"吴医生笑眯眯。

"我其实不是个好教养的人。"阿蛮终于毛了,"你现在还能坐在这里,是因为你是简南的医生。"

吴医生放下咖啡杯,做投降状。

阿蛮嗤了一声,优雅个屁!矫揉造作!

"我是成年人,我知道自己在做什么,简南有没有算计过我,我比你清楚。我不是林经纬,他也不是王建国。"阿蛮站起身。

"你就当我们两个都是变态好了,我就喜欢他这样的,一心一意,占有欲强,晚上睡觉不打呼的。"阿蛮最后那句,几乎是在挑衅了。

简南不是洪水猛兽,他不是处心积虑算计着让她走不了。就算是他处心积虑地算计着让她走不了,那也是她自愿的,她给他的机会。

简南,从来不会做任何让她不舒服的事,他的所有行为,都是她默许的。

如果说是有意引导,倒不如说一直以来都是她在引导他,她没关那扇送药的门,她邀请他一起吃饭,她主动降价做他的保镖,她同意让他做她的监护人。

她主动亲的他。那时候他还在纠结两人应该是什么关系,因为听说她掉到池塘里,吓得脚指甲都翻起来了。

要论变态,她的变态程度也不轻。她就喜欢这样只抱着她的。

"人的恋爱有很多种,不见得我们这种就一定是病态的。"阿蛮想想还是气不过,吴医生怎么可以这样,她是简南一旦出现问题第一时间就想找的人,怎么可以这样。

这么不信任他？

"这世界上多的是病态的感情，大部分人连一对一都承诺不了，还有很多人结了婚签了契约照样出轨偷情，病态的是他们，不是我们。"她气呼呼的，背着包就想走。

不看了！她带简南去看别的医生！

"我说过你可以打断我，可以反驳我，但是没说过你可以走。"吴医生还是坐在她的沙发上，还是那张笑嘻嘻的脸，"咖啡都还没喝完呢。"

阿蛮站定不动。

"阿南是我看着长大的孩子。"吴医生看着阿蛮，"我知道他经历的所有事情，我觉得他这样智商的人在那样的环境下长大，能变成现在这样，是一个奇迹。"

"不是医学奇迹，他这个人本身的自控力，就是一个奇迹。"吴医生说了简南的好话。阿蛮别别扭扭地继续站着，没反驳她，也没说要走。

"他能遇到你，是另外一个奇迹。"吴医生仰着头，"你能坐下来了吗？我年纪大了颈椎不怎么好。"

阿蛮："……"

现在坐下很没有面子。但是……她是简南的医生，她叫简南"阿南"。这个称呼她只听到谢教授叫过。

面子不值几个钱，阿蛮很快想通了，坐下去把那杯没喝完的咖啡一饮而尽。

吴医生笑了。这次是真的笑了，不是刚才那种连角度都非常完美的心理医生的微笑。

"你在试探我？"阿蛮心里仍然很不舒服。

"不是试探。"吴医生摇摇头，"我说过，这不是常规的治疗，我刚才说的那些话，是复述了阿南的担心。"

阿蛮愣住。

"我对阿南的心理治疗方向和你以为的相反。他的治疗重点一直都不在反社会人格障碍上，会造成他精神压力过大，影响他的健康和行为能力的并不是他的反社会人格障碍，而是他的自我约束。

"反社会倾向是一种人格障碍，是无法治疗的，这个世界上每二十五个人里面就有一个人会有这样的倾向，但不是每一个人都会犯罪。

"阿南的人格障碍在他现有的社会环境下是稳定的，他有固定的社会从属，固定的工作，这次墨西哥之行带给我很多惊喜，他甚至认识了新的朋友。

"可以说，阿南的反社会人格障碍一直被保护在一个稳定的可控的并且一直良性发展的环境里,基于他这个个体,我并不担心他会突然变成连环杀手或者拿着传染病样本四处散播。"

"他并不典型,只是因为过度刺激,导致他的大脑关闭了大脑前额叶区块对高级情绪的反应,他不是没反应,而是反应的点比较高。"

"比如说他看到小动物被残杀,会产生愤怒的情绪;他看到瘟疫散播,会产生类似拯救的情绪。他并不是一个完全无感情的心理障碍患者。"

"这样的话,这样的诊断结果,我和阿南说过无数遍,但是没有用。他的经历和他的性格让他内心偏执地认为自己迟早会变成那样的人,他是一个从一开始就认定了自己的悲剧走向的人。"

"他本身就很难感知到高级情绪,又对成为一个好人这件事异常执着。你我都知道,这个世界上并不存在百分之百的好人,可是阿南不觉得,早期他甚至为了杜绝自己做坏事的想法而采取过一些过激的自残行为。"

"你是他唯一的意外。"吴医生笑了,"我接下来要说的话,可能又会让你觉得不舒服了。"

阿蛮挺直了腰。

"在我看来,他对你产生男女之情后做的所有行为,都是笨拙的追求。"

阿蛮清了清嗓子。确实,对面这个陌生人几乎知道她和简南大部分的交往史,确实会让她有一些不自在。

"但是追求或者求偶这件事,本身就带着强烈的自我意识,说直白一点,是自私的。"

"所以他内心有过很多次挣扎,每一次挣扎都败给了感情,最后用了各种手段把你留在身边,或者说他认为的'用尽手段把你留在身边',这件事是他内心深处最不安的事。"

"所以一开始问你的那些问题,其实是阿南想知道的问题,也是他现在最大的问题。"

阿蛮是简南败给自我约束的唯一意外。

"他认为我是他妈妈的替代品?"吴医生的一大堆话里面,对她来说,唯一具有杀伤力的话就是这个。

吴医生又笑了:"对于情侣来说,这确实是最应该问出来的第一个问题。"

"你和他目前的稳定关系,让他感到舒服的同时,也会让他想起过去他父母没有离婚的时候,也就是他的十双筷子都在的时候。"吴医生解释,"所以,他会害怕自己只是希望有一个这样的替代品,类似于十双筷子这种。"

第21章 真相

"我不知道他有没有和你提过我用心理暗示在他脑内设置的屏障,就是那首《白兰香》。"

阿蛮点点头。

"他这个屏障,现在变成了你教他的那些脏话。"吴医生喝了一口茶,"顺便说一句,我开始鼓励阿南和你多接触,也是因为你教给他的那些脏话。"

一个发现简南正在压抑情绪的女孩子,对简南的意义应该不仅仅止于雇佣关系。

"这种替换让他想到,他对你会不会也是这样的移情。他很害怕是这样的移情,因为对于他来说,过去那段人生的结局是个悲剧。"

阿蛮挪动了一下。这个变态一个人的时候,脑子里想的都是些什么玩意儿⋯⋯

"他的行为,用比较容易懂的方法描述就是在钻牛角尖,包括这次哭得停不下来。这件事的起因是他又一次笨拙地惹你生气了,他认为自己很自私,他认为自己占有欲很强,他认为自己有病,所以你走了他也不敢拦。

"他在你面前没能做一个好人,由此带来的愧疚和长久以来累积的他认为的对不起你的地方,就变成了一个情绪宣泄口。你越好,他就会哭得越厉害。

"本来他大脑前额叶区块的控制就比普通人弱,一旦失控,就很容易出现现在这样的情况,哭泣一开始,就不知道应该怎么结束。"

阿蛮觉得,现在她脸上的表情应该特别精彩,那种磨刀霍霍想回去揍人的表情。

"其实打一顿也是可以的。"吴医生看懂了阿蛮的表情。

阿蛮:"⋯⋯"

"阿南去了墨西哥之后,各方面都有所好转了,不仅心理,还有身体。他胖了五斤以上吧,我今天看到他手臂也不完全是皮包骨了。

"他现在这份工作比留在老谢那里更适合他,他找到同类,并且这些同类和他一样都对这个世界没有什么恶意,他们可能对人性失望,但是对于世界,他们仍然拥有希望。"

和孩子一样。

"他对高级情绪的反应还是很弱,但是提到你的时候,他的基本情绪反应几乎和正常人没什么两样了。这在反社会人格障碍的群体中也很常见,他把你当成了自己人,他默认包容了你的情绪,算是单向同理心的一种。

"综上所述,我的诊断结果其实比之前的还要乐观,在我这里,他目前的反社会障碍警报基本解除，过强的自我约束倾向变好，学会了情绪宣泄，甚至还拥有了一段他觉得有问题但实际上很健康的稳定感情。可是这样的诊断，由我来告诉他，会加重他的不安。

"所以我需要和你单独聊聊，我需要知道你的态度，我需要你帮我告诉他他的诊断结果。"

吴医生把一份报告交给了阿蛮。

"你是对的。"吴医生摸出了两颗糖，她平时给孩子们奖励用的，"恋爱的依赖程度和个体有关，恋爱关系是否健康也不是一加一就能解答的数学题，在我看来，能给人带来积极愉悦的向上的感情，都是珍贵的感情。"

"阿南现在的问题其实很简单，一切都源于童年阴影带来的不安全感。他在努力积极地自救，你在他旁边也给了他很大的帮助。

"但是原生家庭给一个人带来的伤害，可能需要一辈子的时间去治愈，人的大脑太精密，没有走到那一步，我们很难判断他的大脑到底哪个地方出错了。

"我的医嘱是希望他维持这样的进度，一步步来。

"我对你的建议是，如果你们两个人分手的时候，他只剩下难受而没有极端情绪，那么他应该就是大部分治愈了。"

阿蛮："……"

"当然，出于私心，我希望你们不要分手。"吴医生又递给阿蛮两颗糖。

第22章
结婚吧

好的坏的都被她说了，阿蛮一时半会儿也不知道该说什么，只能嚼着糖，拿着那份报告。

揍一顿也是可以的，她眯着眼睛看着坐在外面走廊上等她的简南。

魔都的二月很冷，他穿着羽绒服，带着毛线帽，整张脸看起来更白。眼睛肿得惨兮兮的。因为愧疚和觉得她好才哭的。

阿蛮拿着报告走近，看着简南仰着头看她，表情不安，十分无助。

吴医生没有告诉简南她找阿蛮单独聊的原因。他拒绝过，但是阿蛮答应了。他不知道她们会说什么，只知道她们说了很久。

"我……"他舔舔干燥的嘴唇，"有问题了吗？"在他觉得自己可能找到了人生目标，也许可以拥有幸福的时候，他终于出问题了吗？

"嗯。"阿蛮蹲下，发现这人好高，她蹲下之后就得六十度仰头看他。

"我们结婚吧。"她看着这个傻乎乎的男人，摸摸他红肿的眼睛。

结婚吧。

我们。

我们结婚吧，阿蛮这句话说出来的语气不是疑问句。但是"吧"这个助词用在句末，可以表示赞同、推测、命令或者请求。她现在蹲在他面前，仰视着他，这样的肢体语言，一般是请求。

"等我恢复原籍的手续办完，我们就去领证。"可蹲着的阿蛮很快就说了第二句话。

这句话没有"吧"这个助词，那就不是请求。可是也不是命令。简南脑子里吱吱呀呀的，乱七八糟，张着嘴肿着眼泡，表情宛如弱智。

"你知道我们住哪儿吗？"阿蛮放弃这个话题。

他们一下飞机就来找吴医生了，普鲁斯鳄到了自己的地盘就躲了起来，剩下他们两个拿着行李箱站在人家医院的走廊里，人来人往的。大都市的人流，让远离人群很长时间的阿蛮很不舒服，老想着把手放在以前放匕首的地方。

她想洗澡。她一定是被简南带坏了，现在坐一会儿飞机就想洗澡。

这是一个疑问句。简南大脑叮咚一下："住我家。"终于有一个他不需要过脑的问题了。

阿蛮挑眉："你在上海也有房子？"有钱人呢。

"不对，住你家。"简南迅速改口。他都过户给阿蛮了。

阿蛮："……"

"这是小区的门禁卡，后面贴着家里的密码。"简南拿出一张卡和一把车钥匙，"车也是你的，停在地下停车场。"

他离开上海大半年了，很多东西都在原来的位置。昨天知道他要回来，谢教授找人打扫了房子，吴医生把他之前放在研究院的车子开了过来，停在了这里的停车场。

他似乎只是出了一趟长差，一切如常。

又似乎已经变了很多，因为这些东西，都已经写上了阿蛮的名字。

他看起来像是忘了阿蛮刚才的求婚，明明自己力气不大，还抢着要帮阿蛮提行李。阿蛮就站在后面，由着他跌跌撞撞地推着四个行李箱，看着他的背影写着一个大大的"慌"。

她不急，她等他慢慢反应过来。

"你开车……"简南把车钥匙递给阿蛮，"我知道你换了国内驾照。"

阿蛮拿着车钥匙。

"我现在……开车会出事。"他坦白。他的思路还停留在"吧"这个助词上，还没敢往下想。

阿蛮低笑，打开车门坐进了驾驶座。

他甚至都没给她开车门！！简南惊恐地瞪大了眼。

"上不上来啊！"阿蛮不耐烦，但是后面还跟了一个"啊"。

"啊"和"吧"，都是语气助词。

以前都是《白兰香》和脏话的脑子现在充斥着各种声音，简南像做梦一样坐进副驾驶座，做梦一样在不耐烦的阿蛮面前交出了她家的地址。

"地段还挺好。"阿蛮继续挑眉。

这个财迷，上海离墨西哥那么远，她都知道房价。

简南脑子里猛然蹦出这一句话，然后更加惊恐地捂住嘴。他坏掉了……他刚才居然在腹诽阿蛮？！

第22章 ◆ 结婚吧

"说说看。"阿蛮把车子开出停车场,第一次在国内开车,她特意在停车场里绕了几圈熟悉车子,"你心里怎么想的。"

"你这个财迷,离墨西哥那么远的地方你都知道房价。"简南立刻复述。

阿蛮:"……"

"你知道我在问什么的。"阿蛮决定忍住,她要跟他算的账太多了,先把主要问题先解决。

"那个……吗?"他连"结婚"两个字都没有说出口。

"嗯。"阿蛮应了一声。

上海很堵,开出停车场之后,马路堵得就跟另外一个停车场一样。

也好,可以多聊聊。

简南两手抓着安全带,把脑子里刚才那些关于语气助词的想法一五一十地坦白。

"那么,你愿意和我结婚吗?问号。"阿蛮跟着导航转了个弯,"疑问句。"

她真淡定,这样都没揍他。简南脑子里又蹦出来一句话。

简南使劲摇头,又赶紧点头。

"愿意还是不愿意?只准回答一个。"阿蛮白了他一眼。

她的耐心快要耗尽了。简南脑子里的警钟开始敲。

"愿意。"简南迅速点头。然后没了。

阿蛮也不说话,继续看着一动不动的车流,手指敲打着方向盘。

"但是,为什么?"阿蛮直接帮他把脑子里其他的想法都解决了,剩下的就只有关键问题了。

"为什么结婚?"阿蛮反问,"还是为什么要跟你求婚?"

"都有。"简南拽着安全带。

"只能回答一个的话,你要听哪一个?"阿蛮问。

简南皱起了眉。对他来说,这两个问题都很重要,都是他必须要得到答案的问题,也都是他没办法自己想通的问题。

"老师都不这样。"简南低声嘀咕,"老师都是有问必答的。"

阿蛮:"……我不是你老师我是你老婆!"

她也是被逼急了,宕机的简南简直无法沟通,连老师都说出来了,她现在给他的感觉很像老师吗?!

"为什么,要跟我求婚?"简南因为阿蛮说的那句他老婆,神游了一分钟才选好了问题。

"吴医生跟我说，你的问题在于你一直很努力地想做个好人。"阿蛮对这种说法很不习惯，皱皱鼻子换成自己的说法，"就是神经病一样的希望自己永远不要做坏事，永远不要自私。"

"这不是圣人吗，挂十字架上或者穿着金衣服在庙里的那些……"实在无法理解简南的执念的阿蛮吐槽了一句。

简南扭着头，张着嘴："然后？"

"求婚这件事挺自私的，我怕你做了又会觉得愧疚，所以干脆我来。"车流终于动了，阿蛮眼睛一亮，踩下油门。简南的车子不错，动力很好，挺不符合他想做一个圣人的执念的。

简南张着嘴。

"不自私吗？"阿蛮看了他一眼，反问，"我记得地球上的哺乳动物很少有完全是一夫一妻的，最近几年关于'一夫一妻是不是反人类'的探讨也挺多，国内没有？"

她居然跟他谈哺乳动物？

"是有一种说法，在四千多种哺乳动物里面，一夫一妻的只有一百二十种，只有3%的比例。但是灵长动物的一夫一妻制，占了灵长类总量的18%。

"针对人类一夫一妻的进化，其实有很多种说法，比较主流的是性别二态性说法，也就是雄性雌性产生的明显差异。有研究表明，在灵长目动物中，二态性大的物种通常会采取群婚制，比如黑猩猩；二态性最小的长臂猿，则是典型的一夫一妻制。人类的二态性在灵长目动物连续谱上属于中偏小的一端，所以人类的婚配方式就是以一夫一妻制为主，以多偶为辅。"

简南歇了口气。

"还有一种说法是和睾丸的重量有关……"简南两手离开了安全带，开始比手画脚。

阿蛮斜斜地看了简南一眼。

简南闭上了嘴，想了半秒钟又重新开口："一夫一妻不是自私，是进化的一种结果。"

结论必须要说，不然会憋死。

"我们现在还不是谈性和睾丸的时候。"阿蛮很镇定，"抱歉，我不应该跟你提动物的。"

她的错。兴致全无。现在跑题成这样，她都有点不愿意再拉回来了。

但是简南拉回来了，真是个奇迹。

第22章 结婚吧

"吴医生告诉你她对我的治疗重点不是反社会人格障碍？"因为刚才背了一通生物学知识，简南的脑子终于从混沌状态回来了一点。

"嗯。"阿蛮点头，指了指后座，"吴医生的报告在我的包里。"

简南没有马上拿报告。

最初的慌乱过去，脑子里乱七八糟的语气助词消失，他终于意识到阿蛮主动求婚的原因。

她不想增加他的心理负担。

和一夫一妻制没有任何关系，她知道了他最大的问题，所以她想帮他解决这个问题。

他对这段感情缺乏安全感，他害怕的移情，还有，她在告诉他，她不是林经纬，他也不是王建国。她用求婚告诉他，感情是双方的，不是他诱导的。

"我以为你又要哭了。"阿蛮跟着导航东绕西绕，终于到了小区门口，用简南给她的门禁卡刷进了小区。

"再哭……怎么行……"简南低头。

感情是双方的，双方包括他。她都那么勇敢了，他怎么能再那样哭哭啼啼。

吴医生安慰过他，人一生总是要吃很多苦，早一点吃苦，可以增加自己今后承受压力的能力，会比别人更能感知到幸福。他把这话当成笑话，他连普通人的喜怒哀乐都感受不到，更何况幸福。

但是，原来，人类的本能仍然会追逐光源，不管是身体还是精神。当身边的人披上铠甲成为勇士，他居然也能从铠甲反射的光亮中，拥有希望。

"前面左拐。"简南指挥。

阿蛮抿嘴笑，跟着简南在小区里弯弯绕绕。

"这个停车位。"简南指着自己的停车位，"左边就是家。"

阿蛮看了简南一眼。

"结婚，可以暂时不用买新房了。"简南冲阿蛮笑，有点腼腆的。

十六楼，三室一厅，一个房间被他改成了书房和衣帽间，主卧通向露台，次卧有个超级大的飘窗。

"你等我一下。"简南进了屋子就径直走进了衣帽间。

阿蛮趿拉着简南的大拖鞋满屋子转。真实的败家子。以他的工资绝对买不起这样的房子。普鲁斯鳄简直是这家伙的再造父母。

"这个。"简南拿出了一个盒子，材质像是玻璃的，还挺重，"给你。"

"这是什么？"阿蛮打开看。

"一块非常非常丑的白色金属,石头一样,不太大块。"

"铂金块。以前做实验的时候,我熔了我爸爸保险箱里的一块铂金条做氯铂酸,后来又在氢气里加热,还原成了这样。"简南挠挠头,"可以拿到店里打成戒指。"

"婚戒。"他补充。

阿蛮:"……"

"有点丑。"简南继续挠头。

他当初要是知道会有这么一天,一定会找个模具把这个做成心形,而不是这样一坨。他只是觉得,他也应该表示点什么。婚是阿蛮求的,那他总应该主动做点什么。

"谢教授找的清洁工把房间都打扫过了。"简南趁着阿蛮拿着那块铂金块表情写满了一言难尽的时候,把两人的行李箱都放好,"你睡主卧,我睡次卧。"

阿蛮:"……"

"你……"简南还在挠头,"晚上睡眠不好,我起夜你就醒。"而且她刚才说,他们现在谈性和睾丸太早了。

"哦。"阿蛮应了一声。

还有……简南站着不动。阿蛮拿着那块能把他砸死的铂金块,也站着不动。

"我爱你。"简南挠破了头皮,终于把这话说出来了。

他其实不懂爱,到现在也不懂,甚至不相信婚姻。但是,他懂阿蛮,他相信阿蛮,他觉得,他应该说出这三个字。

所有的节点都是阿蛮拉着他往前走的,他也应该主动一次。

"我爱你。"他重复。

比喜欢更深。哭了一周,心里钝痛了一周,因为阿蛮说了要结婚,现在那股钝痛变成了绵绵密密的软。

他爱她。哪怕他其实不懂爱。

简南的精致在这套房子里体现得淋漓尽致。

阿蛮也是经常接触有钱人的人,看过不少奢华的低调内敛的或者完全自然化的装修,但是像简南这种纯粹的宅男怎么舒服怎么来的装修,她真的是第一次看到。

房子装修很简单,清一色原木色的家具,部分板材部分实木,软装基本没有,沙发、床、窗帘等布艺的东西都是灰色。简南喜欢用纯棉,所以触感也是阿蛮最近很熟悉的触感。

看起来很像一个正常白领可以接受的装修消费等级。但是真的住下来，就发现事情并没有那么简单。

简南的房子是智能化的，不是简单的用手机APP远程遥控温度、开灯、关灯或者放浴缸里的水这种普通的智能。他在家里装了传送带，躺在床上或者坐在书房的时候，可以传送冰箱里的吃的喝的甚至卫生间的洗漱用品。

书房里有一整面的游戏卡带和游戏机，另外一整面都是阿蛮一看到就立刻开始犯困的各种大部头的书。

"游戏墙有一半是普鲁斯鳄的，书是我还没看完的。"简南还有些不好意思，"看完的都收起来了。"

"你的东西可以放在衣帽间，我的衣帽间里只有一点杂物，可以单独做成书房。"他开始规划阿蛮的东西，"我明天上网买个书架。"

"我没有书。"阿蛮面无表情，"我讨厌书。"

简南："……哦。"

"那我……"简南想了半天，"露台上可以搭个拳击台，面积应该够，只不过是露天的，得找人先搭个顶棚。"

"衣帽间也可以改成健身房，地板铺上软垫，天花板贴上星星，其他的你画个图，我找人来做。"这块对他来说真的是知识盲区。

下次他们出差的时候可以装修，等回来就能用了。

"还有卫生间。"简南局促了，这几天他忙着感知各种陌生情绪，倒是没想到那么细节的问题，"你用的东西还没来得及买，你可以先用我的。"

"之前曼村买的还有。"阿蛮本来很无所谓，但是简南这样一个房间一个房间地介绍，一个地方一个地方地告诉她，这里可以放她的东西，那里他挪腾一下就可以空出一半给她，有了画面感就有了实感。这里是她和简南住的地方，不是安全屋，不用担心窗外会有狙击手。

简南说，这里是家。

"你在这里住多久了？"这是一种很奇妙的体验，他们两个从认识开始就一直漂泊，突然之间到了简南的地盘，她猛然发现简南和她也并不是完全一样。

他有自己的老巢。

"十七岁火灾以后。"简南坐在沙发上看着阿蛮孩子气地玩了很久的传送带。好几年了。

"这是我爸爸开发的楼盘，他当初刚拿下这个项目，就口头跟我妈承诺会给我一套。"

"不过他现在的妻子不肯,所以我委托谢教授帮我按揭买了。"简南看到阿蛮又用那种"你很有钱啊"的表情看他,很无奈地解释了一句,"我那时候已经在做项目了,还拿过很多奖。"而且还是按揭。

"为什么一定要买你爸爸开发的楼盘?"传送带玩腻了,阿蛮又开始研究厨房,"因为舍不得亲密关系还是想气死他?"

"都有。"简南看着阿蛮打开橱柜的门"哇"了一声,自觉自首,"厨具都是整套的,碗筷也是,很贵,买回来就再也没用过。"

他渴望家庭温暖,所以会囤积生活用品来代替家庭温暖。

他有病。

阿蛮蹲在橱柜门口瞪他。简南心情很好地笑。

"我们以后都住在这儿了吗?"简南的笑取悦了阿蛮,阿蛮趿拉着鞋走过来,直接坐到简南大腿上,抱住他的脖子。

她很满意。他的老巢,以后就是他们的。

"塞恩有任务的时候我们就出差,没任务的时候就住在这里。"简南搂住阿蛮的腰。

"我饿了。"求完婚,送完铂金块,还住进了老巢,今天他们俩做了很多事,阿蛮觉得需要吃顿大的。

"叫外卖。"简南兴致勃勃地掏出手机,"我一直很想给你介绍中国的外卖。"

琳琅满目,应有尽有,因为人工费便宜,所以配送费很低,而且什么都可以送到家。

"还可以买菜吗?"阿蛮发现新大陆。

"……直接买熟的吧。"简南硬着头皮。

"我做菜不好吃吗?"阿蛮眯起眼。

"在墨西哥算是好吃的。"不会说谎的简南有一万种逃避重点的回答。

"……那你买那么多厨房用品干什么?"阿蛮抱住他脖子的手改成掐的。

"用了就没那么新了。"简南很诚恳,"油烟很难洗干净,用过了就旧了。"

阿蛮:"……"她居然被说服了,真的不能让他开口。

"我要喝可乐。"她开始耍赖,自然而然的,"还有比萨,切市的那种,兽医院门口那家最难吃的那种!"

简南:"……我其实一直很奇怪他们家为什么还没倒闭,我觉得他们家只有你一个客人。"

阿蛮闷声笑。

他们并不知道别人求完婚会做些什么，但是他们在他们的老巢里点了比萨、小笼包、小龙虾和一家本帮菜，摆了满满当当一饭桌，简南又一次藏起了他用来做心理治疗的家人的筷子。

那顿饭，阿蛮难得地吃到撑，简南难得地喝了可乐。吃饭途中，普鲁斯鳄黑进他们家的电脑打开摄像头看了一眼他们的外卖菜式，本来打算炫耀自己今天吃的和牛套餐，结果看到桌子上那一坨铂金块，就随口问了一句。

"我们订婚了。"简南还在慢条斯理地吃饭，回答得慢悠悠。

"那是聘礼。"阿蛮笑眯眯地啃着小龙虾。她天天听着王二家唠叨儿子结婚的事，现在对国内结婚的流程非常了解，刚才拿到铂金块她就在想她应该弄点什么嫁妆，不知道苏珊娜愿不愿意从地球不知道哪一端给她寄条棉被过来。

气疯了的普鲁斯鳄只能对着摄像头号出声："汪汪汪！"

"满意了没？"至于吗。他也就走了半天。哼！

凌晨一点，阿蛮唰啦一声拉开主卧的门。简南抱着枕头站在门口，一脸想敲门又找不到借口的憋屈样儿。

阿蛮双手环胸，靠在门边上，冲他扬了扬下巴。

"我们是夫妻了……"简南往后退了一步，"你不能每次都这样……"

"哪样？"阿蛮问。

"……逼供。"简南吐出两个字。

阿蛮默默地放下环胸的手，继续扬了扬下巴："那你说嘛，半夜三更在门口来来回回的想干什么？"

她加了个"嘛"。今天一整天都对语气助词特别敏感的简南因为这个"嘛"字，耳根红了。

"我一开始是想进来看看你睡得好不好。"简南开口，话痨加上强迫症让他必须从前因开始讲，"那时候是十一点。"

阿蛮点点头，转身进卧室。简南犹豫了一下，抱着枕头也跟进了卧室。

"但是我看你房间的灯已经关了。"简南跟进来之后，看到阿蛮一言不发地上了床，"怕吵醒你，所以就回我的房间了。"

主卧的床是超大尺寸的，阿蛮躺进去只占了一个小小的位置。

"再后来，十一点半。"简南继续解释，"我想起房间的窗户没有关好，主卧这边靠近街道，我怕凌晨会吵。而且，也冷。"

"唔。"阿蛮抱着枕头闭着眼睛点头。

"但是我又怕你已经睡着了。"简南抱着枕头往前走了一步。

阿蛮睁开一只眼睛。所以这个人从十一点就进入了想进来又怕吵醒她的死循环。她直接问重点:"枕头是怎么回事?"

"我进来跟你一起睡,万一吵了我可以起来关窗。"简南举着枕头。

阿蛮觉得这个解释很合理,于是闭着眼睛拍拍床:"上来吧。"

还有一堆事情要解释的简南张着嘴愣了一会儿,先把枕头放在阿蛮枕头边上,拍拍松,然后脱下拖鞋,工工整整地摆在阿蛮的拖鞋边上,最后钻进被子。

阿蛮顺势抱了上来,缩在他怀里,脸颊还蹭了蹭。

简南睁着眼睛看着天花板。

"怎么了?"阿蛮听到他的呼吸声一直很紧张,迷迷糊糊又问了一句。

"我还没有解释完。"简南低低沉沉的。

"嗯?"阿蛮闭着眼睛示意他继续。她并不排斥简南的声音,尤其是安静的时候,很催眠。

"我在进来之前,想到我们今天已经结婚了。"简南重新开始。

"订婚。"阿蛮纠正。

"一样的,明天去领证也可以的,反正你带着护照。"简南咕哝。

"你继续。"阿蛮决定不和疯子论长短。

"合法配偶,是可以……"简南本来想说"交配",但是求生欲让他换了一个词,"洞房的。"

阿蛮:"……"她醒了。

"所以我就外卖了一袋安全措施。"简南继续解释,"国内有二十四小时营业的药房,这类安全措施属于计生产品,随时可以送。"

阿蛮:"……"难怪她刚才听到他开门关门的声音。

"但是买来之后,我就……"简南皱起了眉,"这件事由我主动是不是不好?"他本来想着以后都由他主动,可是真的遇到了,他又担心这样是不是不太好。

雄性动物在交配这件事情上应该是需要得到对方同意的,这才是文明的象征。他是真的困惑,眉毛拧成一团。

阿蛮的回答是翻了个身,用屁股对着他。那就是真的不好……简南懂了。

"那睡吧。"问题解决,简南松了一大口气。

两人同床共枕已经很习惯,简南自动自发地从后面抱住她,把下巴放在她的脑袋上,舒服地叹了口气。

冬天的被子很厚实，被窝里暖洋洋的，怀里的阿蛮小小只的。

"其实。"小小只的阿蛮说话了，"你十一点的时候直接进来，就挺好的。"

"嗯？"这回轮到简南困了。

"现在太晚了。"阿蛮说了五个字，就闭上了眼睛，嘴角微微翘起。

简南越来越重的眼皮突然睁开，就算很困了，他也仍然理解了其中的意思。果然性和食欲是最原始的本能，都不需要教。

"那明天……"他不困了。

"嗯……"阿蛮拉着他的手，十指紧扣。

"我们不分房了。"他真的是坏掉了才想着分房睡能让阿蛮睡得更好。

"嗯。"阿蛮笑了，翻身抱住他的腰，脸埋在他怀里。

"明天早上吃豆浆油条。"她点菜。

一整个晚上她都在翻外卖软件和购物软件，两眼放光的那种。

终于到家。

终于，可以安心睡着。

阿蛮恍惚间有种自己在看电视剧的错觉。

喧闹的都市清晨，阳光下细碎飘浮的微尘，热气腾腾的豆浆油条，坐在餐桌边的男人，还有客厅里面早间新闻的电视声。

安静平和。

离她过去的生活太远，以至于她刷牙的时候，探头出来看了好几次。

简南十分嫌弃她点的咸豆浆，把外卖拆开装盘后，就把那碗白白黄黄的豆浆推开老远。

阿蛮又缩回卫生间，眼角眉梢都带着笑。这是幸福吧，她想。意外的相遇，意外的投契，以及这份意外获得的她觉得可以一直做下去的工作。

跟着一帮又狂又疯的人，满世界地寻找病源。

嫁给一个据说有反社会人格障碍的家伙，听他在她求婚的时候跟她科普哺乳动物的一夫一妻制。

刺激，怪诞又有趣。

"简南！"阿蛮又一次探出头，正好逮到简南伸着脖子偷看她那碗放了辣椒油的咸豆浆。

"我爱你。"她脸上还有牙膏沫沫。

刚缩回卫生间，就听到外面乒乒乓乓的声音和简南的低声呼痛。

是幸福。阿蛮肯定。然后把自己日益长长的头发扎成了一个小揪揪。

上海的早间新闻播的大多都是社会正能量和民生的新闻,天气、交通、建设和市井,生机勃勃。阿蛮喝了两口咸豆浆,心里有些感慨简南当初在切市的时候用的那个老式收音机。

他怕寂寞,吃饭的时候永远开着声音。

他也一直都寂寞,哪怕在上海,过去也是用十双筷子十只调羹就着电视机的声音完成一日三餐。

那条新闻播出的时候,阿蛮正试图让简南用油条蘸辣油。他嘴上还挂着一点豆浆的痕迹,因为阿蛮的重口味而一脸惊恐。

简南最先听到的是"谢某"这个名字,他瞥到电视里"谢某"的样子,拿着油条愣了愣。

谢教授出现在新闻里并不令人意外。上海有动物传染病相关的新闻采访需要专家出镜或者国际兽医专家交流的时候,谢教授一般都会出席,但是通常不会被叫作"谢某"。

新闻打的马赛克很薄,熟人一眼就能认出来。

简南调大电视机音量。

这是一起关于动物疫苗出口检测的时事新闻。新闻并不复杂,近日某老牌研究所长期生产出口的动物副结核病疫苗,在出口检测的时候,发现抽检样品全批次不合格,损失巨大,所以研究所负责该项目的谢某需要停职调查。

简南放下筷子。

"谢教授?"阿蛮反应很快。

"嗯。"简南拿起手机,先打给了谢教授,手机关机,他想了想,又打给了普鲁斯鳄。

电话很久才被接起来,普鲁斯鳄的声音听起来应该是还没睡醒,带着起床气:"你行不行啊,新婚燕尔的这么早起来。"昨天被秀了一脸恩爱的怨气还在,普鲁斯鳄阴阳怪气。

"谢教授怎么回事?"简南没理他。

"怎么了?"普鲁斯鳄一头雾水。

这也是个不知情的。简南挂断电话。

"我们去看看。"简南站起身,出门的时候连外套都没穿。

"你不换衣服吗?"阿蛮跟在他后面。他还穿着睡衣呢。

"不用。"简南已经在等电梯,"他就住楼下。"

阿蛮："……"

"普鲁斯鳄呢?"她问这句话的时候已经大概知道答案了。

简南："楼下的楼下。"

阿蛮："……哦。"

这人的病真的挺严重,社交圈都在他身边。她并不是他第一个拉着不放的人,楼下那两个也是,只是没她那么严重。

"吴医生呢?"她好奇。

"吴医生有家庭。"简南进了电梯,"这个楼盘不是学区房。"

"所以她住在对街。"简南总结。

阿蛮："……哦。"

她甚至都可以猜到当年十七岁的简南是怎么说服这几个人搬过来和他做邻居的,价格、地段、周边配套,还可以帮他气爸爸……

难怪吴医生说千万不要让简南说话,一旦让他说话,就会被他牵着鼻子走。这三个都是活生生的例子。

"谢教授是单身吗?"阿蛮进入简南老巢的实感更加强烈了,那些在切市只存在于故事中的人,那些她以为这辈子都不会有交集的人,都变成了鲜活的有呼吸的真实的人。

就在楼下。

"他离婚了,现在一个人住。"只有一层楼,电梯很快打开,"叮"的一声,门口站着同样穿着睡衣正在打哈欠的普鲁斯鳄。

"我看到新闻了。"穿着绿色鳄鱼睡衣的普鲁斯鳄脑袋上还套着个鳄鱼头套,晃晃悠悠的,"我昨天跟塞恩视频到天亮。"所以头套都没来得及摘。

实物头套很大,离墙五十厘米就能用嘴巴对着墙壁做"啄木鸟"。所以敲门就是"啄木鸟"的事。

早上七点钟,年近六十的谢教授打开门看到门口的鳄鱼头,连眉头都没抬一下。

"来啦。"他淡定地招呼了一声。

又对阿蛮点了点头:"你好。"

不到六十岁的中年男人,保养得很好,眉眼严肃,从表情完全看不出他的喜怒。

又是一位有教养很权威的长辈。

阿蛮有种昨天见了简南妈妈今天又得见简南爸爸的错觉,昨天和吴医生刚见面时的紧张感又隐隐约约地冒出头。

"都看了新闻了？"谢教授的声音和电话里差不多，和他的长相也很配，很严肃的那一种。

简南没说话，很自觉地坐到了谢教授对面，坐下之前还顺便给阿蛮倒了一杯水。

普鲁斯鳄摘下了鳄鱼头套，半躺到沙发上，一颗被鳄鱼头压得一头汗的脑袋像死鱼一样挣扎着搁在沙发扶手上。

谢教授很严肃，但是这两人显然已经习惯了。

观察力还不错的阿蛮喝了一口水，定了定神。

"这疫苗阿南也知道，布氏杆菌的疫苗，研究所做了好几年了。"谢教授直接就进入了正题。

这个人，挺好的。喜欢直接的阿蛮也很直接地下了结论。

"其实不仅是这批疫苗出现了问题，阿南走了以后，实验室出过好几次事。样本污染，上游供货商更换……说实在的，这次出事，我并不意外。"谢教授想点烟，看了一眼阿蛮，又放下了。

"所以您上次在电话里说您快保不住我了。"简南终于说话了。

"您老了很多。"只是大半年没见，他印象里一直精神很好的谢教授这次脸上已经有了疲态，人也瘦了很多。

谢教授哼了一声："我跟你说了那么多话，你就只记住这个了？"

"您只打过一次电话。"简南嘀咕。

谢教授瞪着眼睛又哼了一声。

"是你没接好吧。"普鲁斯鳄打了个哈欠，吐槽，"你铆起劲来做项目经理的时候都把谢教授的电话拉黑了好吧。"

幼稚。阿蛮也跟着悄悄打了个哈欠。

警报解除。简南会努力拉在他身边生活的人，应该都挺好的。

只是简南这个人记仇。谢教授把他赶到了墨西哥，不管是出于什么原因，都被简南记恨上了。如果不是这条新闻，她估计简南一时半会儿都不会主动找谢教授。

"你走了以后，小刘和老陈也走了，现在实验室里有一半的人你都不认识，所以这事你就别掺和了。"谢教授起身，后面那句话是问普鲁斯鳄，"你妈妈上次送了腊肠过来，看你不在，就先放在我这里了，你一会儿记得拿回去。"

他看起来已经打算结束这个话题，云淡风轻的，仿佛早间新闻只是需要被调查的谢某，仿佛几十年的工作被停了职并不是什么大不了的事，只是进厨房的背影看起来已经有了老态，只是眼角的纹路变深了很多。

"我们其实可以帮您的。"简南没有跟进厨房，他的手又开始无意识地摩挲桌角。

他犹豫不决的时候才会这样。阿蛮已经很久没见过他这个样子了。

"塞恩的公司，主营方向就是各个领域的专家顾问，调查疫苗问题需要这样的角色。"简南继续摩挲着桌角。

对于一个教育他长大的一直以来都很强大的长辈，他说出这样的话需要很大的勇气。

"我最近……做得还不错，履历也比以前好看很多。"他犹犹豫豫的，又说出了第三句话。

"简南的意思就是他现在很牛了，你把这事交给他准没错。"看不下去的普鲁斯鳄打着哈欠帮忙翻译，成功地越帮越忙。

简南闭上了嘴。阿蛮很熟练地翻了个白眼。

"我知道你在新公司做得不错。"谢教授从厨房里拎出两个袋子，将其中一个交给普鲁斯鳄，另外一个先放在了旁边，"吴医生也说，你在这样的氛围下应该可以发挥更大的潜能，创造更多的价值。"

"这样挺好的，没必要再回头插手这些乱七八糟的事。"谢教授露出了他们进屋后的第一个笑容，把手里的袋子递给简南，"听普鲁斯鳄说你结婚了，这是礼物，准备得匆忙，但是应该实用。"

普鲁斯鳄这个大嘴巴昨天就把这件事告诉了所有人，谢教授是第一个。他准备得匆忙，只找到了之前打算给女儿结婚用的被褥。女儿结婚没喊他参加，他这点嫁妆送不出去，倒也有了新去处。

简南没接。

"您还是不相信我。"他低头。

谢教授一愣。

"我有能力，可以做到这些事。"简南看着那个红色袋子，"实验室着火之后，我有能力找到放火的那个人。现在，我也有能力帮你查到疫苗出问题的节点。"

"但是您从来都不相信我。"他还是不接那个袋子。

谢教授放下那个袋子。阿蛮感觉到，这位一直挺淡定的教授胸膛剧烈起伏了两下。终于要生气了。

她就奇怪了，带着这么两个神经病，他居然也能忍那么久。

明显就是不想让简南介入这种乱七八糟的事，是觉得简南现在过得不错最好就这样一直过下去的长辈心态，到了简南这里，就变成不相信他了。

简南，把谢教授当爸爸啊。任性得跟孩子一样。本来就没有同理心，在爸爸面前就更没有了。

"留你下来，让他们把你想冲进火场救样本说成情绪失控？"谢教授问他，"还是不管你做出了什么成果，都想尽办法压着，让别人发？"

"阿南。"谢教授重重地叹了一口气，"我知道你只想安心做研究，只喜欢实验室，你只会对实验成果开心。"

"你甚至并不介意自己的成果被别人拿去发表，但是我介意。你是我培养出来的，是我最骄傲的学生，我不希望你和老陈他们一样被逼到退无可退，只能选择退出。"

"你的成就不应该止于此，我只是你的入门老师，陷在过去对你没有任何帮助。"

简南不说话了。

"让你插手这件事，让人把你在墨西哥拼了命好不容易才做出来的成绩重新抹掉，让所有人再次把焦点放在你的反社会人格障碍上？你这一辈子又能拼多少次命？次次都这样，你又能承受多少次？"谢教授问他。

一个动物传染病学的专家被确诊为反社会人格障碍，这件事不需要媒体渲染，也不需要论坛发酵，本身就是毁灭性的。

简南做出来的成就，可以归功于他的高智商，但是人们永远会更害怕他脑子里隐藏的定时炸弹。不管他做出多少成就，因为这颗炸弹，他永远都会是个危险人物。

他这辈子做的最最后悔的一件事，就是受到王建国的影响，在火灾之后让简南去接受了反社会人格障碍的测试。

如果像现在这样，不属于任何一方，不会触犯任何利益，反而可以走得更高。简南是他的爱徒，靠着自己闯出一片天地，他不能拖简南的后腿。

"那就试试看能够承受多少次。"简南笑了。

"因为智商太高，我一直没有顺风顺水过。

"去看心理医生是常态，被别人排挤是常态，到后来，演变到能做出实验结果才是正常，做不出就说明我不努力，或者我脑子里憋着坏水。

"我一直在承受，也一直在越变越好。

"我有一个观点，您从来没有赞同过。人类社会仍然是存在绝对强者的，当你的能力让所有人都不得不仰视的时候,质疑就只是你华丽衣袍上的点缀。"

"所以就让我试试吧。我到底可以承受到什么程度,我自己也很好奇。"简南说完就把谢教授收回去的结婚礼物拿了回来,放在了脚边。

"他在切市就是这样的。"普鲁斯鳄看着目瞪口呆的谢教授,无奈地耸耸肩。

"他老婆也支持。"他继续耸肩,"我忘了跟您说了,他老婆比他还疯。"

"说实在的,我也支持。"普鲁斯鳄晃晃脑袋,"毕竟这屋里所有人的智商,我排第二。"

谢教授:"……"

"质疑就只是你华丽衣袍上的点缀?"阿蛮难得地记得一字不差。

实在是太雷人。她在那样的气氛下都差一点点喷出来。

"气氛上头了是这样的。"普鲁斯鳄在他们家帮他们把剩下的早饭吃完,和简南一样,他也对阿蛮的红油豆浆嗤之以鼻,"他阅读量惊人,脑子没坏掉之前还看过张爱玲。"

并不知道张爱玲是谁的外国人阿蛮很敷衍地"哦"了一声。

"接下来打算怎么办?"

他们最后是被谢教授赶出来的。简南第一次在谢教授面前说"不",慷慨激昂一时之间得意忘形,最后谢教授一声不吭地打开了大门,自己进了书房关上了门。一个大写加粗的"滚"字,所以三个人摸摸鼻子,换了个聊天阵地。

"不可能不管的。"简南立场很简单,"反正塞恩申请加入这样的项目也不需要谢教授的同意。"

不可能不管的。

那是教育了他很多年的谢教授,研究所是他第一次真正接触动物传染病的地方,他在那里定下了这辈子的目标,他在那里成功分离出许多病毒毒株,他在那里成了简南,能被阿蛮看上并且喜欢上的简南。

"你有没有想过,谢教授让你们别掺和也可能有其他的原因。"普鲁斯鳄不是谢教授教出来的,他对谢教授的了解仅止于"简南的谢教授"以及"楼上的长辈"。人很严厉,但是心也软,不然就不会觉得简南太可怜,就干脆当儿子一样养着,是个很严格但是也很可爱的长辈。

"谢教授在研究所工作几十年了,就这一两年时间遇到了那么多事。"

实验室里的人论文造假,实验室着火,在一起工作了好几年的谢教授一手带出来的人,不是被逼走就是被谢教授送走。

"这件事可能并没有那么简单。"普鲁斯鳄今天甚至能感觉到,谢教授可能已经有了退意。六十岁都不到呢。

简南看了他一眼。

"……我不是说调查疫苗哪一步出现问题这件事不简单。"普鲁斯鳄迅速懂了,他每次都能很精准地读到简南对他的鄙视,"你有没有想过这件事可能会牵扯到哪些人?"

"或者说,谢教授是不是真的就完全清白。"普鲁斯鳄索性把话说得更明白。

"他作为负责人,出了这样的事,不管结论是什么,他的责任肯定是逃不掉的。"简南没有回避,"要么是能力已经不足以管住下面的人,要么就是在各种跟工作无关的斗争中成为牺牲品。"

除了为了钱。谢教授对钱这件事,比他还没概念。

"就这样你也要查吗?"普鲁斯鳄惊讶。他都想到了,还要去蹚这趟浑水?

"不是我查也会是其他人查。"简南用筷子摁住最后一根油条,"我查起码是公平的。"

"万一你真把谢教授送进去了,你头上那顶欺师灭祖反社会的帽子可能会变成白天镀金晚上夜光的。"普鲁斯鳄偶尔也觉得"反社会"的思维可能跟正常人真的不一样。换成是他父母出事了,他会找最好的人帮忙,但是绝对不会自己下场,担心会失了偏颇,伤了感情。

只有简南不怕。他的感情外面穿着铁皮。

简南笑笑。送进去倒真的不至于,他觉得谢教授的智商不至于把自己弄得那么惨。而且他始终记得那句话,谢教授说,如果当初实验室的火真的是他放的,就不会把他送到墨西哥,犯了刑事罪,就得负刑事责任。

这一点,他和谢教授是一致的,遵守规则这件事本身就是谢教授教他的。

"不过,这件事我帮不了你太多。"普鲁斯鳄用筷子把简南摁住的那根油条偷偷撕下一块,塞到嘴里,"我手边的项目要交付了,最近这段时间不一定会在上海。"

"不用你,我有阿蛮。"简南觉得筷子防不住普鲁斯鳄,索性找了个碗扣住。

"……你为什么不让我把最后一根吃掉啊!"普鲁斯鳄愤怒,"你又不吃了!"

"阿蛮没吃饱。"简南皱眉头。猪吗,吃了三根了。阿蛮去楼下找谢教授之前才吃了四根。

一直低头查新闻的阿蛮很茫然地看了简南一眼。

"你有种不要跟我要数据。"普鲁斯鳄悲愤了。

"数据给我就行了。"阿蛮抽出那根油条,撕下一半给普鲁斯鳄,说话的语气像幼儿园里解决小朋友纷争的老师。

这件事不简单,她刚才粗粗地看了看能查到的所有新闻。因为事情还在调查中,新闻写得都很简练,各种角度的报道都有,唯一不变的是都提到了负责人"谢某"。

谢教授让简南避嫌没有错,是很理智的成年人的行为。因为他不确定自己这一次能不能全身而退,所以希望简南不要卷进来。

阿蛮看着简南。这家伙现在正拿着餐巾纸,试图让她把刚才捏过油条的手指擦干净。

他身上的某些坚持是在成年人身上已经鲜少看到的,也是她喜欢他的理由。

所以,做就做吧。

她伸手拿过简南手里的餐巾纸。

"要用筷子。"简南皱着眉嘀咕,"家里明明有很多筷子。"

偏偏她就喜欢用手,用完还拿脏兮兮的手指捏他的脸。

偏偏他还挺开心,每次她捏完吐槽他的脸太软皮肤太滑,他都会笑嘻嘻。

偏偏普鲁斯鳄还举着自己的油手,吐槽这位号称家里有很多筷子的人一根木头都没给他,最后一张餐巾纸也要拿去秀恩爱。

他姥爷的。

第23章
他的妈妈

"这里就是你以前工作的地方?"阿蛮坐在车里,扒着车窗看外面。

如果不是门口用烫金大字写着"研究所"和传达室里比一般地方更专业的安保,这里看起来更像一座有些年代的厂房。四五幢六七层的灰色大楼,墙面斑驳,院子里的停车场也是老式的,稀稀落落地停着几辆车,车位间隙处长着杂草。

他们在外面停了十几分钟,院子里一个人都没有,空荡荡的停车场里偶尔有不知名的小鸟飞落,蹦蹦跳跳地在野草丛里觅食。

莫名就觉得这样的地方和简南挺配的。

"这边是以前的实验室。"简南指着其中一幢楼。

"火灾之后,为了安全暂时封了,后来就搬到了C幢的实验楼。"简南又指了指别的楼,"不过我在C幢只待了一个多月。"然后就被打包送到了墨西哥。

阿蛮点了点下巴。

塞恩的申请需要走各种流程,没有那么快下来,简南今天只是把阿蛮带到几个相关的地方转转,让她对动物疫苗能有个大概的概念。

"出问题的这批疫苗是猪种布鲁氏菌S2疫苗,疫苗株是我国兽医药品监察所在1952年从猪的流产胎儿中分离到的,是口服疫苗,免疫原性相对偏弱,对猪、牛、羊都能产生良好的免疫,其突出的优点是通过口服方式免疫,不会引起怀孕母畜流产。"简南等阿蛮下车远远地拍了几张照,又上了车,就发动车子打算带她去检疫局看看。

她很厉害,做事之前拍的那些看似随意的照片,事后回想其实都是有点用处的。毕竟她懒,没有用的事情不太爱做。

阿蛮"唔"了一声,低头翻她刚才拍的照片。

拍摄地形方便后期复盘只是一方面,另外一方面,她有点私心,想帮简南找到去年放火烧实验室的人。这是她最早萌生想帮简南做点事情的想法时就想做的事情。

"你……"简南看了阿蛮一眼,"会不会无聊?"

看着照片,想象着小简南以前被谢教授带去上班的样子,阿蛮咧着嘴,脸上写着一个问号。

"这些事情很枯燥。"简南觉得自己可能白问了,阿蛮脸上清清楚楚地写着兴致勃勃,"不像在墨西哥……"

国内没那么混乱,做事情还是得守法,相对的,阿蛮的很多方法在这里都用不上。他一直担心阿蛮会觉得无聊,却一直都没有问出口,怕问出口万一她点头了他没办法接,也怕她突然回过神说不干了转身就走。

惴惴不安的,直到阿蛮昨天跟他说,我们结婚吧。

他对婚姻没多大感觉,对爱情也没什么向往,但是他向往有阿蛮的未来,这样的向往逐渐盖过他心里的惴惴不安。

"你会无聊吗?"他于是又问了一遍,"我查过国内的保镖行业,这十几年,国内经济发展得快,私人保镖也是很稀缺的工作。"

"如果你有兴趣,也可以去试试。"简南提议,"不用暗网那种,走正规的安保公司渠道,类似我这样的专家顾问的形式。"

阿蛮的履历在国内估计能做顶级的保镖。

"你真心的?"阿蛮放下相机。

"嗯。"简南点头。

他不会撒谎,这种话如果是前两天说出来,他可能还会别别扭扭地想吐,但是今天不会了。他是真心的。想要长久,不能只有一个人觉得开心。

阿蛮盯着他看了好一会儿,笑眯眯地抬手,摸了摸他的耳朵。

"耙耳朵。"她笑。

不用吴医生给结论,她都能感觉到简南的变化。从一开始真正的病态的占有,到现在开始自学怎么放出空间。天才学东西很快,只要他自己能想通。

"我不做保镖了。"阿蛮拿出相机,继续看照片,"我觉得现在这样挺好。"

"塞恩给的工资不低,普鲁斯鳄理财也很厉害,我们两个在经济上面应该不会有太大的问题。"阿蛮算得很实际。

简南除了生活用品比较精致之外,其他的除了实验器材,几乎不花钱,她则更省,只是回国后发现了网购和外卖,对各种体育器材产生了一定的购买欲望,其他的也没有特别需要花钱的地方。

"之前做保镖是因为这一行来钱快,而且可以避开贝托那些人。跟着你一起做了好几个传染病项目,我现在觉得找病源挺有意思的。"

找到最初感染的动物,确认感染的路径,听起来很简单,但只要真正经历了就会发现,会遇到很多事,各种各样的和人有关的事。

"可以满世界地跑,如果再遇到像二丫这样的小丫头,空闲的时候我也可以教她们练练武,用杨家武馆的名字。"阿蛮歪着头。她觉得这样很好。

"而且,我也喜欢和你待在一起。"阿蛮笑。笑完了,自己的意见也说完了,她低着头重新开始看照片,放大了好几张,再用手机拍下细节,记录她放大的原因。

一如既往,很直接。

一如既往,说完了就不管简南的情绪了,哪怕简南差点因为她那句喜欢和他待在一起而压到双黄线。

"我今天是第一次当着谢教授的面说'不'。"简南突然又开始没头没尾。

"嗯?"阿蛮敷衍。

他只是没说出口罢了,就他这个性格从小到大能真的乖巧就奇怪了。

"你需要夸我。"简南下结论。

他又进步了一点点,主动让阿蛮去做喜欢做的事,主动提出帮谢教授找到事情真相。靠着自己的意愿,没有别人强迫。

虽然他知道,这和反社会人格没什么关系,他这次只是把吴医生的诊断结果认真地看进去了,给自己留点空间,给旁人也留点空间,试试不同的事,试试各种挑战。

阿蛮无语:"在车上我又不能抱你。"撒娇鬼。

"摸耳朵。"简南侧头,"像刚才那样。"

"摸了我就给你吃糖,上次你很爱吃但是被普鲁斯鳄偷走的那种太妃糖。"他提条件。

"你又买了?"阿蛮很快乐地开始摸简南的耳朵。

"你耳朵好软。"她开始评价,一边评价一边摸自己的,"我的好硬。"

简南:"……"

"糖呢?"突然发现自己连耳朵都比简南硬的阿蛮有点心气不顺。

简南:"……"

研究所动物疫苗出现问题的新闻扩散后,许多和研究所有合作的兽用疫苗下游产业纷纷提出检测需求,在塞恩拿到申请结果之前,已经有好几种疫苗检验不合格。这件事在业界影响非常大，对刚刚起步的中国兽用疫苗市场也造成了严重的打击。

和普鲁斯鳄一开始预料的不同，这件本来很复杂的牵涉到很多部门和公司的事情，现在责任方已经十分明确。

出问题的几种疫苗只有一个共同点，就是都是从谢教授负责的实验室研制出疫苗株后分发给各个疫苗生产商的，问题就出在实验室。

谢教授家门口开始有很多陌生人进出，一坐就是一个下午。

他不再接待简南他们，有一次在门口遇到，被客人问起，谢教授只说是楼上的新婚夫妇，并不熟，急急忙忙地想和他撇清关系。

简南带阿蛮去看过的那栋C幢实验室大楼被封闭，研究所为了配合调查，也暂停了很多项目，业内的专业论坛针对这件事的讨论甚至扩散到了国外。

"你们有没有看论坛？"许久没和他们视频的塞恩接通之后第一句话就是这个，"都在说中国的疫苗乱象丛生，监管不力，乱七八糟。"

"真的假的？"塞恩摩拳擦掌，"如果是真的，那咱们公司在中国的市场就很大了。"

这个悲观的富N代遇到生意就不悲观了。

"假的。"简南泼冷水，"兽用疫苗涉及畜牧业，是民生，要么不做，要做也不敢乱做。"

塞恩讷讷的："你怎么回国之后看起来更凶了。"

"因为我结婚了。"简南用最近的万能金句回答了塞恩，顺便拿起电脑桌旁的铂金块晃了晃。

阿蛮不想拿那么大一坨东西跑去打戒指，她说这样看起来很像疯子，所以他们还没有买戒指，因为没钱。

"你少来！"塞恩"喊"了一声，"阿蛮恢复国籍的申请还没通过呢，结个屁婚。"

简南冷着脸，打算摁下挂断键。

"等下等下等下！"塞恩声嘶力竭。

普鲁斯鳄警告过他，不要把阿蛮恢复国籍比一般人慢很多这件事拿出来调侃，简南会把他拉黑。

阿蛮那不靠谱的养母苏珊娜在养育阿蛮的过程中连换了好几个身份，最糟糕的是，每次换身份她都会再领养一次阿蛮，结果在阿蛮的领养记录上，她连着被领养了十几次……这样一来，恢复国籍的事情就变得比较麻烦，光是文书就得提交十几份，审核也得做十几次，所以申请还在继续。从来没有进行过这种文书战斗的阿蛮一败涂地，甚至有点想回墨西哥。

这么好笑的事，却不让人笑。太寂寞了。

简南冷着脸，手指蠢蠢欲动。

"申请批下来了，不过这趟你估计得倒贴，对方给的钱很少。"塞恩笑嘻嘻，"另外，你和谢教授之间虽然已经没有上下级的关系，但是为了避嫌，我提交的不是你的中文名，是墨西哥名。"

"你还有墨西哥名？"在旁听顺便吐槽他们幼稚的阿蛮感兴趣了。

"南点简。"塞恩继续笑嘻嘻。

阿蛮："……"

"反正这笔买卖不赚钱。"塞恩耸肩，"你们上论坛看看，连中国修改动物基因失败的阴谋论都出来了。"

"所以其实都是无用功。哪怕简南真的查到了问题，有正规的处理报告，他们也会说这是造假，是阴谋。真相不重要，没有人想听真相，人类永远只相信自己愿意相信的。"熟悉的塞恩的悲观论调。一万种人类即将灭亡的原因。

阿蛮有些怀念，嘴角扬了起来。她看了一眼简南，发现他冷着的脸看起来也好了很多。

"无用功，你还顶着时差天天半夜走流程申请？"阿蛮吐槽，带着笑。

"反正都要灭亡了，等也是白等，不如找点事情做。"塞恩有点不好意思，"逛论坛就挺好玩的。"

"你们不考虑跨国婚姻吗？"结束了正事，塞恩的八卦之魂也压不住了，"恢复国籍麻烦，跨国婚姻应该不难。"

"再不然就找一天空闲，飞到拉斯维加斯结婚。我在旧金山有朋友，可以帮你去大使馆做认证。"塞恩又有了新主意。

"不用了。"简南摇头，却没有说原因。

阿蛮想用中国名字结婚，她想在结婚证上写着"杨秀丽"这个名字。他虽然很焦虑，但是愿意等。

阿蛮微笑。书桌下面，两人十指交握。

以专家顾问的身份进入调查小组之后，简南和阿蛮直接进了已经封锁的实验室。

这个简南曾经工作了一个多月的地方，隔了半年再回来，他仍然下意识地

第23章 ◆ 他的妈妈

走到了自己以前的位子上。

"我以前的工位在这里。"简南指着最显眼的位子,"这个位子没人愿意坐,因为电脑屏幕和实验窗口对正对着大门,不管在干什么,领导进来第一眼就看到了。"

"在之前着火的那个实验室时,这个位子就是我的,后来搬到这里,这个位子就还是我的。"

"他们都说我是为了显摆自己才选了这么显眼的位子。"简南摸摸实验桌,"也确实,我就是为了显摆才选了这么显眼的位子。"

阿蛮:"……"他对自己的认知真是一如既往的清醒。

这次来的只有他们两个。实验室的东西都被清空了,阿蛮拿着相机,像往常一样拍了几张照。简南在阿蛮拍照的时候,用他惊人的记忆力把他走之前的实验室布置给还原了。

"走掉的几个人原来的工位都被移走了,新人的工位在之前的风水宝地上。"简南皱眉,"从履历上看,这两个刚来的新人并没有那么高的资历。"

阿蛮歪头。

"读书人有病。"简南帮她把话说了,"尤其是这种相对封闭的研发小组,都是论资历,资历高的才有资格坐风水宝地。"

"而且这个地方以前是谢教授坐的,"简南指着角落里一个单独的工位,"现在也换人了。"

"谢教授有单独的办公室了。"阿蛮翻了下专项小组给他们的资料。

"嗯。"简南点点头,"但是谢教授最讨厌单独的办公室。"

以前所里也给谢教授分配过办公室,谢教授一次都没去过,自己找了张实验桌,硬塞到实验室里。到后来,行政都知道谢教授是个只愿意待在实验室的人,再分配办公空间的时候,都会在实验室里安排谢教授的工位。

简南走后的实验室,没有谢教授的工位。

阿蛮拿相机拍下占了谢教授工位的人的工牌。

"去年的火灾,你有没有怀疑的对象?"阿蛮突然问了个不相干的问题。

简南一愣。

"反正都是要查的。"阿蛮晃了晃手里的相机。

项目组的人全都停职接受调查了,她属于协助方,发现问题需要第一时间通知警方的那种。

当初那场火灾,在现场的人除了谢教授,就只剩下四个人了。阿蛮有些蠢蠢欲动。

"我只是不知道是谁放的火。"实验室里已经没有什么好查的了，简南坐在他以前的工位上，又摸了摸书桌，"谁指使的，我很清楚。"

"简北?"阿蛮也很清楚。

"嗯。"简南点头。

"他出国留学之后，长期贿赂我们组的人，让他们把我的一举一动都告诉他。"

阿蛮："……他是不是爱你啊。"她都没有这么强的执念。

简南呛咳了一声。

"他贿赂的对象是随机选的，每个人他都贿赂过。简北只想知道我的一举一动，对实验室那些保密的东西不感兴趣。我人缘很差，能一边收钱一边报告我的一举一动，又不用承担风险，每个人都抢着做。"

阿蛮熟练地翻白眼。

"所以每个人都和简北有过金钱来往，导致你也不知道当时执行放火这个动作的人是谁?"阿蛮总结。难怪她当初问他有没有得罪人的时候，他回答得罪了很多人。真诚实。

"其实有一点很可疑。"简南看着阿蛮，"我走之后的项目组我不了解，但是我走之前的项目组，虽然私下关系一般，但是真正工作的时候，心很齐，就像在血湖项目的那些专家学者一样。谢教授看人是有眼光的，我想不出会有谁为了钱愿意烧掉实验室。"

那里面有很多人的心血。实验室着火的时候，红着眼睛想冲进火场的人不只他一个。

"很多钱就行。"阿蛮见怪不怪。

"简北没有很多钱。"简南笑，"他只有零花钱。"要不然，简北也不会对他那么执着。

"为了牵制他，我爸爸一直都说我会是他的继承人。"简南耸耸肩。

他不经常做这个动作，只是突然想学阿蛮的样子。

做得不伦不类的，有点可爱。

"你爸是家里有王位要继承吗?"阿蛮又想翻白眼了，硬生生忍住。宫斗剧看多了还要搞制衡。

"我爸爸是真的有很多钱。"简南突然笑了，"他好像有私人保镖。"他都忘了。

阿蛮："……"

第23章 他的妈妈

"会不会是项目组之外的人?"阿蛮把话题拉了回来。

她不太喜欢简南说他的家事,太扭曲了,会让她觉得简南可怜,会让简南得寸进尺。

那天晚上约好的"第二天",后来失约了。谢教授突然出事,塞恩和他们又有时差,再加上一直赖着不走的普鲁斯鳄……总之,就是泡汤了。

简南幽怨地拎着那袋计生用品来来回回走了几次,最后锁到了柜子里。

"等项目结束。"他又开始作茧自缚,"我要找个是三的倍数的日子!"

阿蛮很乐意看他每次都搬石头砸自己的脚,所以很愉快地答应了。于是这几个晚上的简南看起来都很可怜,而她为了看简南砸自己的脚,心肠越来越硬。

"实验室的起火点在内部,项目组之外的人没有实验室的密码。"简南摇头,"实验室密码是每天随机换了之后再发到每人的密钥上的,而且每个人的密码都不一样,那天着火之前的进出记录只有一条,就是我的。"

"有人用了你的密码?"阿蛮皱眉。

"不是,就是我。"简南看着阿蛮,"我确实在火灾前进过实验室,当时实验室没人,那个后来着火的着火点也没有任何异常。"

所以在他的分析里,他就是最大的嫌疑人。

"那场大火后来没有调查吗?"阿蛮突然觉得去年火灾的诡异程度和这次疫苗出问题的诡异程度差不多,都是目标直指一个人,去年是送走了简南,今年是逼退了谢教授。

"意外着火。那个着火点本来就有易燃点,监控在我出实验室之后就坏了,我出去之后,又没有其他进出记录,所以最后结论变成了意外着火。"

只是所有人都默认那个放火的人是简南,因为大家都知道简南有这样的智商和动机。

"我总觉得,这次的事情和去年的火灾,应该是有关联的。"阿蛮若有所思,"手法很像。"

"思维方式很像。"她换了个说法,"如果这次调查疫苗,最终只能确定是实验室出了问题,而很难确认是哪个流程点出现的问题,那么大家也会默认责任人是谢教授。"

"其他人我不知道,但是我肯定能查到是哪个流程点出了问题。"简南指出问题,"这对我来说不难。"

"对方不知道你会出现。一般坏人做了一次坏事没被抓到,胆子就会越来越大,并且会形成思维定式,觉得自己做得天衣无缝,这次也一样不会被抓到。"

简南皱眉:"我不会。"

思维方式一样的坏事他肯定不会做第二次,他又不傻。

"你不是一般坏人。"阿蛮挥挥手,"如果是你,我连这样的蛛丝马迹都不可能找到。"

简南搓搓鼻子,觉得自己可能被夸奖了,但又感觉哪里怪怪的。

"我觉得查出这次疫苗的问题是谁在背后搞鬼,说不定就能找到去年那场火灾的放火人。"阿蛮分析。

"我帮你报仇,你来买结婚戒指。"她没钱了,沉迷网购。

"……家里有一大坨铂金。"简南比了个大小。可以做很多戒指了。他也没钱了,最近买了个显微镜。

阿蛮斜眼看他。

"说起来,那个女人你认识吗?"阿蛮指着在研究所门口徘徊的女人。

一个中年女子,穿着黑色大衣。

"她往这边看了好几次。"这里不是切市,阿蛮不用时时刻刻都警戒,但是观察窗外行人的习惯却没改。

这个女人,怪怪的。

"我妈。"简南的声音突然沉了下来。

他妈妈。出狱后再也没遇到过的那个。

简南看到他妈妈,第一反应很耐人寻味。他先是往前一步挡在了阿蛮和他妈妈中间,然后别过头,垂着眼又重复了一遍:"那是我妈。"

和在切市看到火灾的那次一样,变得僵硬。

也和过去每次遇到危险时一样,下意识挡在阿蛮前面,哪怕现在他对阿蛮的武力值已经有了十分具象的了解。

不像天才做的事,也不像一个做什么事都有逻辑的人做的事。

"你胖了哎。"阿蛮抬手戳戳简南的肩膀,"这里有肉了。"背影看起来终于没那么单薄了,她很满意。

简南僵硬的表情裂开了一道口子。

"想见她吗?"阿蛮问,"如果不想见她,我们就从后门走。"

窗外的黑衣女人正伸着脖子往他们这边看,阿蛮把简南从窗口拉了回来。对这个女人,她一点都不紧张。不配做长辈的人,也不配得到她的尊敬。

"我回国这件事没有外人知道。"

他的父母,都是外人。

第23章 ◆ 他的妈妈

简南平静了一下，语气还是有些僵硬，但是到底比刚才突然看到他妈妈的时候好了很多。

阿蛮不安慰他，阿蛮只是告诉他，他们是一起的，他不是一个人。

那是过去，很远很远的过去。

"她出狱两年多了。刚出狱的时候，她去找过吴医生和谢教授，不知道谢教授跟她说了些什么，总之那次之后，她就再也没有出现过了。"

"所以你想见见她？"阿蛮帮他说出结论。

他想知道他妈是怎么知道他回国的，也想知道谢教授当年和他妈说了什么，更想知道这个时间点，她来是为了什么。

"嗯。"简南很紧张，口干舌燥，指尖发凉，但仍然点了点头。

吴医生的医嘱他记得很清楚，在一步步改善的过程中，他需要直面那些会造成他心理应激的事情。

有阿蛮在。

阿蛮笑了，不知道是因为他尽力想变好的样子，还是因为他"嗯"的时候带着鼻音，像个惨兮兮又努力想变得勇敢的孩子。

出人意料地，简南的妈妈长得十分温婉。

不像是放火杀人的人，也不像是坐过牢的人，因为强大的遗传基因，简南的长相和她有六七分相似，尤其是眼睛，黑漆漆的。

"南南。"

她的声音也很温柔。好不容易鼓起勇气来的简南却忍不住往后退了一步，手指开始发抖。

阿蛮牵住了简南的手。

简南妈妈看了一眼阿蛮，目光掠过了他们十指相扣的手，没有和阿蛮打招呼，只是用克制的温柔的语气问她："我需要和我儿子单独聊一聊，可以吗？"

"不可以。"阿蛮一句话堵了回去，面无表情。

简南妈妈的脸沉了下来。

简南的手指越来越冷，脖子上的青筋开始快速跳动。他快吐了。

"你真是从来都没有让我意外过。"简南妈妈不再和阿蛮说话，改看向简南，"现在已经堕落到和一个不明身份的女人手牵手对抗妈妈的地步了吗？"

"你没有主心骨吗？连一个人站在我面前的勇气都没有了？"温柔的语气，妈妈的语气，令人作呕。

"嗯，我没有。"简南应了一句。用了很多的力气，学着阿蛮刚才直接堵回去的语气。

身体仍然很难受，胃里在翻腾，比一般人运转速度快得多的脑子里已经有了很多不好的画面：被塞进冰箱，被要求不停地喝水，被掐着肩膀使劲摇晃，被威胁用菜刀剖开脑子，被半夜晃醒捂住嘴鼻……

很多画面开始具象，他又开始闻到烧焦的地毯的味道，开始看到那个被抬出来的，已经烧焦的人体。

那个人其实还不错，会阻止他妈妈对他使用暴力，会让他在学校里待着不要回来了。

他其实还不错。

简南妈妈冷笑。简南太熟悉这种冷笑，所以他闭了闭眼，试图压下突如其来的晕眩。

"我一直都知道你的行踪。"果然，她下一句话就让他觉得窒息。

"被人一把大火陷害了，被那个家伙送到了墨西哥。"简南妈妈厌恶地皱起了眉。

她痛恨谢教授，恨不得把他挫骨扬灰。如果没有他，她的儿子不会选择做兽医；如果没有他，她可以把她的儿子教得更好，就像她那个乖巧聪明的二儿子一样。

"本来以为你这个连汉堡薯条都不吃的人到了墨西哥一定会哭着回来，你倒是难得地让我意外了一下，居然扛住了，居然还能做出点成绩。"她就一直用这样慢吞吞的温柔的语调，一个字一个字地说。

简南僵着不动，阿蛮从牵着他的手，改成握着。太多冷汗了。就算是为了治疗，为了脱敏，她心里也很难受。

"你如果真能坚持这样走下去，我倒是愿意承认自己看走了眼，你可能不完全是个废物。但是真可惜，你还是回来了。"

"为了什么呢？"简南妈妈问他，"就为了那个人，一个年近六十的孤寡老人，老婆孩子都跑了，连女儿结婚都没被邀请的人？"

她说得好像自己的家庭很幸福的样子。阿蛮叹为观止。简南的反社会人格障碍是遗传吧，他妈妈才是真正应该被电一下的人。

"帮助他，你能有什么好处呢？他连你的工作都保不住，在实验室做了一辈子，到最后又是什么下场？"

"这就是你最崇拜的人？我记得你的梦想和他是一样的吧，他答应会让你安安心心地在实验室一辈子，结果呢？"简南妈妈问他，笑得讥诮，"犹豫不决，心软,胆小,还不知道分辨什么才是对你最好的。"

"你还不死心吗?还觉得和这些臭烘烘的动物打交道就可以避免别人认为你是怪胎吗?还是觉得,你是对的吗?"最后这句话,她问得很慢很慢。

阿蛮想,这样的窒息的经历,简南应该经历了无数次。他身上每一个不对劲的地方,都是这些经历造成的。

他本来,只是个拽着谢教授的手喜欢做实验的孩子;他本来,不至于会被逼到大脑前额叶区块关闭,人生路不至于变得那么艰难,不至于在异国他乡,因为她给他的一个北京烤鸭卷就把口袋里所有吃的拿出来交换,不至于在黑漆漆的野外一个人在陷阱里倒数。

也不至于,被心理医生在脑子里种下奇奇怪怪的《白兰香》。

"我是他老婆。"阿蛮终于忍不住了。

去他的脱敏治疗,她的老公,哪怕反社会,哪怕说谎会吐,哪怕走路都能摔跤,那也是一个在任何危险的时候都会挡在她面前的男人。

顶天立地的。

这句话的杀伤力有点大,简南愣住了。简南妈妈本来很顺畅地教育儿子的过程被打了个岔,张着嘴不知道应该怎么接。

"你没查到吗?"阿蛮笑着反问她。

"你……"简南妈妈不太适应这样直接的攻击,"还要不要脸了?"她当然能查到她儿子有没有结婚。两人连证都没领,这个女人哪来的脸?

"说实在的。"阿蛮笑笑,"要不是为了这狗屁的血缘关系,你以为你能好好地站在这里说这么多话?"

简南妈妈皱起了眉:"这里是中国,边上就是保安和监控,你不但是文盲,而且还是个法盲。"她的儿子,怎么能和这样的女人结婚。

"我知道一万种避开监控让你说不出话的方法,就是当着简南的面做起来不太好看。"阿蛮往前走了一步,"更何况,你还是我婆婆。"

"……"

简南妈妈深呼吸。

她遇到过这样的人,在监狱的时候。说话和她一样直接粗俗,连脸上的表情都很像,这样的人,居然是她儿子的女朋友!这样的人,居然叫她婆婆。

"你开车来了吗?"阿蛮问她,"想不想跟我一起吃顿饭?"

简南妈妈一愣。

"应该想的吧,你肯定想让我离开你儿子。"阿蛮笑嘻嘻。像电视里那样,带她去喝杯咖啡，给她开一张支票什么的。

"去吗？"阿蛮挑着眉问她。

简南妈妈脸色铁青，却也纠结了一下，转身朝停车的方向走了。

她并不想理这个叫"阿蛮"的女人，这个女人跟她不是一个世界的人，她觉得跟这个女人说话都脏了她的嘴。

但是，只要这个女人在，她和她儿子之间就没有办法好好聊。

这里是中国，这个女人就算再能打，也得守法。更何况这是她的儿子，她不能让他被这样的女人抢走。

阿蛮低头笑笑，跟了上去。

"阿蛮。"简南叫住她。

"我不想让你试了。"阿蛮看着简南，"我难受。"治疗个屁，她就喜欢他这样的。

他想吐，他流冷汗，他僵硬得像是被人用刀架着脖子，明明被贝托用枪指着还知道关门的家伙，在他妈妈面前连对视都不敢。

这是一个长期被暴力对待的人对待施暴方的眼神。

害怕，并且不敢反抗。

所以她难受。

"我来解决，你买戒指。"她还对婚戒耿耿于怀。

"等我回来。"阿蛮拍拍他的手。

"不许拆我的包裹。"她笑嘻嘻地跟着那个他一直以来都恐惧的女人上了车，还不忘摇下车窗吼了一句。

简南仍然僵硬。

车子一开走他就吐了，却终于可以恢复思考能力。

他，要先去买戒指。

他多年未见的妈妈过来，是为了阻止他帮助谢教授的，所以从这一刻起，他需要知道他妈妈在牢里和出狱后的所有的人际关系，他想知道她和这件事有没有关系。

他要做很多事，明天开始就要集中精力去查这几批疫苗在实验室里研制的时候都遇到了什么事情。十几批疫苗，工作量很大。

他需要再努力一点，才能告诉阿蛮，他刚才的害怕只是一时的，他其实很厉害，他不是废物。

他只是，害怕。

第23章 ◆ 他的妈妈

车上的两个人都在后视镜里看到了简南跑到路边的垃圾桶旁边弯腰呕吐的样子。

简南妈妈很轻地哼了一声。

阿蛮没什么表情,只是看着简南直起腰,看着他傻愣愣地站在那里看着她们离开的方向。

心里很堵。

简南不应该有这样的遭遇。

他是简博士,他很骄傲,他脑袋里有很多奇奇怪怪的知识,他帮动物看诊的时候整个人都在发光。

他不应该有一个这样的妈妈。

这样的妈妈不配拥有这样的儿子。

"你是孤儿吧,被父母丢了还是被父母卖了?"简南妈妈先开了口,仍然是让人作呕的长辈的语气。每一个字都恶意满满,高高在上。

阿蛮笑了笑。

"拐个弯,在路边找个地方停车吧。"阿蛮在路口指了个方向,"那边的车位有监控,也有收费员。"

"你不用担心我会打你,我也不用担心你会疯到开车和我同归于尽。"她用的也是稀松平常的语气,表情没什么变化,"我们俩不是可以一起吃饭喝咖啡的关系,在路边谈就可以了。"

简南妈妈踩了一脚刹车,冷冷地看了她一眼:"我车里有行车记录仪。"言下之意,没有监控没有收费员,她也一样不怕阿蛮会揍她。

阿蛮耸耸肩。

"简南很喜欢他的外婆。"既然当事人不介意,那她也没必要藏着掖着。

简南妈妈突然一个急转弯,停在了马路边的停车位上。

阿蛮敛下眉眼,遮住了眼底一闪而过的情绪。

"是真的很喜欢的那一种。

"我做菜不怎么好吃,唯一会做的几个拿手菜,简南吃的时候都是用他外婆的筷子。

"但是他外婆不吃鱼,不吃带骨头的肉,只吃单一的菜。"只有肉,只有菜,或者没有鱼刺的鱼丸之类的,不容易卡到噎到的菜。

简南妈妈握着方向盘的手越来越用力,脸上却仍然没什么表情。

阿蛮看着她:"这是简南唯一一个真心喜欢的亲人,是他唯一主动和我提过的亲人。所以我回国以后出于好奇，就去查了查。"

"结果挺让我意外的。简南一直以来最喜欢的外婆，是个盲人，天生的那一种，而且去世前因为老年痴呆而缠绵病榻将近十年。"阿蛮不紧不慢地说着。

"你到底想说什么？"简南妈妈忍不住打断她。

"我想说。"阿蛮笑得有些残忍，"你刚才在研究所外面转了很久，我居然一直都没有认出你。"

"你和你妈妈，长得真不像呢。"阿蛮坐在副驾驶座，笑眯眯地看着前方。

她变成了另外一个人。简南不在她身边，她就再也没有遮掩身上的戾气，明明没有穿黑色帽兜斗篷，脸上也没有血迹，却让简南妈妈在开着暖气的车上感觉到冷。

她明明什么都没有说，只是像闲话家常一样提到了简南的外婆，用很平静的语气说她们真不像。

简南妈妈却彻底哑巴了。没有反问她"不像怎么了"，也没有像刚开始那样气势汹汹地责问她是被卖掉的还是丢掉的。

反常得让阿蛮觉得悲凉。

"我养母是雇佣兵出身，和我一样都是孤儿。"阿蛮开始和她闲话家常，"她的教育方式很极端，给我布置了很多小孩子不可能完成的任务，一旦做不到，就会被禁水禁食，或者开着车把我丢到野兽出没的丛林里，让我自己走出来。"

"她从来不让我叫她妈妈。"

"她只是把她会的技能都教给我，养大我，并不打算让我赡养她。十六岁之后，不管我变得罪大恶极，还是万人景仰，都和她没有任何关系。"

"我曾经很恨她。"

阿蛮看着简南妈妈。

"可是和你比起来，我突然觉得我的养母算是有另外一种意义上的自知之明了。"

苏珊娜知道自己不适合做母亲，所以她就不做母亲，而面前这个人，连做人都不配，却对着简南说，她是他妈妈。

"你到底想说什么？"或许是阿蛮再也没有提简南外婆，简南妈妈在安静了片刻之后，终于找回了气势。

"我想说，你今天的出现其实很失策。"阿蛮笑了，"是怕简南真的查出什么，还是按捺不住了想现身收网？"

不管是哪一种，都太失策了。

简南妈妈和简南几乎一模一样的黑漆漆的眼瞳闪了几下，最终哼了一声，说了一句："不知所谓！"

仍然是优雅的样子，却已经色厉内荏。

"离简南远一点。"阿蛮终于不再笑了，"离他远一点，说不定我还能让你四肢健全地入狱。"

这是一句很多人都会说的威胁的话。吵架的时候，或者结仇的时候，大部分人说出来的时候，都语气激昂。可阿蛮说得很平静，无端地让简南妈妈背后起了一层细细密密的鸡皮疙瘩。

"你以为我会怕你？"从阿蛮突然提到简南外婆让她乱了阵脚开始，她节节败退，退到现在，已经无心再撑出优雅女人的样子，黑漆漆的眼瞳像是阴暗角落里携带剧毒的毒蛇。

一模一样的眼睛。

阿蛮心底一阵厌恶。

"你可以试试。"她解开安全带，把行车记录仪里面的记忆卡拿出来，当着简南妈妈的面，掰成了两半。

"希望这是我们两个最后一次见面。"阿蛮打开车门，走了出去。

上海的二月，天气寒冷刺骨，生活在常年二十几度的切市很多年都没有过过真正的冬天的阿蛮被寒风吹得神清气爽，终于压下了这股厌恶的感觉。

简南妈妈一个人在车上待了很久，才木着脸发动了车子。

她还会做什么？

阿蛮看着她车子远去的影子，眯着眼睛。

还会，挣扎什么？

第24章
真面目

谢教授看到阿蛮一个人出现在他家大门口的时候，表情并不意外。他侧身让阿蛮进了屋，没有像过去几天她和简南一起来找他时那样，当着他们的面甩上门。

阿蛮这一路过来心底的猜测又笃定了几分。

"喝茶？"谢教授问她，"我这里没有你们年轻人爱喝的咖啡。"

阿蛮坐在沙发上点点头。

这是她第一次背着简南单独行动，很多事情慢慢串了起来，连她这样的人都开始犹豫这件事到底要不要让简南介入。

"简南妈妈今天到研究所门口找简南。"阿蛮开门见山，"她让他不要插手疫苗这件事。"

谢教授倒水的动作停了一下，没说话。

"简南说，他妈妈出狱那年找他，被你拦了下来，不知道你跟她说了什么，她再也没有出现过。"阿蛮说得不快不慢，吐字清晰。

像简南分析传染病病情的时候一样。

谢教授把水杯端给她，自己坐到了她对面。

"简南妈妈，长得和简南外婆一点都不像。"阿蛮叹了口气，把最后这句话说了出来。

之后，便是长久的沉默。

"陆为说的不错，你在调查方面，确实是专家。"谢教授喝了一口茶，终于打破沉默。

"你想知道什么？"他问她。

他看起来又老了，十分疲惫，头发白了很多。

"我想知道，这件事应不应该让简南知道。"阿蛮说。问得很真诚。

谢教授一愣。

第24章 真面目

"简南仍然把她当妈妈。"那个和他有一模一样的眼睛的女人，他仍然把她当妈妈。

"他能猜到很多有反社会人格障碍的人做事的逻辑，这一路下来，他从来没有怕过，一直很敏锐，一直很专业，也一直很坚持。"

"唯独对他妈妈，他失去了判断力。"

简南妈妈在这个节点出现在研究所门口，他肯定会怀疑他妈妈和这件事有关系，他也肯定会去查他妈妈出狱的这两年到底做了什么。

但是，他一直以来都忽略了连他身边的人都能看出来的事，以他的观察力和智商绝对不会忽略的事。

简南妈妈，并不是他外婆的女儿。

简南说谎会吐这件事是简南妈妈造成的，她很清楚一直给简南灌水，简南肯定会吐。所以，火灾那天，简南妈妈是故意让简南把吃下去的东西吐出来的。

简南妈妈，可能是他遇到的所有事情的源头。

因为偏执的占有欲和控制欲，从简南选择兽医的那一刻开始，他妈妈就布了一层细细密密的网，用尽各种手段让他回头，哪怕会逼疯他，哪怕回头的他可能已经变成了另外一个人。

这样的事，要让简南知道吗？

还是像谢教授那样，把简南妈妈逼离简南的世界，让简南永远都不知道这件事，让他觉得这一切都只是偶然。

"应该告诉他吗？"阿蛮迷茫了。

不知道为什么，谢教授看着眼前这个其实才二十出头、脸上稚气未脱的女孩子，突然有些鼻酸。

他以为她过来只是想质问过去的事。没想到她只是把他当长辈，像个孩子一样，因为拿不定主意，想来问问他的意见。

非亲非故的，见了他也不说"您"，到了家里直接就坐到沙发上，给她一杯水也不说"谢谢"。

但是，她问他应不应该告诉简南。

简南和陆为这两个孩子也是这样，尤其简南，一边说着"您"，看起来乖乖巧巧，一边偷他的动物标本，被抓到了，就开始眨巴着眼睛耍赖。

都只是孩子。

因为都只是孩子，所以，他总是忍不住想保护他们，想让他们平平安安地长大。

"我尝试过。不告诉他。"谢教授说,"那场大火对他造成的影响很大,我觉得不告诉他可以避免刺激他,吴医生在评估之后,也赞同了我的建议。"

"但是结局并不如人意。"谢教授苦笑。简南最终还是想起了那场大火,而他最终,可能还是会输给他妈妈的偏执。

"把他叫过来吧。"谢教授叹了一口气,又像是松了一口气,"这个故事,他从一开始就应该知道的。"

知道了,让年轻人自己去判断,是退出,还是大义灭亲。

这是他一手教出来的徒弟。他除了教简南做事,也教了简南怎么做人。

所以,简南的爱人最终也选择了这样的方式来表达对他的尊敬,她把最终决定权交给了他。

谢教授承了这份情。他也为徒弟选人的眼光感到高兴。

简南来的时候,谢教授已经泡了一壶好茶。茶香袅袅,书房里很安静。

"这茶叶是教授的珍藏,他平时很少拿出来。"简南低声和阿蛮说,"很好喝,外面买不到。"

"紧张吗?"阿蛮问他。

他知道这趟对他来说肯定不是一场舒服的谈话,教授拿出了好茶,阿蛮一直拉着他的手。所有人都严阵以待,所以他摇了摇头。他最亲的人都在这里了,就算紧张,也不至于会害怕。

"如果不舒服,随时喊停。"谢教授见过简南应激反应最严重的样子,他其实比简南还紧张。

"陆为说,你们两个喜欢抱在一起。"谢教授想了想,"如果这样可以减缓你的焦虑,可以不用在意我。"

阿蛮:"……"这都宠成什么样了。

"……不用了。"简南脸也红了。在老师面前这样还是过于丧心病狂了,他最近还是找回来了一点点羞耻心。

谢教授点点头,喝了一口茶。他在思考应该从什么地方开始说。

这是一个很漫长的故事,漫长到需要追溯到三十年前,那时候,这个世界上还没有简南,简南妈妈也还没有认识简南爸爸。

那一年,简南外婆已经轻度老年痴呆,唯一的女儿刘卉在外出的时候遭遇车祸,当场死亡。

简南外婆无法接受这样的事实,悲伤过度,再加上天生就是盲人,痴呆发病的时候，就把一直在身边照顾的居家保姆李珍当成了自己的女儿。

保姆李珍和刘卉年龄相近，身形相仿，甚至连说话的声音都有些类似，简南外婆的幻觉变得越来越真实，到最后，直接把李珍过户到了自己的名下。再后来，李珍就变成了刘卉。她继承了刘卉的生活，成了简南外婆这位因为家族世代累积而小有家产的独居盲人唯一的女儿。

而从偏僻山村来到大城市打工，只有小学文凭的李珍，就是简南现在的妈妈刘卉。

对于全新的刘卉来说，这一切仅仅是个开始。

简南外婆的娘家很有家底，因为简南外婆从小眼盲，简南外婆的娘家人给简南外婆招了一个本分踏实的手艺人做上门女婿。夫妇俩勤勤恳恳地守着家业，这些家底，后来都变成了李珍也就是刘卉的嫁妆。

一个来自山村的保姆成了大都市里家境殷实的独生女，还嫁给了刚刚下海做房地产生意就做得风生水起的商人简乐生，这对于很多人来说，已经是一步登天的人生了。

谢教授说到这里，停顿了一下。他讲了一辈子的课，习惯在大段讲述后停顿，留给对方消化的时间。

"我外婆确实偶尔会叫我妈妈李珍，我妈妈跟我说，那是外婆以前请的保姆。"那时候他还很小，只模糊记得一点点。他妈妈似乎不怎么喜欢那个保姆，因为外婆每次叫到这个名字，他妈妈的脸色就不太好看。

"可我还有个舅舅。"简南想起了另外一件事。

"你的舅舅是你妈妈的亲哥哥，并不是刘卉的。"谢教授解释，"你外公去世后，你们家的工厂没有人经营，一直处在半关闭状态。你妈妈取代了刘卉以后，把自己的哥哥介绍到工厂里做管理工作，你外婆后来病得更重了，也忘记了自己到底有几个孩子。"

"不过这些都是上一辈的前尘往事，跟你没有什么关系。"谢教授拿着茶杯，"如果不是你十七岁那年的那场火灾，我肯定不会去查你上一辈的家事。"

前面那些事情其实无关痛痒，后面的话，才是让谢教授这样年纪的人都有些紧张的原因。

阿蛮忍不住端起杯子灌了一大口茶，只觉得苦，没品出这茶有多好喝。

简南点了点头。他隐隐地感觉到了什么，心脏突突地跳。

"其实在那场火灾之前，你妈妈为了不让你做兽医，已经做过很多事。她举报过研究所，也举报过我，贿赂我家的保姆，让我家保姆每个月把我女儿的成绩单和课表寄给她，如果不是我前妻机警，发现得早，后续会发展成什么样，谁都不敢想。"

这些都是简南之前从来没有听谢教授说过的。

"您和师母离婚……"简南有点问不下去了。

"那只是导火索之一。"谢教授挥挥手，"一个家庭的分崩离析有很多原因，不可能只是为了那么一件小事。"

这不是小事。简南不说话了。

"她用了很多方法都没有成功，所以才选择了放火。"谢教授继续说了下去。

快要说到重点，阿蛮突然就有些不忍心听了。

"你呕吐的PTSD是她一手造成的。"谢教授从这一刻开始，再也没有用"简南妈妈"这样的代称来称呼李珍，"那天晚饭，她逼着你喝水，就是为了让你把吃下去的下了安眠药的晚饭吐出来。"

简南一直突突跳的心脏慢了半秒。他以为他已经拼凑完整的拼图，其实少了最关键的几块。

"火灾那天发生的事，你其实并没有完全记起来。"谢教授帮他把谜底说了出来。

他遗漏了他妈妈在火场里做的一切——吴医生用《白兰香》和他自己用阿蛮教他的脏话锁住的那扇门里面，他最恐惧的那一块。

"你妈妈当时还换了我的房间。"谢教授说。

"我听到了。"简南回答，"我迷迷糊糊的，没有完全睡着，半夜的时候听到了她敲客房门的声音。"

他听到了，他听到李珍说她丈夫糊涂了，这个房间的暖气是坏的，让谢教授睡到楼上去。

他当时还在迷迷糊糊地想，楼上那个房间是他弟弟的，他妈妈大概是真的想通了，才会让谢教授睡过去。

结果他弟弟的房间附近是最早的着火点之一，他妈妈当时是为了让谢教授没有机会逃出来才提出换房间的。

"这应该是她整个计划里唯一失策的地方，她没想到你知道我当天晚上换了房间。"

所以谢教授得救了。

"她和她丈夫换房间睡，也是计划之一。"简南突然开口，把话接了下去。

谢教授安静了一秒钟，才点了点头。

第24章 ◆ 真面目

"据我所知，你弟弟死了之后，他们两人的感情也变得很差，她和她丈夫那段时间正在办离婚手续。"谢教授补充。

简南没有问为什么。

他最了解为什么，因为他一直都很了解反社会人格障碍。

他的妈妈，或者说李珍，这个女人在多次阻止失败之后，选择了最极端的方式——如果没办法得偿所愿，就毁了他。

她让他成了火场里唯一一个清醒的人。

她知道他不会第一时间说出她所在的房间的位置，那个从火场里抬出来的焦黑的尸体，也是她拉着他去看的。

她告诉他，这个人是他害死的。

最后，她逼着他把自己的妈妈送进了牢里，也终于成功逼疯了他。

正常人觉得匪夷所思的方法，在他看来，只是李珍想达到目的的手段之一。逼疯他，让他没有办法继续在实验室里接触那些传染病样本，让他本来就很糟糕的人际关系雪上加霜，让他彻底被孤立。

七年刑期对她来说并不长，因为七年之后，被她亲手毁掉的简南也不过才二十四岁。长期的暴力对待和精神控制，再加上这七年时间无工作无社交的非正常状态，她出狱后重新控制住他，也不过是时间问题。

谢教授是整个计划里面唯一一个变数。

她没料到他会活着。

"在案子得到判决之前，她在拘留所里联系过我，她警告我必须放开你，要不然，她有很多办法可以让我身败名裂。"谢教授接着说了下去，"我本来没想到这整件事会是她的谋划，直到那次见面之后，我才知道你面对的到底是一个怎样的母亲。"

所以，他调查了李珍的过去。

"本来的刘卉也是她杀的？"简南不知道是彻底麻木了，还是没反应过来，所有的问答看起来都很正常，甚至反应很快。

但是又太不正常了。

这说的是他的妈妈，他崩溃也好，大脑前额叶区块封闭也好，都一直拒绝去深想的妈妈。

"李珍在老家有一个男朋友，后来自杀了，自杀的原因就是肇事逃逸。"谢教授说得很简短，"三十年前，车祸发生的地方没有监控。根据当时目击证人的笔录，肇事司机是个男人，撞到人之后还下来看了一眼，把车子倒回去又压了一遍。"

"目击证人对这个男人的外貌描述和李珍的男朋友基本吻合，所以我推断，应该是的。"

"是因为您提到了这件事，她出狱后才没有马上来找我的?"简南懂了。

"三十年前的事，当事人都死了，其实没有什么威胁效果。"谢教授低头，"但是她还是听了。"

"因为她本来就没打算一出狱就来找我。"简南甚至还笑了笑，"因为您还没死。"他也没有完全疯。她还没办法彻底控制住他。

"所以她今天才会来找我。"简南说，"她想看看我恢复到了什么程度，接下来应该要怎么做才能打击我。"

"简南……"阿蛮开始吃不准他现在的状态。

太冷静了，像在切市看到火灾之后那样。可是，又不是那种明显的无情绪起伏，也没有那么明显的瞬间变成变态的感觉。

简南只是更用力地握住了她的手。

"疫苗的事，也是她做的?"他又问。

"我不确定。"谢教授摇头，"但是确实，自从她出狱之后，我这里就陆陆续续地一直出事。"

"包括那场火灾。"简南居然又笑。

"我之前一直很奇怪，我对火灾有应激反应这件事，简北和贝托是怎么知道的。"他低头。

现在就不奇怪了。

"她联系上了简北，利用实验室的火灾把我有反社会人格障碍的事情捅到了专业论坛上，把我逼到了墨西哥。"以为他会哭着回来或者彻底崩溃，但是她又失败了。

"于是她就开始打你的主意。我记得她说过，她要让你身败名裂。"

他不再说您。

阿蛮："……你应激了。"她用的是陈述句。

"唔。"简南点头。

也好。不知道为什么，阿蛮脑子里突然冒出这么个念头。

他总是需要发泄一下。

他没有办法选择自己的亲生父母，碰到这样的妈妈，他除了应激，其他的还能做什么……

第24章 ◆ 真面目

"我能查到她打算用哪一件事彻底打垮你,但是我需要你的配合。"简南看着谢教授。

谢教授看着他。

"每一种疫苗株制作的过程都不一样,接触的器皿,在实验室研制的疫苗株的数量,这些查起来都非常耗费时间。"

"她应该不会给我那么多的时间。所以我需要你的配合。我知道你的能力,如果疫苗株的制作过程有明显的问题,你一定会阻止。"

"我要你列出每一个出过问题的节点,还有你怀疑但是没有查到问题的节点,以及这段时间更换过的所有上游厂商。"他说话都不带喘气的。

"……你能不能有点礼貌!"阿蛮都不敢看谢教授的脸。她对这样德高望重又很有师德的人总是特别畏惧。

"没事。"谢教授居然还感叹,"他真的好了不少啊。"

阿蛮:"……"

"我上次应激。"简南帮阿蛮解惑,"要求他叫我'老师'。"

阿蛮:"……"

"我知识面本来就比他广。"简南哼哼。叫声老师怎么了。

"……我先带他上去。"在谢教授听到更多大逆不道的话之前,阿蛮决定先把这人带回家。

今天的信息量够大了,李珍这次的出现有没有达到她的目的,阿蛮不知道,但是他们很成功。

幕后的那个人终于找到了。

敌人一明确,打仗就容易了。

"等一下。"谢教授拦住他们。

"是阿蛮让我来选择要不要把这件事告诉你的。"谢教授没头没脑地补充了最后一句话,"你的眼光不错。"

阿蛮一脸疑惑。

"他在夸你。"简南到了家就开始帮阿蛮解惑。

"这件事如果是你告诉我的,我和谢教授之间说不定会有疙瘩。"他说,"我会觉得他之所以什么都知道却始终不告诉我的原因,是他因为李珍而对我产生了怨恨。"

"毕竟,我是李珍生的。

"毕竟,他之前一直非常在意我有反社会人格障碍这件事。"

阿蛮："……哦。"她完全没想那么多。

"我知道你想不到那么多。"简南继续欠揍，"你肯定只是因为不知道该不该说，才拉个长辈做靠山。"

阿蛮："……"

"你过来。"她站在客厅中央，冲简南招招手。

简南走近，阿蛮踮起脚，抱住了他。

上一次他产生应激反应的时候，他们两个还没有捅破那层纸，她也还没有意识到自己对他的感情。

但是那一次，她就很想抱抱他。因为他可怜兮兮的，应激的时候看起来像个气鼓鼓的毛孩子。

这一次，她终于可以抱他了，还顺便捋了捋他的头发。

"你更喜欢我这样子吗？"简南没有回抱她。

"嗯？"阿蛮的尾音懒洋洋的。

"你平时，不这么抱我。"他的声音更郁闷了。

"你不是说这都是你吗！"这一口醋吃得阿蛮猝不及防。他明明说过应不应激都是他！

"不一样的。"简南皱着眉，一本正经地说，"正常的时候，你这样抱我，我会开心。"

"现在不开心？"阿蛮抬起头，挑眉。

简南没回答，抿着嘴看她。他现在都感觉不到情绪！

"这样呢？"阿蛮踮脚，亲一下，又舔了舔嘴唇，干脆搂住他的脖子。

他们好久没有深吻了呢。不管怎么样，他这个本能真的挺好的，也不知道哪里学的。

简南："……"

"有呀。"阿蛮和他站得很近，所以也很明显。

笑嘻嘻的。

简南："……"

这次终于回抱住她，抱得紧紧的。

"我妈妈。"他说，"是个变态。"

他终于知道自己拼死拼活坚决不要变成一个真正的反社会的根本原因。

他恨他妈妈，他不能变成那个样子。

他永远永远都不要变成另外一个李珍！

第24章 ◆ 真面目

"你还有没有想问的?"两个人还抱在一起,阿蛮前一秒还被简南那句他妈妈是变态弄得心里堵堵的,想着是不是应该再欺负他,让他把那袋锁起来的计生用品拿出来用,结果被简南这句没什么情绪起伏的问话弄得一下子就没了柔情蜜意。

她再买个锁多锁一层好了,反正他现在无法感知。

她推开他,径直去厨房给自己冲了杯咖啡——刚才的好茶她就喝了一口,现在口很渴。

"我们现在是夫妻了,有些事情你如果没有想通,问出来其实不丢人。"简南循循善诱,"她的想法都不是正常人的想法,你不了解很正常。"

他倒是和正常的时候一样,喜欢把他们是夫妻这件事挂在嘴边。

可她不想继续问了。

这不是她见过最惨的事。她见过战争,见过毒贩,见过连环杀手,也见过为了家产互相撕咬的血亲,她的世界里,黑暗一直比光明多。

但是那些人不是简南。

"你很难受吗?"处于应激状态的简南看出来了,又问她。

"你闭嘴。"阿蛮没好气。

对着这种嘴唇青紫一直流冷汗的家伙,很难维持复杂的情绪。她又一次被他带偏了。

简南闭嘴,坐到了她旁边。

她站起身,也给他泡了一杯咖啡,加了一勺糖。

"我应该也是很难过才会变成这样的。"简南捧着咖啡杯,没有喝。

"如果我没有变成这样,你会安慰我吗?"简南又问。

这次,他问题好多,各种各样的。

"不会。"阿蛮摇头,"事情没有解决,安慰就没有用。"

"能解决吗?"简南又有了新问题。

阿蛮歪头看他。

"很多人都说,过去了就过去了,只要向前看,一切都会变好。"他说,"但是,过去发生的每一件事,其实都在影响现在,影响你向前看的态度。"

"如果没有过去,我不会变成这样,不会去墨西哥,不会遇到你。"他接着说。

阿蛮愣住:"你在安慰我?"

她终于知道了他这么多问题的原因。

从试图帮她解惑开始,到现在这通关于过去未来的话,这是,在安慰她?

133

在应激以后??

"我们是夫妻。"简南承认了。

阿蛮："……"

他们是夫妻，所以他在他暂时感知不到情绪的时候，决定先把另外一个能感知到情绪的人安慰好。

因为夫妻是一体的。

"我在想我是不是输了。"阿蛮垂下头。

是的，她很难受。除了简南经历过的这些，她还在想她今天在车上和李珍的那场对话，是不是也被利用了。

她那时候没有看出李珍的问题。她以为李珍只是个偏执的家长，她主动透露了太多信息。

"李珍为什么会来研究所门口找你？"她还是问了。

问的时候没有抬头，所以没有注意到眼瞳漆黑的简南伸手想摸摸她的头，又困惑地把手放了下去。

"为了告诉我，这一切都是她干的。"简南清了清嗓子才回答，"她留了很多线索，包括你发现的放火和疫苗可能是同一个人做的，还有她和我的外婆长得完全不像。"

阿蛮低着头没说话。她果然是被利用了，她一直在照着李珍的计划帮李珍在简南面前公开这一切。

"普通人做了坏事可能想藏着，但是李珍毕竟不是普通人。"简南皱着眉，看着阿蛮的头顶，"她想驯服我，第一件事就是得让我知道，她在我身上都做了些什么。"

话题还在继续，可简南的注意力却集中到了阿蛮的头顶。他知道她为什么低着头，这就是他觉得他应该安慰她的原因。

论心机，论智商，她输了是正常的。

可是，他为什么会这么不舒服。

"疫苗这件事，她那边一定会比我快一步。"

"接下来她还是会这么做。一步步打击我，碾压我，并且不停地重复她在我身上做的那些事，让我意识到她对我的影响，让我明白我现在变成这样，每一个情绪背后都有她的影子。"

"她享受着我永远无法摆脱她的快感，她喜欢看着我所有的正常情绪都被她打击成不正常的，无法生活，最终不得不向她投降。"

第24章 ◆ 真面目

"彻底打垮我。"

这就是李珍的目的。

坏事只是附带的,她的主要目的一直都是让他除了她之外,没有办法被其他人接受。她要求他只能是她的,和他弟弟一样。

病态的占有欲,也是一种遗传。

阿蛮终于抬起了头。

简南第一次在阿蛮脸上看到了类似不确定的东西。

她说:"我们会输吗?"

简南哽住了。

"我想摸你。"他听到自己说,声音沙哑。

不合时宜,莫名其妙,他的大脑在和自己对话。

"我们会赢。"他又听到自己的声音。

你放屁,你拿什么赢,对方压了你二十几年,连你现在这样的应激反应都是对方造成的……他的大脑又开始喋喋不休。

"没有人可以做到完美犯罪,她牵扯了那么多事,一定会留下证据的。"他又开口了。

鬼扯,完美犯罪这件事一点都不难,他可以,生了他的李珍也可以,而且她做过,三十年前就做过。

"我……"他听到自己咽了咽口水,还舔了舔嘴唇,"想抱你。"

"……"

他的大脑安静了,估计是觉得他这样的人不值得劝。

他把有点傻眼的阿蛮搂到怀里,拍了拍她的头,这一次,没有困惑也没有犹豫。

"我们会赢的。"他说。

"你不应激啦?"阿蛮在他怀里,声音软软的。

简南抹了一把额头,一手的汗。

"还在。"他回答。

"那怎么……"阿蛮十分困惑。

他这次和在切市那次太不一样了,来来回回弄得她心里上上下下的,没情绪的人会这样吗?

"我不知道。"简南现在只想抱她,"可能快好了吧。"

他说得云淡风轻。他刚才还撒谎说不存在完美犯罪,也没有想吐的感觉。

阿蛮震惊地抬头。因为太震惊，脑门直接磕到了简南的下巴。很重的一声，简南捂住下巴，阿蛮捂住额头。

"什么东西快好了？怎么就快好了？为什么啊？"捂住额头的那个语无伦次。

"我咬到舌头了。"捂住下巴的那个支支吾吾，嘴角渗血。

"要不要找吴医生？"捂着额头的那个飞过去摸了两块冰块塞到他嘴里，又飞回到他怀里。

真的是用飞的。原来她在家里也能跑酷。

简南含着冰块帮她揉额头。

"不用。"含含糊糊，"她女儿快高考了。"也不是什么大事。

只是怀里的人太震惊，让他也努力想了想如果变好了会怎么样。

其实，变好了可能也是因为李珍。太厌恶了，所以排斥她带给他的所有影响。

也不是什么好事。

如果他的变化是因为阿蛮就好了。他嘴巴冻僵了，脑子木木的，模模糊糊地想。那样，不管变成什么样，应该都会觉得幸福。

谢教授确实是简南的师父，做事情的方法几乎如出一辙。

当天晚上三点多，谢教授敲开了他们家的门，递给简南一个U盘："都在里面了。"

谢教授戴着眼镜，穿着睡衣，赤脚穿着拖鞋。快六十岁的人，上海二月的凌晨，冷得在走廊哈气。

"哦。"简南接过，关上门。

阿蛮："……"

"你不让他进来吗？"

睡觉之前，他出冷汗的状况已经好了很多。这次症状也轻，阿蛮以为他应激已经好了，可是怎么还这么反社会。

"这么晚了，进来干什么？"简南很奇怪，"他也要睡了啊。"

阿蛮："……哦。"

从监控看，谢教授果然打着哈欠靠在门口等电梯，对于被简南当面关门这件事没什么感觉。

行吧。阿蛮抱着抱枕，踢踢踏踏的，打算和简南一起进书房。

"你先睡。"简南叫住她，"这都是疫苗相关的东西，我看过整理一遍再给你。"

阿蛮转身。

第24章 ◆ 真面目

他不对劲。应激症状肯定已经好了，因为他已经不出汗，嘴唇也恢复到正常颜色。但就是莫名的，强硬了。

于是她又踢踢踏踏地走到他面前，仰着头看他。

"怎么了？"简南低头。

她靠近，他也不紧张了。阿蛮眯起了眼。

"我跟你一起去。"她最终什么都没问。

现在不是问这些的时候。她跟在他后面，看着他的背影。背影还是那个样子，正常的简南的样子，刚刚被吵醒，所以四肢更加不协调。

她也是最近才知道，简南的四肢不协调是没办法通过肌肉锻炼变好的，这是天才病的症状之一，也是当年李珍带着他去找吴医生的原因。

都很正常。但是，他不回头了。

他快步走进书房，帮她打开书房门，甚至还凑近看了看她，说了一句："其实真不用。"

"你晚上都没睡好。"他把书房那张大的电脑椅挪过来给她坐，自己拉了个小凳子过来。

又不像是排斥她的样子，甚至好像更主动了。

阿蛮窝在电脑椅上，空出一块位置，拍了拍："一起坐，一起看。"

不对劲的简南居然犹豫了一下。

"这样我还能靠着你睡一会儿。"阿蛮继续说。

简南不犹豫了，坐了过来，调整了一个舒服的，可以让她靠着的位子。

"你先睡。"他还低头亲了她一下，"我查到有问题的再叫你。"

阿蛮在简南怀里，看着他打开电脑点开U盘，一堆看了就脑袋大的表格，里面密密麻麻的都是专业术语。

"简南。"阿蛮叫他的名字。

"嗯？"简南单独开了个表格，把有问题的一条条复制出来。他看东西很快，键盘也噼里啪啦的。

"不管你变成什么样，都不可以排斥我。"阿蛮可能觉得这话太露骨，说的时候把头埋到他怀里，不看他。

简南鼠标一顿。

"你有这样的妈妈不是你的错。"她说，"我猜不到你脑子里都在想什么，为什么会变。但是不要因为排斥自己，就排斥我。"

"我会揍你。"她扬扬拳头。

明明很有力气的拳头，现在看起来像粉拳。

简南敲键盘的声音也停了。

"占有欲呢？"简南问。就四个字，他停顿了很长时间才问出口。

"像她一样的占有欲呢？"他看着冷光屏，看着那一堆密密麻麻的数据。

他是她的儿子。骨血都是。

"我挺喜欢你的占有欲的。"阿蛮终于明白了他纠结的原因，"变了也不行，变了我也揍你。"

她继续挥挥粉拳。

"她也有正常的时候，正常的妈妈的样子。"简南停顿了一下，又开口。

"你没有正常的时候，别担心。"阿蛮的语气听起来像在敷衍，但是却抱他抱得很紧。

"遗传是很可怕的东西，原生家庭也是。"简南继续。

"嗯，所以我们以后的小孩可能会很聪明又很暴力，我们感情得非常好才能治得住。"阿蛮抬头，皱眉，"要不然不生了？"

简南："……"

"你能想到这些，是不是代表你真的好了很多了？"阿蛮从他应激开始，一直在纠结这个问题。

他以前不这样的。更赖皮一点，会直接抱着她说他太可怜了她一定不能抛弃他。简南做得出来，简南没什么脸皮。

"你很希望我好很多吗？"从阿蛮纠结这个问题开始，简南就一直在回避这个问题，"我应该不会好很多，就算某一方面好了，可能也会造成其他方面的问题。"

"反社会人格障碍无法治愈，只能改善。而且我除了反社会人格障碍，还有其他的问题。"他还有一个前车之鉴，现在正虎视眈眈想毁了他的亲妈。

"我如果不能好很多，你会难受吗？"他问。

这一个晚上，谁都没睡好，就为了这个鬼问题。阿蛮恨不得把他当沙袋打。

"你应激的时候会出很多冷汗，嘴唇发青发紫。我不是医生，但是正常人都会觉得这样应该很伤身体。"

"我问你好了没有，不是问你心理上的，是怕你脱水或者血液循环不畅之类的……"

早问不就没事了。

"你以前都不瞒着的。"换成之前，这个问题他们可能一开始就解决了。

第24章 ◆ 真面目

"下次再这样，真的要揍你了。"阿蛮终于打了个哈欠，"靠，困死我了。"

她闭上眼睛，呼吸很快就轻了。

这段时间，她睡觉爱抱着他，当抱玩具一样，入睡得很快，虽然睡眠仍然浅，但是被吵醒了也不睁眼，只是换个姿势继续睡。

他知道自己有一点不一样了，以前不会那么纠结自己有一个这样的妈妈，他们之间会不会因此有阻碍。

李珍今天让阿蛮低下了头，而今天，只是他们的第一次正面交锋。

他怕他会输，他怕阿蛮会经常低下头。

他还怕，阿蛮会因为这样，就走了。

他一直都在怕，从见到阿蛮的第一秒开始，到现在，每次怕的都不一样。

但是阿蛮，始终都在。

"你，那么喜欢我吗？"他问。

"别得寸进尺啊。"怀里的女人闭着眼睛翻白眼，十分敷衍。

"我们会赢的。"他重新开始噼里啪啦地敲键盘。

要赢。

不然，他怎么对得起阿蛮。

第25章
较量

清晨七点,书房里噼里啪啦的打字声终于停了。

在旁边用另外一台电脑玩《模拟人生》的阿蛮已经和模拟小镇上的每一个女人都睡了一觉,很快乐地抬头:"弄完啦?"

"第十七个。"简南揉眉心,"你已经睡了十七个地方了。"

淋浴房、浴缸、床、餐桌、聚会场所、野外甚至还有车上……《模拟人生》被她玩出了全新的高度,关键是每找到一个地方,她就会狞笑,弄得他好几次差点贴错表格……

阿蛮瞪着眼睛把电脑屏幕遮住,十分不悦:"你怎么偷看人隐私!"

"……这台电脑是普鲁斯鳄的。"根本没有隐私。

"他和塞恩一直在围观你玩游戏,我手机微信都快炸了。"简南继续揉眉心,"他甚至给我买了某某肾宝……"

"一点道德都没有。"阿蛮嘀咕,爬到简南那张电脑椅上,"整理出什么了?"

她话题转得倒是很快。

简南看了一眼旁边的电脑屏幕,游戏里的小人正在家门口的垃圾桶旁边发射爱心,便默默地关掉了显示器。

辣眼睛。

"和我想的差不多,我走了以后,实验室大换血,谢教授几乎被架空。但是他还是解决了大部分问题。"他说得挺骄傲,教授就是教授,在被架空的情况下,将几个关键节点都给拦了下来,要不然这事会闹得更大。

"李珍怎么能做到让谢教授权力架空的?"阿蛮问出口之后顿了一下,又说,"抱歉。"她习惯性地分析线索,问完之后才意识到这个问题的答案有可能让简南不舒服。

"研究院这样的地方,喜欢搞研究的人有,喜欢搞办公室政治的人也有,教授那么多年一直靠着能力稳坐这个位子,为人硬气,看不惯他的人很多。"

简南似乎并不介意，解释得很详细，"操纵人心的方法有很多种，李珍很擅长操纵人心。"比如他。

阿蛮"呵"了一声："幸好大部分高智商的人都不是变态。"人类还不至于马上毁灭。

"如果大部分高智商的人是变态，人类进化可能就是另外一种样子了，道德准则会变，可能会信奉弱肉强食。"简南看问题的角度永远很奇特，"另外一条进化路，最后留下的都是强者，互相厮杀，也一样会毁灭。"

阿蛮："……哦。"

"这几批出问题的疫苗，检疫后发现，最突出的几个问题分别是可见异物、性状不稳定或滴定无法找到终点、含量测定无法测定，这三个问题要定位等实验室里出结果的话，起码四周，李珍不会给我那么多时间。所以我们只能把所有问题列出来，找到最有可能的，先重点检查。"

阿蛮点点头，表示同意，顺便打了个哈欠，表示前面很多没听懂。

简南眼底有了点笑意。

他喜欢她的淡定，不管发生什么事，看到她打哈欠或者翻白眼，就会觉得心里安定了，没事了，总是能解决的。

因为他有阿蛮。

"导致这几个问题的原因，最有可能的就是试验器皿或者保存疫苗株的器皿出现污染。我外婆家的工厂就是做玻璃器皿的，改革开放后主攻实验室材，这个工厂现在是我舅舅在做厂长，我查了一下，这家工厂正是研究所上游进货商之一。"

阿蛮皱起了眉头。

"是不是觉得很巧，就像李珍在这个时间点出现在研究所一样，简直像是双手送上来的线索。"简南笑。

阿蛮继续皱眉头。

"所以我担心这条线索也是李珍留下来混淆视听的陷阱。"

简南往下翻了一页。

"第二个可能性是生物培养基。这家供货商一直没有变过，但是去年，这家供货商换了负责人，教授曾经因为他们家提供的胎牛血清品质不行提出过更换的要求，当时因为造价问题被驳回了。

"但是，这条线索我从头到尾查了一遍，都没有发现李珍可以渗透的地方，太过刻意的避嫌，反而就显得十分可疑。"

简南继续往下翻。

"再往后就是非常零散的问题了。零散的地方容易被渗透,容易被忽略,本来应该是李珍最容易下手的地方。"简南的语气难得有些迟疑,"但是这些问题不是太杂就是太有针对性,不管怎么排列组合,都没有办法重现兽用疫苗现在出现的问题。"

正因为这样,虽然谢教授给的资料不是特别多,他却也用了比平时多四五倍的时间去分析可能的排列组合,进度慢了很多很多。

因为对方是李珍,哪怕明明找到了疑点,他多绕几个圈,就总会认为这是李珍设下的陷阱。

反反复复。

要不是阿蛮一直在旁边狞笑着玩模拟人生,他这一个通宵下来,可能就得疯一半。

"最开始的时候,还不知道李珍参与了这件事的时候,你为什么想做这件事?"阿蛮问。

简南怔住。

"是想帮谢教授,还是想解决疫苗问题?"阿蛮又问。

"都有。"简南回答得有点慢。

"那你现在在干什么?"阿蛮用手指弹了弹电脑屏幕。

"你在对抗李珍。"阿蛮帮他回答,"你在揣测李珍可能采取的每一个行为,跟在她屁股后面闻了一个通宵。"

非常粗鄙但是精准的比喻。

这个从简南一出生就对他进行各种意义上的精神控制的女人,对简南的影响是致命的。

从李珍出现开始,平时遇到专业问题最自信的简南乱了阵脚。

"你都没办法排列组合出来的问题,凭什么李珍就可以?"阿蛮最后反问。

简南的表情从呆愣到恍然,长长地出了一口气,把头埋进阿蛮的颈窝。

"你是贤妻啊……"他突然感叹。

"什么玩意儿?"这个词太陌生了,阿蛮以为自己听错了。

"我们真的能赢。"经历了一晚上的挣扎,这句话说出来终于有了底气。

他一个人做不到,如果是他一个人,从昨天下午在研究院门口见到李珍的那一刻开始,他就会兵败如山倒。

他比他自己以为的还要脆弱。

第25章 较量

如果没有阿蛮，他在知道真相之后，不会是坐在书房里分析数据，而是躲到透不进光的角落里，回忆李珍做过的每一件事，陷入噩梦，永无宁日。

如果没有阿蛮，就不会有人告诉他，连他都算不出来的排列组合，凭什么李珍可以。

她生了他。

她告诉他如果他不乖，她就能把他放到冰箱里冻死；她告诉他如果他赢不了竞赛，她就把他绑在自行车后面，她骑车，他跑步，赤着脚，在滚烫的郊区沙石地上。

她每次都说到做到。

她在他还没来得及长大的时候，强大到让他无法反抗。

可她，终究还是有不如他的地方。

她没有阿蛮。

"我不想等项目结束了。"简南闷闷的，"也不想等三的倍数了。"

脑子转得快，所以话题跳跃得厉害。

阿蛮已经很习惯简南这种跳跃思维，反应也很快。

他们最近的亲亲抱抱比以前频繁很多，这里是他们的家，不是别人的新房，擦枪走火的概率也高了很多。

所以她并不惊讶。

只是……

"在这里哦？"她抬起头。玩了一个晚上的模拟人生让她次元壁混乱。

"……"

简南先是下意识地想摇头，摇了一半，想起自己那天因为犹豫所以败北最后只能锁起计生用品的惨痛经历，十分勇敢地点了点头。

"我先把路由器关了，把手机调成飞行模式。"他站起身，又忙又乱，耳朵红通通的。

"门口要不要挂张牌子？"他走到一半，又走回来，"教授知道我们家密码。"

"写什么？"阿蛮逗他，"非诚勿扰？"

"你……"简南一时半会儿找不到好的形容词，只能换个地方撒气，"不要学成语！"

"哈哈哈哈哈。"阿蛮终于忍不住捧着肚子笑出声。

拿着一袋计生用品，看到阿蛮笑成这样完全不知道接下来应该怎么做的简南抿起了嘴。

恼羞成怒。

"去床上啦！"阿蛮抹着笑出来的眼泪，在电脑椅上赤着脚往卧室的方向晃了晃，"你抱不抱得动我？"

她突然想搞点浪漫，要不然在这个气氛下来第一次，她怕她会笑场。

"你几斤？"简南的反应与众不同，如临大敌。

"……背吧。"阿蛮扒拉了两只手，决定放弃不切实际的幻想。

简南拿着那袋东西犹豫了一会儿，把那袋东西挂在脖子上，走上前，弯下腰："这样吗？"

他补充了一句："我抱过狗……"

"你再多说一个字，我就把你脖子上的东西买个保险柜锁起来。"阿蛮咬牙切齿。

更咬牙切齿的是他居然真的会抱，而且抱得动。

"哇。"阿蛮惊叹。她从来没被抱过，不知道两脚离地是这么惊奇的感受。

"你好轻。"简南皱眉，"比狗轻。"

阿蛮："……"

"你明明吃那么多……"简南还在纠结这个问题。他本来以为他抱不动的，结果抱起来了。

阿蛮直接伸手捂住了他的嘴。

一大早，外面早起的鸟都已经觅食回巢了，简南和阿蛮这对没领证就四处宣扬两人是夫妻的人拉上了窗帘，躺在床上气喘吁吁。

"你会吗？"捂住了简南的嘴，阿蛮自己又闲不住了。

"你看过吗……"她开始觉得热。

"你闭嘴……"简南抢走了阿蛮的台词。

"可是你接吻是跟谁学的？"阿蛮终于问出了她明明挺好奇可是每次都会忘记问的问题。

简南："……"

"普鲁斯鳄是个宅男。"他提到了他在这个时候最不想提到的名字。

"嗯？"不知道为什么总是在不该有求知欲的时候特别求知欲的阿蛮摆出了好学的姿态。

"他硬要我陪他看过一些东西。"简南大概也知道自己这话太奇怪，补充了一句，"联网视频看……"

还是奇怪。

第25章 ◆ 较量

"鳄鱼的?"阿蛮捂住嘴。

"……"

简南脱力,直接趴在阿蛮身上,想叹气,却又止不住地想笑。这都什么乱七八糟的,就算他没系统地学过,也知道这样不对。

"你是不是也紧张了。"他笑着笑着,支起上身,帮阿蛮把弄得乱七八糟的头发理好。

"嗯。"阿蛮很少见地脸红了。

"我以为不会的。"她小小声,"但是其实会。"

她以为自己天不怕地不怕的,结果临了,感受到了男女之间的不一样之后,她紧张得都开始胡说八道了。

简南是个男人。

她第一眼觉得是个孩子的家伙,其实是个男人。藏在很多很多表象后面,侵略性很强,遇到了自己喜欢的女人,会有男性化的表现。

简南说,这叫求偶。

他求偶的时候,其实是帅的。本来就出色的五官,染上了性别的颜色之后,会让人心动。

和他能莫名其妙地抱起她的感觉一样,矛盾却又吸引人。

这个男人,是她的。

经历了常人无法理解的苦难,却保留着人类最赤诚的心。

真好。

阿蛮的手指抚过简南的眉眼,正抱着她补眠的简南眼睫毛动了动,把她抱得更紧。

"睡一会儿。"他迷迷糊糊的,"睡了能长肉。"

他还记得他抱起她的手感。

阿蛮笑眯了眼,在他怀里找了个舒服的姿势,在窗外叽叽喳喳的鸟叫声中闭上了眼。

白日宣淫。而且宣完了就睡,手机飞行模式都没调回来。

听到门铃声的时候,熟睡中的阿蛮抽出枕头捂住了头,简南倒是醒了,但是躺在床上半天没动。

"不开门吗?"阿蛮从枕头里面露出半只眼睛。

"不开!"简南斩钉截铁,一脸傻笑。

阿蛮:"……"

"门外的人应该跟你很熟。"锲而不舍地,按门铃的间隙都很接近,和简南一脉相传。

"是教授。"简南继续傻笑。

阿蛮:"……"

"你真的不去开门吗!"阿蛮捂着枕头和门铃对抗了两分钟,彻底醒了,披头散发地坐了起来。

简南维持着傻笑的表情,用被子把阿蛮外泄的春光遮好,宝贝一样地抱回到被窝里。

"如果有要紧事,他会按密码进来的。"简南一脸满足。

他觉得他什么毛病都没有了,人生已经开启了新篇章。

被简南捂在被子里快要出汗的阿蛮闭着眼睛又忍了一分钟,终于忍无可忍,说:"我去拆门铃!"

就算他是谢教授,也不能没有要紧事却连按五分钟的门铃。简南这群人真的都有毛病!

阿蛮气呼呼地穿衣服,气呼呼地走出卧室,想了想,又气呼呼地回来,把简南身上的被子整个掀开:"烦人!"

阿蛮的起床气里面有肌肤相亲后的娇羞,简南"唔"了一声,在床上快乐地滚了一个圈。

"再不起床我拿水滋你。"阿蛮又踢踢踏踏地出去开门。

穿着他买的拖鞋。他照着少女款排行最高的款式买的,和大部分的购买排行榜一样很不靠谱。粉红色的两只兔耳朵,走的时候会左右晃,一不小心还会左脚踩右脚。

阿蛮很嫌弃,每次都威胁拖鞋要剪掉它的兔耳朵。

很奇妙。

从遇到阿蛮开始,他悲剧的人生就被拉到了另外一个岔路口,离原来越走越绝望的既定路线越来越远,到现在,居然中午十一点还赖在床上,盯着自家媳妇脚上的兔子耳朵傻笑。

门外确实是谢教授。

看到简南打开门,谢教授的第一句话就是:"打扰到你们了吗?我也没什么大事。"

阿蛮:"……"

距离第一声门铃响起已经过去十分钟了，这位老先生没有大事，却不紧不慢地摁了十分钟门铃。

和这位老先生轴得不相上下的简南挠挠头，也没侧身让谢教授进来。

"资料看完了。"他知道谢教授找他干什么，"没有发现直接问题。"

谢教授长长地松了一口气："那就好那就好。"那就说明他能触及的地方，他都保护好了，其他的他没办法触及的地方，还可以让他的徒弟简南处理。

他把简南送到墨西哥是没有办法的办法，为了这件事，从来没求过人的他还特意飞去墨西哥见了老朋友戈麦斯，直到这位老好人拍着胸口跟他发誓会好好照顾这个孩子，他才放心给简南买了机票。

他知道这孩子心里不服气，可能是因为天真，也可能是因为纯粹，这孩子从来都不觉得那些腌臜的事对自己会有什么影响。

他本来觉得这是不可能的，他在这个岗位上兢兢业业了几十年，到头来只剩下无力感，他本来真的很担心简南那么好的苗子可能真的要被毁了。

但是现在，他居然开始相信简南。

简南不一样了，傻乎乎的，但是到底是长大了。

连媳妇都娶了。

"吃饭了吗？"中午十一点，也不知道问的是早饭还是中饭。

"还没。"简南答得轻快，师徒默契得诡异。

"点外卖的时候给我也点一份。"谢教授冲阿蛮点点头，转身走了。

"你怎么一直不让你的谢教授进来？"阿蛮围观了两次，发现自己还是无法参透这俩的师徒情。

"他不喜欢我们家的装修，"简南门还没关好就开始抱阿蛮，长手长脚的，抱起来姿势别别扭扭，他也不嫌脖子酸，"每次都站在门口眼不见心不烦。"

阿蛮看了一眼传送带，懂了。

"中午喝粥吧。"简南又说，"教授喜欢喝艇仔粥。"

"我们再点一点点心。"他心情好得飞上天，"下午在车上吃。"

"下午去哪儿？"阿蛮由着他抱，低头点外卖。

"我想先去我舅舅的玻璃制品厂看看。"简南安排行程，"如果来得及，再回研究所查一下生物培养皿的上游厂商的地址。"

"只有这两条线出问题才会导致那么多批次的疫苗都出现问题。"简南在阿蛮付款前眼明手快地加了一份榴莲酥。

"吃了这个不要亲我。"阿蛮嫌弃。

简南又迅速地把榴莲酥去掉,点了个流沙包。

"不难过了?"阿蛮瞥他。

他看起来已经恢复到了平时的样子,李珍昨天突然出现带来的冲击连影子都看不到了。

真好哄,她甚至都没怎么哄。

后来在床上都是他在哄她。也不是特别痛但她就是一直矫情地嚷嚷,嚷得他额头上都是汗。

"嗯。"满血复活的简南点头,昨天晚上还黑漆漆的眼睛,今天看起来清澈得像个孩子,"不难过了。"

过去的就算过不去,就算那一切把自己逼成了一个怪物,他也仍然有人爱。

她会在那个时候喊他的名字,声音很轻,带着眷恋。

她很爱他。

知道他缺乏安全感,所以哪怕不说出口,哪怕平时凶巴巴的,她仍然努力让他时时刻刻都感觉得到她很爱他。

他们都不太懂怎么去爱,就像今天早上那样,虽然被普鲁斯鳄科普了好多知识点,但真的用起来才发现这项人类本能真要本能起来其实很难。

动物的本能是为了繁衍,而他们是为了爱。所以不一样。所以,比他想象的更乱糟糟,更美好,回忆起来都会带着微笑。

肌肤相亲有它的道理,它能带来愉悦,能促进多巴胺的大量分泌,能让他觉得安全。

"我上瘾了。"他在阿蛮揍他之前很诚实地坦白。他上瘾了。终于发现了一件比做实验更能让人愉悦、更能集中注意力的事。

他摁住阿蛮的粉拳,十分勇敢地提出了自己的建议:"可以一天一次。"

"一周三次!"阿蛮不知道为什么就突然想讨价还价。

简南:"……一周有七天。"

"你不是喜欢三吗?"阿蛮斜他。

简南蠢蠢欲动,有了一个新的想法。

"你也可以试试一天三次,看看是你先死还是我先死。"阿蛮堵住他的嘴,拿着手机进了卫生间。

"或者你让我看你刷牙,我考虑下一天一次。"阿蛮刷着牙,又探出个头。

"一周三次。"简南妥协得非常没有原则。

"切。"阿蛮翻着白眼又缩回卫生间。

第25章 较量

门铃再一次响起的时候，阿蛮正趴在卫生间门口企图从门缝里面偷看简南刷牙，突如其来的门铃声害她差点把眼睛撞到门上。

不是谢教授，因为门铃摁得很急，听起来就让人不太舒服。

简南打开卫生间的门，脸色已经不是很好看。

"谁？"阿蛮嘴里还叼着一个流沙包，打开了可视门铃。

门外站着两个人，其中一个阿蛮见过，在切市的医院说简南有病的那个女人——简南的后妈，简北的妈妈。

另外一个中年男人，个子挺高，除了嘴巴，其他地方长得和简南并不十分像，但是从简南的表情不难猜出这个人的身份——简南的爸爸，很有钱的那个房地产商。

任由前妻和现任妻子欺负自己儿子的男人。

为了教育简北，把简南架火上烤的男人。

阿蛮打开门。

不是好东西。她总结。

简南对爸爸没有像对李珍那么紧张，脸色依旧不太好，但是没有拦在他们中间，也没有避开他爸爸的视线。

相反，他爸爸看起来有些紧张，站在门口犹豫了片刻才进门。

客厅餐桌上有刚刚送过来的外卖，阿蛮饿了，先把袋子撕了一个口子拿出了一个流沙包，动作粗鲁，耐心也不够，所以餐桌看起来乱七八糟。

简南爸爸哼了一声。

阿蛮根本没意识到他在哼什么，知道他在哼什么的简南没什么表情地走到餐桌前，把那个破洞的袋子直接拉开，让它散得更乱。

"……还真跟你妈妈说的那样，粗鲁得都快变成野人。"简南爸爸更看不惯了，一旁的后妈动作非常轻巧地拉了拉他的袖子，一脸贤良淑德。

"哪个妈？"阿蛮问的这句话绝对没有恶意，她只是单纯地想从简南爸爸的话里面了解李珍有没有找过他。

但是简南爸爸的整张脸都青了，一旁打扮得十分贵妇的简南继母脸色也变得不太好看。

"这就是你找的女朋友？"简南爸爸瞪着眼睛问简南。

阿蛮："……"奇了怪了，这些长辈为什么都不愿意直接和她说话，她就在面前，说话却非得通过简南。她长那么娇小吗？

简南不理他，忙着在厨房拿碗筷，拆外卖。

阿蛮饿了，他知道。

"你就这样对你爸爸?!"简南爸爸继续吹胡子瞪眼，脸色红蓝黄绿地换了一轮。

"你……你直接跟我说也行的。"阿蛮本来想学着简南说"您"，一个字吐了半天说出口还是改了。

她很想知道李珍到底有没有找过他。

"谈什么?"简南爸爸终于正眼看了阿蛮一眼，"我跟你有什么好谈的?"

"就是那个……"阿蛮顿了顿，看了简南一眼。

这家伙肯定知道她要说什么。她本来不想这么直接的，不管怎么样，毕竟是简南的血亲，又不像李珍那么变态。但是简南不拦着。

不拦着，她就有点收不住。

"到底是哪个妈告诉你，简南快要变成野人了?"阿蛮问，问得很真诚。她就只想知道这个。

简南爸爸："……"

简南继母："……"

气氛尴尬到冻结，但是阿蛮和简南没什么感觉，有感觉的是大中午跑到陌生儿子家里的这两个长辈。

这甚至是简乐生第一次看到简南的家长什么样子，按揭买的他的楼盘，售楼处不知道他是简董事长的儿子，所以没有打折。

他当时听秘书说起来的时候好像只是冷冷一笑。

他这儿子的心思不难猜，无非就是不服气，想气气他，用的方式损人不利己，也不知道刘卉是怎么教的。

他对这个儿子一直不怎么上心，小时候倒是很聪明，但是那时候他生意刚刚起步，家里的事都交给了刘卉。

刘卉把儿子教坏了，一点点大就能背完《三字经》的小孩，走路却很容易摔跤，一紧张就摸东西，表情一看就不太像正常人。

他丢了不少钱给刘卉，让刘卉带他去看医生，结果越看越糟糕。四五岁的孩子到后来连话都说不利索了，让他好好走路，他就哆嗦，打也没用骂也没用。

正好那时候，他认识了现在的老婆，房地产生意又如日中天，随便找了个借口就和刘卉离了婚。

唯一失策的是，他没想到刘卉居然是个聪明的，抓着他出轨的借口，在财产分割的时候硬生生分掉他账面上的一半财产。虽然他大部分的财产都不在账

第25章 ◆ 较量

面上。

这些钱就当养孩子了。他没有太在意，因为现在的老婆温柔体贴，生了个儿子也十分听话，他很快就把简南这个孩子抛到了脑后。

直到刘卉告诉他，简南是个天才，十二岁就可以读大学了。

看起来仍然不正常，比小时候更沉默，但是刘卉说，他在特殊学校里面是综合能力最好的那一个，好好培养，前途无限。

他知道那个特殊学校，里面都是小小年纪但智商很高的孩子，一对一的教学，很贵。

他有一丝后悔，再看看自己那个号称很聪明伶俐的儿子简北，七岁还在按部就班地读小学一年级。

所以他让秘书开车去了那个特殊学校，离婚后，他第一次想近距离地看看这个儿子。

可那个时候，简南几乎已经不认识他了。他在实验室里，穿着大人尺寸的白袍子，听到有人找他，只是隔着窗户往外看了一眼。

个子是他们家族遗传的，才十二岁就已经很高，可眼神冷漠。

简乐生被刺痛了，回家以后对着简北的成绩单撒了一通气。

一根刺就这样埋下了。

他偶尔下班早的时候会让秘书开车到特殊学校门口，大部分时候，看不到简南，偶尔看到，也都是一个人背着书包，走在马路最边缘，低着头，四肢仍然不协调。

可是长开了之后，也有点像他。

看着简南的成绩单，他也会想，当初离婚的时候要是把这孩子带在身边，说不定会更好。

直到简南十七岁那年的那场大火。

他并不清楚原委。事情发生之后，因为刘卉入狱，简南还没有满十八岁，他是作为简南的唯一监护人被通知的。

火是刘卉放的，证人是简南。

被刘卉带走的这个天才儿子看起来是彻底被毁了，在病床上，看他的眼神全是空洞。

医生说他情绪失控，企图自残，并且有主动伤人的迹象，需要住院观察。

医生还说，他现在非常需要一个监护人，稳定的家庭关系会对他的病情很有帮助。

151

他的家庭很稳定，但是那是建立在没有简南的基础上的。

他看着病床上的儿子，有些畏缩。他说他可以提供房子给他，可以提供住院的钱，但是他家庭情况复杂，并不适合把他接回家。

所以，当那个姓谢的老师说可以帮忙照顾简南的时候，他几乎没有犹豫就点了头。

简南住院的时候，他去看过两次。

第二次去看简南，简南似乎清醒了不少，黑漆漆的眼瞳看着他，问他"你是谁"。

他被气着了，再加上那段时间，房地产行业又有了新政策，他的妻子跟他描绘了简北以后的教育规划，他觉得这才是他想要的家庭生活。

既然简南不认他，那他就断了简南的供。

从此，也就断了联系。

秘书每隔半年仍然会汇报一次简南的情况。那根刺仍然在。偶尔心气不顺的时候，他会跟简北说"你的智商不如你哥哥，以后的事业还是交给你哥哥比较放心"。

这算是一种鞭策。哪怕他其实已经将近十年没有见过这个儿子了。

而这个儿子现在就站在他面前，长得更好了，隐约的，有长成大人的气势。

简博士。他儿子。

简乐生清了清嗓子，忽略掉那个没教养的女人的问题，忽略掉刚走进门的时候那股突如其来的愧疚。

"我们来找你，是想跟你商量一件事。"简乐生想起了他过来的目的。

"你这房子还有二十年的按揭，先用这里面的钱把房贷还了。"简乐生把一张银行卡放到餐桌上。

简南看都没看那张银行卡。

阿蛮已经开始喝粥，一如既往地张着嘴往里面倒。看她吃得太快了，简南就用筷子拦一下。

简乐生又清了清嗓子，压下已经升到喉咙口的火气。

"这楼盘地段不错，临街有三家门面房。"简乐生继续，"你的专业可以开个宠物医院，我听你阿姨说，现在宠物行业很赚钱。"

阿蛮懂了。简乐生说的"你妈妈"指的应该是李珍。

"你可以开着先做一阵子，等赚到钱了，我就把这门面房直接转到你名下。这事你阿姨和我商量过了，她也同意。"简乐生跷起的二郎腿换了个脚。

上海这个地段的门面房，价格不是小数目，三家连在一起都给了简南，他也不算亏待了这个儿子。

简南还是不接话。

阿蛮倒是不吃了。主要是简南盯得太紧，她吃起来不痛快。

这夫妻俩突然出现的目的很明确了，无事献殷勤，而且背后还有一个李珍。

简乐生说了那么一大段，却没有得到一点点回应，脸上有点挂不住了，看了自己老婆一眼。

简南继母心领神会，马上接过了话茬：" 简南呐，你爸爸在跟你说话呢。"

又是这种温柔的长辈的语气。

都几十岁的人了，为什么还喜欢玩这种幼稚的游戏，明明形同陌路，明明父母不像父母，只是担了个虚名而已。

简南叹了口气，帮他们把话题接下去："找我什么事？"

应该是大事。不然一毛不拔的继母不会舍得那么多的钱，二十年按揭和楼下三家门面房，这对继母来说绝对是下了血本了。

"你现在正在查的那个项目⋯⋯"继母拉住了因为简南的态度想发飙的简乐生，"有眉目了吗？"

"就是新闻里播的，动物疫苗那个。"继母看简南皱眉，干脆补充了一句，把话说得清清楚楚，"谢教授被停职调查的那个。"

"刘卉告诉你们的？"简南问得直接。

"你现在连妈都不叫了？！"简乐生眉毛竖了起来。

阿蛮冷笑。

这个人看起来真的什么都不知道，不知道前妻刘卉其实是冒名顶替的保姆李珍，不知道简南现在的成就，也不知道简南曾经受过的苦。

他只是贡献了一颗精子，还有一张卡，以及三间门面房。这样的人，还想要人给他当爸爸的尊严。

"有事就直接说吧。"阿蛮打断了简乐生的暴跳如雷，"我现在还没动手是因为没有你，刘卉也生不出简南。"

"花了那么多钱，想让简南帮你们做事，总得把事情原委说出来。直接被打出去也不符合你做生意人的体面。"她也不想陪他们搞这种平安喜乐的面子工程了。

"你，你，你这是对长辈的态度吗？"简乐生的太阳穴突突直跳。

他的儿子没帮他，只是坐在那里，用陌生冷漠的眼神看着他，一如他当初在医院里那样。

阿蛮连话都不想说了，只是看着简南继母。这人看过她在墨西哥的样子，知道她是谁，当时还吓得够呛。

"乐生。"简南继母果然害怕了，拽了下简乐生的袖子。

"我们也是直到前两天简南妈妈来找我们才知道，你也在这个项目里面。"简南继母硬着头皮把话说完。

"你弟弟……"这个称呼烫嘴，简南继母说的时候脸上不太自在，"这几年一直在做国内培养基的代理商，也是谢教授这个研究所的代理商之一。"

简南一怔。昨天的代理商列表里面并没有简北的名字。

后面的话说出来很困难，简南继母犹豫了很久："你知道他现在人还在美国念书，这本来也只是个副业，平时赚点零花钱什么的。而且他也说，做这行是因为他哥哥在做这个，他觉得有意思。"

话题慢慢地开始步入正轨。

阿蛮的拳头开始痒。就这样，居然也想把锅甩到简南身上？

"但是因为人离得远，代理商的很多事情没有办法亲力亲为，很多文件都只是签个字。现在出事了，我就担心会牵连到他。"

"他还是个孩子，书还没读完呢，就只是签了几个字而已。"简南继母有点激动，压了压情绪。

"我们也不是没有其他人可以找，简南你只是这个项目的专家顾问，还不是负责人。但是简北毕竟是你弟弟，就算平时不走动，也不怎么亲，你们两个仍然有血缘关系。

"这些事简北真没接触过，他也不太懂。而且也不用你做什么事。只是希望，如果你查到疫苗问题真的和简北有关系，就提前和你爸爸说一声，到底是哪些文件，哪些签名，剩下的，你爸爸会解决。"

这就是他们夫妻俩突然出现的原因。

"简北代理的是哪些培养基？"简南问。

光凭语气很难猜出他对这件事的看法。

"什么牛的血清。"简南继母并不懂这些东西，说得含含糊糊，"做什么培养用的。"

"在国内帮他做这个事的人，你们认识吗？"简南又问。

简南继母的脸色有点难看。

简乐生哼了一声："小孩子小打小闹的玩意儿，谁会注意那么多。"

不管哪个儿子,他其实都没怎么用心教过。

"我只记得好像是姓李,一个和简北差不多年纪的男孩子,见过一两次。"简南继母回忆,"但是从来没有来过我们家,我只是在送简北去机场的时候碰到过两次。"

看起来挺正派的一个孩子。

简北跟着他做生意赚了不少钱,这几年给妈妈买的包包都是限量名牌包。其他的不好夸,但是论经济头脑,绝对还是她的孩子比简南强。

阿蛮和简南对视一眼。

"我只是这个项目的专家顾问。"简南说话了,"我只负责技术定位那些问题疫苗出现问题的环节点,调查这件事,跟我没有关系。"

"你不是还有……"简南继母不知道为什么,连阿蛮的名字都不敢说出口。

那半臂文身和一身的血,给她的印象太深了。再加上简北平时当八卦跟她聊的那些东西,简南这个女朋友,杀人都不眨眼的。

"阿蛮只是我的助理。"简南不想多说。她看阿蛮的眼神让他很不舒服。

"你这是不打算帮了?"简乐生哼了一声。

"嗯。"简南点头,半点都没迟疑。

"所以,这东西你拿回去吧。"简南把银行卡还给简乐生,"我是兽医,主要是研究动物传染病的,不是宠物兽医这个支系的。"

"门面房对我来说,没有用。"

"那是你弟弟!"简乐生重重地说了一句,"就算我们当父母的对不起你,你弟弟并没有。"

"他有。"简南看着简乐生,"你可以去问问他都做了些什么。"

"还有,他成年了,他签的字是有法律效应的,并不是孩子的小打小闹。"

"生物培养基是很多实验的基础,一旦出现问题,都是大问题。如果这次疫苗真的是因为培养基出的问题,我不会瞒报的。"

这大概是简南在简乐生面前说的话最多的一次,他说完就打开了屋子的大门,然后拉着阿蛮进了书房,关上房门。

从谢教授那里学到的送客方法。不管外面两个人怎么敲门,说了些什么,都和他没有关系了。

"我知道李珍的计划了。"他眼里亮晶晶,"她对专业的事情不了解,要想在这上面压制我,只有靠感情。所以,她利用了简北。"

李姓年轻人长期用钱养着简北,最后让他放松警惕,签字成为整件事情的负责人。这些手段，都是李珍爱用的手段。

"如果这一次我查不出问题，谢教授可能就要承担全部责任。一直以来保护我的人没有了，她的计划就成功一半。

"如果这一次我查出了问题，这个问题肯定也是在简北身上，我要是把他送到牢里，简北妈妈不会放过我，她的计划也一样没有失败。"

她给他布下的是个死局，并且一开始就把死局摊开了给他看。她在等他的选择，像是玩弄猎物的猛兽。

"我们一天一次吧。"阿蛮看着这个乱糟糟的早饭都没吃饱的男人。

这摊上的都是什么样的父母啊，还不如一生出来就被卖掉的她呢。太可怜了。她的心都软成糨糊了。

"没有这种智商的李珍，也生不出我这样的儿子。"可怜的简南反而开始安慰阿蛮，"我没事。"

"以后我不偷看你刷牙了。"阿蛮决定要对他好一点。

"你为什么对我刷牙这件事这么执着……"简南郁闷。

"你为什么老不让我看！"阿蛮也郁闷。

"这有什么好看的！"简南听到门外的人已经走了，打开书房门。

"那你给我看！"

"不要！"

他们的年纪其实都不大，三十岁不到，按照成就来说，比很多同龄人高很多，但经历也多很多。

吵起来却都还只是孩子。

始终坚持原则，只是因为他们在这样灰暗的人生里，还是拥有过温暖的，简南的谢教授，阿蛮的戈麦斯，还有很多擦肩而过的给过友善微笑的陌生人。

因为感谢，所以哪怕前路仍然一片漆黑，也能为了最后一个流沙包吵到晚上决定分房睡。

虽然半夜仍然会抱着枕头睡到一起，但是这样的吵架，能让他们忘记那些黑暗，忘记那些真正值得被丢进不可回收垃圾桶的人。

因为李珍提供的线索，仅仅一周时间，简南他们就找到了这些疫苗出问题的根本原因。

问题确实就出在培养基上。

简北参与的那家培养基代理公司，主营方向是胎牛血清。这是一种对健康母牛腹中胎牛进行心脏密闭穿刺采血，获得新鲜血液作为原料，经过无菌采集、分离、微孔过滤获得的淡黄色透明液体。

胎牛血清未经污染，IgG含量低，并含有丰富的细胞生长必需的营养成分，主要用在细胞和组织器官培养、细胞株保藏、单抗研制上面，是许多生命科学下游实验的基础，也是医院、科研院校、动物疫苗和生物制药厂家最重要的培养基之一。

生物科学领域目前正在飞速发展，对胎牛血清的需求量极大，可胎牛血清的制造方法注定了这种血清的产量是十分有限的，一头胎牛最多只能生产一千毫升的血清，需求远远大于供给。

所以这几年的血清市场鱼龙混杂，水货、国产贴进口标甚至假货的现象都层出不穷，而谢教授所在的研究所，一直有几个稳定的培养基供货商。

这些供货商每年都会进行一次严格的招投标，相关的数据检验做得也很严格，这么长时间以来，研究所在培养基这块从来没有出过问题。

这一次出问题的时间点就在简南离开实验室、谢教授被架空之后。

为了保障血清的培养效果，问题血清里添加了激素和生长因子，使用起来没有问题，培养的疫苗株在检测的时候也没有问题，可是送到疫苗生产厂商进行大批量生产的时候就出现了问题。所以，那些兽用疫苗都出现了不同程度的标注量无法检测、浑浊或者形状不对的问题。

一开始，简南他们以为问题血清的来源可能是某些在运输途中因为反复融冻被污染而作废的品牌血清。市场上确实有一些不良供货商会在这类血清中加一些添加剂，当成正品来卖。

但他们万万没想到，顺着这件事情深挖下去，居然挖到了一个地下血清加工作坊。

那真的只是一个作坊，在距离上海一千六百多公里的小县城，一座土堆成的院子。南边是专门用来剥牛皮的破砖房，北面是一排民房，作为放血室和提取室。

院子里面堆着他们低价回收的刚出生不久的或早产或夭折的牛犊，身上爬满了蚊蝇。没有消毒措施，全程只用了一个离心沉淀机。他们提取的不只是心脏血液，一头牛犊的血全部放干，能生产将近两公斤的血清，小小的一个黑作坊，一年的血清产量就接近五十万毫升。

"2018年一整年，全球的胎牛血清销量也不过六十三万升。"简南站在腥臭的院子里，看着这些用塑料桶装的所谓的胎牛血清。只要一瓶瓶分装到玻璃瓶里，价格就能翻几十倍。

再卖掉这些被放干了血的牛犊肉，利润虽然赶不上走私贩毒，但也足够简北每年给他妈妈买名牌包了。

就像简南继母说的那样，这个黑作坊注册了一个食品公司，公司的法人是简北。因为注册的是食品经销商，简南一开始在代理商的列表里根本没有看到简北的名字。

他们用食品经销商作为名头进行运输管理，和研究所的人里应外合，对黑作坊里面的血清进行勾兑，伪造成胎牛血清的性状，换掉实验室里真正的胎牛血清。

正规渠道的胎牛血清会用水货的价格卖给其他地方，而他们卖给研究所的胎牛血清价格只有八百元一瓶。

这中间的差价和把正规胎牛血清当做水货卖掉的钱，就由研究所里的那个人和简北平分。

这样的事，简北做了半年。

食品公司的法人是他，水货市场进出口的签字人是他，和研究所签订食品采购合同的也是他。

都是铁板钉钉的证据。

在查到黑作坊的当天，简北就作为涉案嫌疑人被引渡回国。

简南那个一直以来都没有人打的手机，那天被简乐生打到没电关机。

"你现在如果人在上海，能被你爸生吞了。"从北京顺道过来凑热闹的普鲁斯鳄十分后悔，为什么有简南在的地方，就有一股子腥臭味。

"如果没有我，简北这次的祸能闯得更大。"简南戴着口罩检查那些或奄奄一息或已经死亡腐烂的牛犊，"这些牛有病。"

"……什么病？"协助做完所有调查工作的阿蛮刚刚签完字，一回头就发现这边还有事。

"牛病毒性腹泻。"简南的表情并不轻松。

"这种黏膜病可以通过胎盘传染，一般来说，带毒牛犊可以通过吸吮初乳来获得母源抗体，可是做胎牛血清的牛犊，基本要求就是必须找没有喝过母乳的牛犊。要是这种带毒血清被做成了动物疫苗，简北能把牢底坐穿。"简南站起身，"我们暂时回不了上海了。"

牛犊带病就意味着母牛已经感染，他们又有新的活儿了。

"收尾工作本来就不用我们做。"阿蛮耸耸肩，对简南的安排没有任何异议。

本来只是想顺便来宁夏吃点牛肉的普鲁斯鳄满脸痛苦:"你这样宠着他是不行的。

　　"他本质上还是个变态。你想想他妈,你再想想他爸。"

　　"生出他这样的变态,其实不太科学,你再这样宠着他,哪天他突然科学了,地球可能就要灭亡了。"普鲁斯鳄吃了太多狗粮之后终于黑化了。

　　"那样正好可以用塞恩的诺亚方舟。"阿蛮拍拍随身包。

　　虽然黑作坊挺恶心的,血腥味冲鼻,但是她确实更喜欢这样的地方。上海有太多钢筋水泥,看不到大片的蓝天。

　　她当然得宠着简南。他想要的不过就是一段稳定的亲密关系,他想要的不过就是能有一个人任何时候都站在他这一边。

　　她能懂。

　　因为她这么多年来之所以想找亲生父母,内心深处渴望的东西,和简南其实是一样的。

　　他们想要的,其实就是那么一个人。

　　很多普通人从出生就有的那个人。

　　家人。

第26章
对决

简北的黑作坊只是混乱的胎牛血清市场的冰山一角,根据那几个被当场逮捕的工人交代,在这一带,这样的黑作坊还有好几个。

他们做出来的血清每天都会有二道贩子上门收购,再由二道贩子销售到对接的供货商。这些供货商会把这些血清销售到各地,这里面就包括了好几家动物疫苗生产厂家。

用这些血清制作的动物疫苗一旦流入市场将会十分危险,所以在简南他们敲开这冰山一角后,调查组申请了专案小组,开始全力追查黑作坊和他们对应的销售链,简南这个人又一次在专业论坛上被人刷屏。

"也不知道你这种命算不算是好命。"普鲁斯鳄被塞恩传染上刷论坛的坏习惯,在牧民兽医站一无聊就摸出手机开始滑屏幕,"你怎么做到每接一个单子就轰炸一次论坛的。"

这次还是半义务的,塞恩那边天天拿着财务赤字恐吓他们。

谁都没想到能扯出这么多的事,好几家疫苗生产商被查封,国内兽用疫苗在短短两周之内就经历了一次大洗牌。

论坛上仍然有关于中国偷偷做基因武器的阴谋论,但是这样的帖子很快被"简南这个人到底是谁"掩盖了。

出现太频繁,每次做事的动静太大,以至于有人已经开始暗喻简南这个人其实是不存在的,说这个名字只是多国政府制造出来的一个符号,用来解决那些困难重重的案子,或者不方便挂上国际组织名字的案子。

现实生活中研究遇到阻力或者因为其他原因无法正常工作的科学家们对这样的猜测很感兴趣,模拟英雄这样的论调得到了很多人的关注,论坛上各种臆想的帖子层出不穷。

"这应该是塞恩干的。"普鲁斯鳄摇摇头。

那位富N代逛论坛也不完全是为了玩,要论带节奏,谁都带不过这个天天嚷着人类要灭亡,把人类的黑暗面摸得无比透彻的塞恩。

他从模拟英雄开始,逐渐引申到他现在的这家公司。

因为有简南这位已经做出辉煌成绩的招牌在,塞恩的不是末日公司邮箱收到的求职简历终于可以翻页了。

非常可喜可贺的事情,所以简南难得地拿出手机看了两眼论坛。

"我想把我的简历公开。"他看东西快,十分钟之后就有了结论。

"啥?"普鲁斯鳄一脸蒙。

正在研究奶酪新吃法的阿蛮皱起了眉。

"这次疫苗的事情一出,简北肯定会坐牢。"简南说话的时候看着阿蛮,"涉案金额很大,现在又闹得整个动物疫苗市场满城风雨,我估计就算简乐生出面,简北也脱不了身,而且他现在的学校肯定会让他退学。"

常青藤院校的学生,涉及刑事案件,还被引渡回国,简北这次估计连除名都算是轻的。

"这次之后,他们家应该不会再和我有什么联系了,要有,也是不死不休的那一种。"简南低头笑了笑。不知道他接下来回上海,简北妈妈会有什么样的反应。

他终于被李珍逼得连他那个不称职的爸爸都变成了仇人,不过用他爸爸换谢教授,他觉得挺值得。

"接下来就剩李珍。"简南觉得,他应该难过的。这都是他的血亲,现在却成了最可怕的仇人。

可他看着阿蛮,看到阿蛮就这样安安静静地看着他,什么都没说,只是微微蹙着眉头,他就觉得其实也还好。

血缘、亲情是他从来都没有得到过的,到了后来,他甚至觉得血缘、亲情对他而言只是和治疗有关的东西。

直到他有了阿蛮。

阿蛮让他明白,亲密关系和治疗无关,只和生活有关。

阿蛮让他活在这世上,除了治疗,还有生活。所以他觉得,那些羁绊,应该断了。

"我很难猜到李珍下一步打算做什么。"简南接着说,很平静,"我对她仍然有恐惧心理,所以没有办法正常揣测她的想法。"

"但是我知道她最后一步会做什么。"他说。

如果她解决了谢教授,解决了阿蛮,让他最终变得孤身一个人,他知道她会做什么。"

"她会把我的病历公开。"简南说。

她会让世人明白，他是一个无法正常工作的"反社会"，让他做传染病的工作，这个世界上的每一个人都得承担风险。

李珍，会消灭他身边所有的人，最后剪断他的梦想。他的病历，是李珍一直以来都不紧不慢不急不躁的原因，是他的命门。

"可是之前你的病历被公开过一次啊。"普鲁斯鳄不理解。

"那次不是全部，只是一个结论。而且谢教授很快就让人删了帖子，亲眼看到的人不多，再加上关于我的谣言很多，这件事就变成了我众多谣言里其中的一个。"

那一次，规模太小，杀伤力不大。

那一次，只是李珍让简北做的试水。

"所以，我想把我全部的病历和履历公开，包括我的家人这几年做的所有的事。"

"我不能从法律上断绝和他们的关系，但是我希望，从人伦上，让所有人都明白，这两个人，不配成为父母。"

"你……"普鲁斯鳄咽了口口水，"不要拿人性开玩笑，太冒险了。"

"到时候会有无数种声音出现，李珍肯定也会从中捣鬼，万一走向变得很奇怪，你就真的没工作了。"

"所以我需要你帮忙。"简南看着普鲁斯鳄，"我知道你在做自杀预判系统，里面关于留言的算法已经基本成熟。"

"你可以把这次当成一种发布测试。"他甚至还给普鲁斯鳄一个专有名词，"我需要我的帖子里，所有的网络输入都只有一种声音，就是我想让大家听到的声音。"

普鲁斯鳄张着嘴。

"我会告诉大家我完整的病历，我的智商，我以前做过的事以及以后将要做的事，我会告诉大家我的家庭，我为什么会变成这样，我的亲生母亲做过的所有的事。

"然后，不让他们在网上发出任何反对的评判。"

普鲁斯鳄觉得自己下巴脱臼了。

"你……"他开始向阿蛮求救，"不管管？"

疯成这样是需要去看病的。管控网络舆论，亏这家伙说得出口。他毕生所学，不能给简南这么玩！简南都不尊重他的专业！！

"我们结婚你还没给礼物。"阿蛮回答。

普鲁斯鳄："……"

我可去你们的吧！

你们两个领证了吗?！

简南是个一旦下定决心做事，行动力就很强的人。不过和之前每一次直接往前冲不同，这一次，他主动找了吴医生。

吴医生这一次没有像之前的每一次那样支持他。

"向不相关的人公开自己的全部病历，对你的病情不会有任何帮助。

"就算陆为可以控制网络舆论，也控制不了人心里的评价，等这件事情淡去之后，大部分人看到你，第一时间都会想到你是一个心理有问题的精神病人。

"这种重复的提醒，对你的心理康复没有好处。

"你能想到这样简单粗暴的办法，仍然是因为太在意你妈妈给你留下的心理创伤。

"社会舆论并不能决定你能不能成为兽病传染病专家，你有能与之匹配的专业知识，你也有专业医生的心理评估报告，如果单纯是因为这个原因，我觉得你没有必要公开这件事，舆论对你能造成的影响向来不大。

"如果公开病历还有其他的原因，我希望你在做这件事之前，用正常人的思维思考一下后果。不仅仅是你的后果，还有你身边人的后果，他们是不是一定要陪你承受这样的压力。

"我现在对你的要求已经高了很多，因为你从墨西哥回来之后，心理变得更加健全了。你不会变成你妈妈那样的人，你接下来的人生要和你的过去做一个完整的切割，这样的切割不能靠网络舆论操控，你得靠自己。

"画句号的意义在于结束，如果句号画完了仍然无法结束，那这个句号就没有意义。"

吴医生少有的严肃。

简南挂断了电话。

牧民兽医站其实就是个简易棚，靠近牧场，很简陋。他们要睡觉的时候，得让这边负责接待的人开车送到几十里外的镇上招待所。三月的宁夏，入夜之后非常冷，离约定一起回镇上的时间还有一个小时，阿蛮和普鲁斯鳄穿着棉衣蹲在外面看草原。

只来了一天，阿蛮就和牧民的孩子打成了一片，两个半大孩子正在阿蛮旁边蹲马步，将近零下的气温里，脸红扑扑的都是汗。

她在哪里看起来都很自在，永远站在他身边，不管他的要求有多荒谬，她都会同意。

看起来很凶，心却很软。和那半臂缠绕的荜草一样，气势汹汹，存在感极强，但是，柔软、包容。

他要是闯祸了，她帮他顶着，他把自己变成靶子，她就站在靶子最中央。

从签了保镖合约的那一刻起，她一直没有变过。

所以他有时候会忘记，这是他的未来，是他想为了这样的未来而切断过去的人。

他现在想画的这个句号，虽然堵住了李珍后面可能会有的攻击，但是却要让阿蛮和他一起承担接下来的后果。

所有人都会知道，阿蛮嫁给了一个疯子。

吴医生是对的。

简南低头，拨通了谢教授的电话。

"你爸爸他们来你家找过你。"电话一接通，谢教授的语速就有点快，"你那个继母不太像正常人，你们回来后进出要小心。"

谢教授是个很内敛的人，能说出这样的话，就说明他们两个到他家，不仅是找过他那么简单。

"简北已经把研究所里那个和他一起倒卖胎牛血清的人交代出来了，就是后来分到我们实验室的人，姓张，前年刚来实验室的，你们没有一起做过项目，你应该不认识。"

简南"嗯"了一声。他知道这个人，他们在实验室做调查的时候，阿蛮拍过这个人的工牌，就是资历不够但是坐到了谢教授以前工位上的那个人。

"他被抓进去之后交代了很多事情，研究所最近也开始动荡了。

"去年实验室火灾的事情他也交代了，是简北指使他做的，他当时一直在隔壁实验室，等你离开实验室之后，他远程加热了实验室里的丙烯。"

当时大家都在为那位因为脑出血进了医院的同事焦头烂额，没人注意到那一天实验室的丙烯钢瓶下面塞了一个很小的电子加热器。丙烯爆炸之后，电子加热器融化，火场只找到了着火点，并没有找到着火的原因。

"方法很隐蔽，头脑也还算聪明，就只是用错了地方。"谢教授叹了口气。

简南没接话。这些都是他意料之中的事，简北是个怕事的人，事情到了这一步，他肯定什么都交代了。

"另外，他提到了一个姓李的年轻人，说这人是你的同学。"谢教授那边有敲击桌子的声音，是他在思考的时候的惯常动作，"但是警方根据简北的线索并没有找到这个人，简北这边交代的证件复印件等都是假的。"

"目前警方怀疑这是简北为了脱罪胡诌出来的人。"

"不是胡诌的。"简南看着阿蛮，阿蛮正在教小孩子玩搏击，旁边的普鲁斯鳄跃跃欲试，欢声笑语，"可以让他们去查查我舅舅的儿子。"

谢教授安静。

简南也安静。

草原上夕阳西下。

远远地传来阿蛮的笑骂声，她嫌弃普鲁斯鳄的手臂力量还不如他，普鲁斯鳄不知道说了一句什么，旁边满头大汗的半大孩子笑到打跌。

画面美好得像是一幅油画。

一个句号，只靠网络舆论远远不够，要彻底割断。

"还有李珍。"简南低头，"简北是个蠢的，他连胎牛血清是做什么的都不一定能搞清楚，更不要提以食品供货商的名义和研究所里的人里应外合。"

"他没有这个智商，也没有这个能力。"

"先查我舅舅的儿子，再查玻璃制品厂。"

"还有三十年前刘卉的案子，我想以我外婆的亲人的名义重新举报。李珍坐过牢，她的追诉时效从后罪开始算只有九年，还能翻案。"

"这件事，我会联系简乐生。"

句号渐渐地有了具体的形状。不留慈悲。

谢教授仍然安静。

"检举亲妈这件事，我不是第一次做。"简南笑了笑，"而且这一次我也没打算自己来。"

简乐生既然是他爸爸，也是简北的爸爸，就应该做一点爸爸要做的事。

他知道谢教授在犹豫什么。

"'亲人'这个词，不一定是指有血缘关系的人。"简南这句话，说得很慢，"我已经有很多亲人了，够了。"

十双筷子凑不齐，但是，重要的人都在。

"聊好了吗？"来接他们的面包车到了，阿蛮从远处跑过来。她怕冷，身上还套着兽医站的军大衣，手缩在里面，脸上都是笑容。

她知道他如果把病情公开,她会面临什么,但是她不拦着。

她知道他并不喜欢看她的背影,所以她喜欢倒着走,面对着他。

明明小小的个子,明明还没有狗重,但是她把他宠上天,他说什么,她都点头。

"还有一个电话。"简南伸手,让一身寒气的棉墩墩的阿蛮抱住他,然后帮她把帽子戴好,捂住她的耳朵。冰凉冰凉的。

"现在打吗?"阿蛮鼻子也冻得红红的,戴着军绿色的绒帽,看起来比实际年龄小了好多。

"回招待所打。"简南改了主意。

她冷。但是他如果说打完再走,她会继续跑回去和孩子们打架。笑嘻嘻的,看起来一点都不无聊,似乎也没有委屈自己。

和过去的每一次一样。

他是个傻子,这一路走得太急,抱她抱得太紧,所以都没有发现,她一点都不强大。

她甚至都不太会照顾自己。

"你有梦想吗?"在面包车上,简南把阿蛮冻得冰凉的手塞在口袋里,两腿夹住她的脚。

手脚都是冷的。明明把小孩逗得满头大汗,她自己却冻得要死。

阿蛮眼睛亮晶晶:"月抛那个!"

车上还有司机,她怕把人吓着,还特意用了代称。

普鲁斯鳄看着窗外假装自己是聋子,耳朵却竖得跟狗一样。

"不是这种。"简南已经能理解阿蛮的梦想和他的梦想本质上有所不同,阿蛮的梦想大概就是做梦,"你有没有想过我们的以后?"

阿蛮歪着头。

"不是以后做什么,而是结果。"他问得很慢。前进的方向。

阿蛮眨眨眼。

"比如生几个孩子啊,买多少房子啊,治疗多少传染病啊,或者老了以后要有个院子种种花什么的。"普鲁斯鳄急了。

"你们两个这样沟通真的没问题吗?"他操心死了。

一个问题要简南解释十八遍,阿蛮才能听懂。

"我能听懂啊。"粉红泡泡被戳破,阿蛮十分郁闷,"只是他每次解释的时候表情都很好看。"

很专注,皱着眉,然后就能把一句简单的问话解释得越来越深刻,到最后,会变得很美。

不是普鲁斯鳄这种直白的。

简南会因为越来越深入的解释,越想越深。她喜欢这样。

普鲁斯鳄:"……"行,他不但应该聋,他还应该哑。

"回去跟你说。"阿蛮跟简南咬耳朵,"不要让他听。"

她居然娇滴滴的,很娇羞的样子。简南红着耳朵,把阿蛮的手捂得更紧。

"以后尽量接赤道附近的案子吧。"阿蛮没回答,他倒是有了答案,"你怕冷。"

"可是这里牛肉好吃。"阿蛮恋恋不舍。

"天热了再接这里的案子。"简南一本正经,说得好像动物传染病会看日子传染一样。

"师傅。"再也没办法听下去的普鲁斯鳄敲车窗,"把音乐声开大!我们两个没有必要承受这样的痛苦!"

阿蛮眯着眼睛笑出声。

将来吗?她没有想过。她只是觉得,现在很好,因为现在很好,所以将来应该也不会太差。

她找的男人,她相信自己的眼光。

"你不打算公开病历了?"她刚才已经看出来了,接电话的时候一脸凝重,估计被吴医生骂了。

"唔。"简南闷在阿蛮的帽子里,应了一声。

"被打击了?"阿蛮继续问。

"唔。"简南点点头,把她抱得更紧。

"年轻人犯错误,受打击,都是正常的。"阿蛮突然老气横秋,也不知道是背哪本书的台词。

她不爱看书,但是偶尔翻到一页,总是会看到奇怪的东西,背下奇怪的话。

简南红着耳朵,啃了一下阿蛮的耳朵。坏人。戳得他那点粉红泡泡连水汽都没了。

"我想用你喜欢的方法。"简南用耳语的音量。

不留后路,不再慈悲,彻底告别。

那天晚上,简南从手机联系人列表里找到了简乐生秘书的电话。

他从小就知道这个所谓简乐生的号码其实是他秘书的,简乐生只把自己的私人电话留给重要的人，而他，一直不在重要的人之列。

他有李珍管着，有简乐生的钱养着，所以简乐生觉得，秘书的电话就可以了。

因为这样，简南从来都没有打过这个电话，未成年的时候没有，成年后就更没有。

只是这个电话偶尔会打过来找他，大部分时候都不是好事，尤其是这次简北的事。

电话拨通，比陌生人还不如的父子两个在电话两端都是长久的沉默。

"我听秘书说，你现在人也在宁夏？"简乐生先开了口，语气仍然带着长辈的威严，声音却难掩疲惫。

"嗯。"简南回得很短。

简乐生也在宁夏，为了简北的事。

"为了让弟弟坐牢，你也真是不遗余力。"简乐生冷笑了一声，"找我什么事？"

刚来宁夏的时候，他给简南打了好几个电话，简南一直没接，到后来打过去直接就打不通了。

简北现在已被抓进去了，黑作坊血清的涉案金额很大，加上这孩子一慌乱什么事都说了，还扯出了纵火案和鳄鱼皮走私，他都不知道简北走私鳄鱼皮干什么。

他明明给了足够多的零花钱，这小畜生还要那么多钱做什么？

他仍然在四处奔走，但是他也知道，这次的事，他也帮不上忙了。

尘埃落定，小畜生没有做坏事的脑子，留了一堆的证据，逃都逃不掉。

事到如今，简南找他还能有什么事？

"我已经把我现在的工作地址发到这个号码上了。"简南停顿了一下，"你明天过来找我，我有话要跟你说。"

刚洗完澡走出浴室的阿蛮看了简南一眼。

也不知道他刚才说的哪个字取悦了阿蛮，她很快乐地冲他抛了一个飞吻。一点风情都没有的那种飞吻，很敷衍，飞完她就拿着吹风机进了浴室。

简南低头，掩去嘴角的笑意。

"什么话？"电话那一头的简乐生语气仍然生硬。

"父子之间的话。"简南说得很平静。

二十几年来，他从来没有说过的话。

简乐生窒住，很久之后才哼了一声："你那边很偏，我可能要下午才到。"

"晚上七点之前我都在那里。"简南挂了电话。

第26章 对决

父子之间的对话，只是他们家的父子，对话的内容会非常非常规。

"你打算把李珍的事情告诉简乐生？"阿蛮耳力好，吹着头发也能听到简南这边电话已经挂了。

简南站起身，接过阿蛮的吹风机。

阿蛮开始留长发了，不过简南前两天看到阿蛮在镜子前很不耐烦地冲着半长的头发比了个剪刀的样子，他就觉得这长发应该也留不久。

"嗯。"简南应了一声，打开吹风机。

他挺喜欢她的头发的，越长就越软。所以他接手了护理阿蛮头发的工作，希望阿蛮不要一时兴起又咔嚓一剪刀。

阿蛮眯着眼，靠在他身上，手指拽着他的裤头。

这个无意识的单纯为了保持平衡的动作，却让简南差点把吹风机塞到自己嘴里。

"手……往上一点。"简南结巴，"我裤子要掉了。"

阿蛮斜眼，两只手都放了上去。

简南："……"

"之前为什么不告诉他？"她问。

很严肃的问题。

但是简南不想回答，他正在练劈叉，以免裤子真的掉下去。

"和买房子一样吗？"因为气简乐生不管他，所以干脆什么都不跟他说？

看来她就打算用这样诡异的姿势聊天了。简南认命地关掉电吹风，把自己睡裤的松紧带扎紧，然后重新打开电吹风。

"不是。"他摇头。"我不想看他们打起来。"

阿蛮抬头。

"我把亲妈举报到牢里关了六年多，又让同父异母的弟弟引渡回国现在正在拘留所里等待审判，如果再让亲生父亲和亲生母亲打得不死不休……"

他声音变低。

"太……"他想了个形容词，"悲惨了。"

他就这样站着，一边给阿蛮吹头发，一边撑着阿蛮一半的重量，扒着腿，维持着自己裤子不要掉下去的角度。

讲着悲惨严肃的话题。

"我会觉得，李珍是不是就希望我这样做。"简南关了吹风机。

就像那场火灾那样。他是不是最终还是落进了李珍的圈套。

"就算是中了李珍的圈套,你最终也不会变成她希望的样子。"阿蛮终于良心发现,帮简南把马上掉下来的裤子拉好,"你没想过她为什么第一次会失败吗?"

"你永远都不会变成她希望的样子。"阿蛮自问自答,"你们两个根本不是一样的人。"

"可能智商都很高,你身上也可能确实遗传了一些她的疯病,但是你永远不会变成她这样的。"

"为什么?"简南问。

阿蛮的话不是安慰,所以,为什么?

"她也碰到过很多好人的,你外婆、吴医生、谢教授。她活得比你久,看起来比你正常,也没有像你一样被贴上反社会人格的标记,所以,她这一辈子肯定比你遇到过更多的好人。"

"但是她杀了你外婆的女儿,她害得谢教授离婚,她并不觉得这些对她的生命有所帮助的人是好人,她只觉得这些人拦了她的路。"

"所以你们两个不一样。"

一个牢牢地记得五岁前的家庭生活,牢牢地记得每个人的饮食喜好,只是因为那段时光对他来说是温暖的。

一个从乡村到城市打工,遇到和善的雇主,却鸠占鹊巢,不知感恩,且毫无负罪感。

这两个人,从本质上就不一样。

她作为一个正常人无法理解李珍对简南那么执着的原因。但是她知道,李珍注定会失败。

就算没有她,就算简南最终疯了,那和李珍也不可能会是一个疯法。

这个连刷牙都不肯给人看的傻子,疯起来最多就是引诱敌人的时候自己顺便也跳进陷阱,最多也就是满大街找有伤口的人帮他们擦药。

这个人,成不了坏人。

"这一点上,我比你聪明。"阿蛮把已经吹干的头发扎成马尾,先一步走出了浴室。

吴医生肯定也早就看出来了,所以吴医生说,简南的问题在于太过执念地想做个圣人。

她帮他做坏人。

阿蛮笑嘻嘻地引诱简南做他最近上瘾的事,撩一下就退两步,折腾得两个人都面红耳赤气喘吁吁。

"你……"简南也不知道该怎么办，打也打不过，骂也舍不得骂。怀里的女人艳若桃李，一双眼睛眯得跟妖精似的，但就是不肯让他得逞。

"说脏话。"阿蛮提要求，"说脏话就让你得逞。"

"……"绷得很紧的简南深深地吸了一口气。

他老婆其实也是变态。虽然他知道，她觉得他最近绷得太紧，需要发泄。

可……

"你……"简南深呼吸。对着那张十分期待他说脏话的脸，他的心情复杂到可以写一百万字的生物论文。

"大爷的……"他很郁闷地吐出了一口气。

阿蛮睁大眼，捂着嘴。

"笑吧。"他趴在她身上，十分认命。

"哈哈哈哈哈。"阿蛮从来不给他留面子，笑得快要把隔壁的普鲁斯鳄吵醒。

简南亲了亲阿蛮手臂上的蔓藤，摸着她过去保镖生涯留下来的疤痕，叹了口气。

是不一样。

他珍惜美好，而李珍，破坏美好。

虽然他现在珍惜的这个美好，实在笑得太不美好了。

"闭嘴。"他终于忍不住曲起手指弹了阿蛮一个毛栗子，也跟着弯起了嘴角。

悲惨就悲惨吧。反正过了这次，以后就和他没有关系了。

简乐生看着那个牧民兽医站。

两间平房，旁边是臭烘烘的牲畜栏，中午阳光直射，空气里都是动物粪便的味道。

他想起刘卉说的，每天和畜生打交道，手塞到畜生肛门里帮它们通便。

他简乐生的儿子，一个没管，一个管了，但似乎都没什么用。

"进去吧。"他和他的秘书说。

第一次，觉得自己老了。累积了半世的财产，连衣钵都没人继承了。

但这不包括他进去后，听到简南说的那些话。

"你……说什么？"他连跟着自己几十年的秘书都支出去了，嘴唇一直在抖。

"我有PTSD，不能撒谎，一旦撒谎就会吐。"简南不想再重复一遍了，证据都给他了，他再问再确认，事实就是事实，不会再变了。

简南不能撒谎,所以他刚才说的每一个字,都是真的。

"可是她叫刘卉!"简乐生突然就大声了,仿佛只有大声说话,才能压下心里的惊慌。

"刘卉死后第三年,李珍就改名了。"简南抽出一沓资料中的一张纸,"这是改名的记录。"

他们是恋爱结婚的。

刘卉长得很好看,穿着白色连衣裙,手里拿着冰淇淋,笑眯眯地从他面前走过,他就迷上了。

追的时候花了不少力气,因为刘卉家里家底很厚,而他只不过一个刚刚下海白手起家的年轻后生。他经常进出刘卉家,对神智不是特别清楚但是为人和善的刘卉妈妈印象很深。

老太太特别喜欢招待人吃饭,每次都是一大桌子菜。

至于刘卉,除了漂亮,其他的就和他们那个年代的大部分女孩子差不多,话不太多,性格很闷,胆子挺小,没什么主见。

结了婚以后,一开始的新鲜感过去了,他就回到了外面的花花世界,生了简南之后,他们之间的交流就变得更少了。

其实,要不是那场火灾,要不是刘卉出狱以后又来找他,他都快忘记了刘卉的长相。

五十岁的女人,因为一场牢狱,憔悴了很多,也老了不少,看起来倒是有些楚楚动人。

他不否认他重新接触刘卉是因为大男子主义。

这个女人曾经是他的妻子,现在落魄了,他无关痛痒地搭一把手,满足了很多男性自尊。

直到今天简南说出来的那些话,还有简南给他的那一沓资料。

他的前妻,叫李珍。

毁了他第一个儿子,又毁掉了他第二个儿子。

"你……有证据吗?"曾经的枕边人,曾经他低声下气追求到的他以为的大户人家的独生女,其实只是一个不知名小村庄出来的保姆,小学都没毕业的那一种。

简南没回答。

简乐生需要的不是证据,而是安慰。安慰,他给不了。

"你……告诉我这些是为了救你弟弟?"简乐生又问。

第26章 对决

快六十岁的男人，一直以来意气风发，现在看起来居然比谢教授还要老了。

"简北犯了法，让他认罪依法服刑就是在救他。"简南一句话就把简乐生的白日梦敲得稀巴烂，"我告诉你这些，只是希望你能做一个父亲应该要做的事。"

"什么事？"简乐生问得很不自然。他不应该问出这样的问题的。但是，他能做什么？

"做个人。"简南的回答一如既往地让人难堪。

简乐生不说话了。

"简北犯了法，但他不是主谋，他需要你帮他找到他不是主谋的证据。

"三十年前的事虽然是上一辈的事，但是我想给我外婆报仇，我也希望李珍从此以后都不要出现在我面前。"

这不是他第一次说大逆不道的话，简乐生虽然不舒服，但这次只是哼哼了一声，没有像过去一样装出大人的样子。

"我们都是你的儿子。"

简乐生愣住了。他听惯了简南的大逆不道，见惯了简南的冷漠疏离，冷不丁地听简南用平静的语气告诉他，他们都是他的儿子的时候，他心里面居然揪了一下。

"你知道那么多，为什么自己不去查？你是我儿子，也是简北的哥哥。"重新拾起当爸爸的样子，简乐生直起了腰。

"我做过一次，她进去了七年。"简南陈述事实，"我因为应激过度，被诊断出反社会人格障碍。"

简乐生："……"

简乐生倒不是真的不管，从简南说出那些事之后，他就知道，他和这个女人接下来就是不死不休——她毁了他所有的儿子。

但是简乐生就是心气不顺，总有种简南懒得管就把事情都丢给他的错觉。李珍也是他的妈妈，他就这样不咸不淡、不紧不慢地把事情都说出来，然后摆出了撒手不管的姿态，重新穿上防护服，进了另外一间平房。

那间平房的门上写着"诊疗室"。腥臭里还带着血腥味。

简南没有跟他说再见，也没有出门送他。但是这却有可能是他唯一一次，以儿子的姿态要求他做一次爸爸。

简乐生坐在轿车里，看着被车子甩在身后越来越远的牧民兽医站。

"他在这里干什么？"他问他的秘书。

"看牛病，这次出问题的疫苗有一批用到了这个牧场的牛身上，牛都病了。"

秘书答得很快。

简乐生看了秘书一眼，闭上了眼。

他的秘书很称职，这么多年以来，无论他想知道什么，秘书都是第一时间告诉他的。

只是，秘书，仍然不是爸爸。

简乐生离开了宁夏，走之前再也没有和简南联系过，中途只有简乐生的秘书给简南发了一条信息，让他保持手机畅通。

简南没回。

从简乐生拿到那沓资料到简乐生离开宁夏，一共用了五天时间。

简乐生在这五天时间里验证了资料上每一条信息的真假，确定了之后，才离开了宁夏。

在简南已经把话说得那么清楚之后，简乐生仍然要确认一遍，才能判断自己到底要不要做个人。

"真的是个生意人。"普鲁斯鳄也不知道在贬还是夸，"难怪能赚那么多钱。"

他在看简乐生的行动路线。之前简南把资料交给简乐生的同时，还在简乐生随身的那个打火机的外壳里装了一个定位器，上次在墨西哥用的那一种。

到底还是担心简乐生，这个人虽然钱多人脉广，但单纯从智商来看，可能连李珍的一半都不到。有了定位器，真出了什么事，他们也能第一时间找到他。

解决了简乐生，下一个就是谢教授。

简南挂断了和谢教授的电话。

"下飞机了？"普鲁斯鳄问他。

"到住处了。"简南看了一眼时间。

疫苗事件已经基本水落石出，谢教授作为负责人，虽然和这件事没有直接关系，但是仍然被扣了半年薪水，也降了职。所以他干脆请了长假，去切市找老朋友戈麦斯叙旧，也顺便躲开李珍下来可能会采取的疯狂报复行为。

切市算阿蛮的老家，谢教授在那里很安全。

"他没有和你提回研究所的事吗？"普鲁斯鳄坐没坐相，半歪在招待所的单人沙发里，手边两台笔记本，一心多用。

"提了。"简南有问必答，但是答得都很简短。

"你多说两个字会烂嘴巴是不是？"普鲁斯鳄郁闷了。

心不在焉。不过是因为招待所房间太小，阿蛮要练拉伸，嫌弃简南碍手碍脚，就把简南赶到了隔壁自己这里。美名其曰看他无聊，陪他聊天。可是人在，心不在，一点没有想和他聊天的意思。

"我不回去。"简南又挤出几个字，看了一眼时间。阿蛮锻炼要两个小时，还有一个半小时。

普鲁斯鳄捏着鼠标。他已经不想骂他们病态了，骂多了他们以为这句话是在夸他们。

"为什么？"普鲁斯鳄深呼吸之后，开始一脸假笑地不耻下问。

他太无聊了，这个地方的网络速度实在是太慢了，两台电脑同时上网，一开网页就开始转圈圈。

"阿蛮不喜欢城市。"简南提到了阿蛮，话总算多了几个字，"我也需要更多的实践经验。"

"你可拉倒吧。"普鲁斯鳄无力吐槽，"你倒是去给我找几个像你这个年龄有你这种履历的人出来看看，二十六岁而已，很多兽医在这个年纪的时候，连接触到的传染病都是实验室专门培育用来做实验的好吗？"

更别提他这样满世界跑的。

"我不是普通人。"简南斜眼看普鲁斯鳄，"我和普通人的自我要求不一样。"

普鲁斯鳄："……"

"我算是在研究所里长大的。"简南看着窗外的半片星空，"被教授送到墨西哥的时候，我本来以为我这辈子应该已经完了。"

他不知道在研究所外面应该怎么生存，他不会和普通人聊天，最开始的时候，他恨不得睡在费利兽医院的手术台上，这样他就可以躲过莎玛调侃他的话，躲过切拉审视的眼神。

"第一次半夜去血湖的时候，也差点被吓死。"他穿了三层防护服，包里放了一堆消毒解毒的药，踩在血湖边那软塌塌湿漉漉的土地上的时候，他以为自己在做噩梦。

但是最终，都习惯了。在曼村的时候，他都已经能坐在泥地门槛上看阿蛮和二丫她们练马步了。

"在现场比在实验室有趣。"简南笑，"在不是末日公司迎接末日，也还不错。"

两个地方都有不同的烦恼。现场的烦恼，更活色生香一些，像阿蛮这样。

"可是在实验室，你的成就可能会更大。"普鲁斯鳄实话实说。

"我在哪里成就都不会小。"在普鲁斯鳄拿笔记本砸他之前，简南又不紧不慢地补充了一句，"所以我想找一个更舒服的地方。"

对他来说，现场比实验室更舒服。

上一次为了调查疫苗回到实验室，有怀念，但是他发现，他并不想念。

"我前半生的准备，应该都是为了后半生能和阿蛮一起仗剑天涯。"简南长长地舒了一口气。

觉得这句比喻用得真好。他如果学文，应该也能有成就。

普鲁斯鳄忍了又忍，最后觉得自己应该打不过阿蛮，才松开了捏紧的拳头。

"我收回我刚才没说出口的感叹。"他合上笔记本。

"什么感叹？"一个半小时过去了，简南心情开始变好。

"我本来想夸你长大了，结了婚到底还是不一样了。"普鲁斯鳄搓搓手，"幸好没说，真恶心。"

"我还没领证。"简南提醒。

所以领了证再夸也可以。

普鲁斯鳄："……"他长大个屁，除了贱，其他都没长！！

"防止李珍把你的病历公开出去的程序做好了，只要有人输入相关信息，我这边都会第一时间锁定IP，删除信息并且黑了他的电脑。"普鲁斯鳄已经不想聊天了，"吴医生那边也已经准备好了，万一有匿名举报质疑你专家资历的，她可以随时出具鉴定报告。不只是她的结论，还有一整个专家团队的。"

万事俱备。

和李珍这场最后的对决，剩下的漏洞就只有阿蛮了。

最重要的，压轴的。

如果阿蛮出了事，没有人敢想象简南会变成什么样。

致命打击。

"不是末日公司的人身上一直装着定位，这是当初签合同的时候就规定的。"普鲁斯鳄心疼地咂咂嘴，那玩意儿的造价很贵，也就塞恩这样的土豪才能一次性做一批。

"安保的事情，阿蛮是专业的。谢教授那边，她找人二十四小时盯着，吴医生那边，她也帮忙制定了几条生活路线，全程有监控有保安。"

"实际上我仍然觉得，李珍这个人应该不会正面杠。"

她擅长藏在暗处放冷箭，真的正面杠了，他们这里哪一个人的战斗力不比她强？

"要防止狗急跳墙。"阿蛮从门外探进来一个脑袋，一头的汗。

"我好啦。"她冲简南勾勾手指，仿佛刚才恨不得把他打包丢出去的那个人

第26章 对决

不是她。

她骂李珍是狗。普鲁斯鳄想告状。不管李珍做了什么，她总是比他们年纪大了很多，这样骂不礼貌。

普鲁斯鳄举起了手。如果告状没用，那他下次就也可以骂了。

"不穿外套会感冒。"简南看着阿蛮。

明明普鲁斯鳄就坐在门边，明明他一只手举得都快戳到天花板，但是简南就是能从普鲁斯鳄人为制造出的缝隙里面，看到小小的阿蛮。

个子也不矮的普鲁斯鳄举着手，但依旧是隐形人。根本没领证却一直自称夫妻的新婚夫妇手拉手走出了他的房间，关门的时候甚至没有和他说晚安。

只有一阵冷风。

"你们全家都是狗！"狗急跳墙的普鲁斯鳄叉着腰吼了一句，砰的一声关上了门。

"再逗他他真的要黑化了。"阿蛮忍不住笑。

"你花了那么多精力帮他找了个保镖，连声谢谢都听不到。"简南拿毛巾给阿蛮擦汗，心气不顺。

普鲁斯鳄不喜欢有人贴身跟着，被监控的感觉会让他抓狂，所以阿蛮找到了人也没有跟普鲁斯鳄说，只是让人跟着他，以防万一。

钱都是阿蛮自己的私房钱。

简南身边的人不多，在意的更少，但是只要是在意的，阿蛮都保护得很好，只除了她自己。

每个人都有心结，都有自己奇怪的坚持，阿蛮也有。

她喜欢保护人，喜欢被需要，做这些事，她会闪闪发光，所以简南也不和她矫情为什么一直以来都是她在保护大家。她武力值最高，她最专业。

他能做的，就是把计划想得尽量周全，不要让身边的人陷入危险，不要让阿蛮陷入危险。

还有，盯着她穿外套，守着她晚上盖好被子。

她太怕冷了，下次冬天一定不来这些地方了。

就像普鲁斯鳄说的那样，简乐生是个很成功的生意人，人脉网成熟，资金雄厚而且擅长商战。

简南给他的资料大部分都是间接证据，他却从这些间接证据里挖到了李珍哥哥所在的那家玻璃器皿厂常年行贿的证据，还有李珍侄子，也就是简北身边那位李姓青年这几年来教唆简北的证据。

联系贝托买卖鳄鱼皮，血清黑作坊最开始提供分离器的人以及打通销售网的人。

简乐生最终还是把所有的重点都放在了怎么解救简北这件事上。只要能证明简北不是主谋，就能少判很多。

短短一周时间，李珍侄子被通缉，玻璃器皿厂被勒令关门整改，李珍哥哥被调查。

而李珍，也开始出手了。

她最先动手的对象，是简乐生现在的妻子，简北的妈妈。

简乐生找老婆是有模板的，清一色的家底小康以上，独生女，面容姣好，家庭关系简单，并且在简乐生看来，都很柔弱。

换成普鲁斯鳄的说法，都是绿茶，还都很贪心。

不同的是李珍是装的，简北妈妈是真的。

简北妈妈是真的贪财，而简乐生，则是真的抠门。

他从来没有放心过他的妻儿，第一任没有，第二任也一样没有。平时除了固定的家用，他基本没有给简北妈妈额外的钱，账面上也没有现金。因为第一任离婚带来的教训，简北妈妈现在要是和简乐生离婚，不但分不到钱，还得和他一起承担一堆的债务。

在这样的情况下，要抓简北妈妈的问题简直一抓一个准。受贿行贿，做账漏税，还有简北出事之后简北妈妈那一系列求人的操作，都被李珍匿名举报了。

所以，李珍哥哥和侄子被抓进去之后，接下来被调查的人，就是简北妈妈。

这仿佛是一场永远不会结束的噩梦。简南的父母，终于在明面上开始撕咬得你死我活。

而阿蛮，在第四天甩掉不明跟踪人之后，终于接到了李珍的电话。

"杨小姐。"李珍在电话那头的声音和第一次见面的时候判若两人，"我们见一面吧。"

"不要带上阿南。"她说，"就我们两个见一面吧。"

"画个句号。"她声音带着笑，尾音带着刀。

第27章
终结

李珍约阿蛮见面的地方在市里某星级宾馆的顶楼套房,见面的时间是下午两点,阿蛮到得很准时。

一个人,久违的一身黑,黑色棉衣帽兜遮住了半张脸。

"我儿子给我们留了多少时间?"李珍开门见山。

都到了这份儿上,再装也没什么意思了。

"一个小时。"阿蛮目不斜视,径直坐到套房客厅的沙发上。

简南就给她一个小时,如果一个小时之后她没回去,他就报警,报警理由是怀疑套房里有人在销售违禁的动物疫苗。

为了报警也为了自身安全,简南现在人就坐在市公安局的大厅里。他的表达方式很简单粗暴,她不需要分神为他担心,但是她也不要让自己涉险太深。

一个小时,已经是简南的极限。

李珍挑眉,也跟着坐到了阿蛮的对面。

她和那天在研究所门口见到的样子完全不同,穿着更年轻,头发懒散地披着,脸上没有化妆。看起来,和简南更像了。

"一个小时,倒是比我想的还要慷慨。"李珍这句话听起来很真心,是笑着说的。

下午天气不错,落地窗外阳光明媚,阿蛮看着李珍,内心平静。

她们终究得见这一面。她知道,李珍也知道。

"时间比我预想的久,所以,应该能聊更多的东西。"李珍靠在沙发上,头发散在一边,"我们从头开始吧?"

她像是在问阿蛮。

阿蛮安静地坐着,没摇头也没点头。

"手机、录音笔和窃听器都带了吗?"李珍问。

阿蛮拿过背包,掏出手机,当着李珍的面关了机。

"其实我没想到你会这么合作。"李珍又笑了。她本人似乎很爱笑,笑起来眼角会有很深的纹路。

"毕竟只有一个小时。"阿蛮也笑笑。

有很多穷凶极恶的人都喜欢笑,贝托也喜欢,好像笑了就能运筹帷幄,好像笑了就能合理化自己做过的事。

他们总是想合理化自己做过的事。每一个坏人,总是有很多想向人诉说的理由。挺神奇的。仿佛委屈的是他们这帮加害者,仿佛那些沉默的受害者,是活该。

"我从小就和别人不一样。"李珍的开场白没有任何惊喜。

"不是你想的那种比别人聪明、和别人格格不入的不一样。"李珍又笑了,"我知道你会觉得我说的话都是辩解,但是反正我们有一个小时,听听又何妨。"

阿蛮耸耸肩。

"我喜欢安静,讨厌聒噪。"李珍看着阿蛮,"像你这样的,我就很喜欢。"

安安静静的,眼神看不出情绪。她很喜欢。因为喜欢,所以她对接下来要对阿蛮做的事多了一层期待。

"把聒噪的东西变得安静,会让我有一种满足感。"李珍继续说,语速慢吞吞的。

不是第一次见面时伪装出来的优雅,而是单纯的闲聊的姿态。

"刘卉很聒噪。"李珍提到了这个她用了半辈子的名字,"她很爱唱歌,五音不全,却偏偏喜欢在没有人的浴室唱。"

"我住的保姆房就在浴室边上,她唱了整整两年,我就听了两年。"

"听到后来,我学会了她唱的所有的歌,就觉得她应该安静了。"李珍叹了口气,"安静是一件很好的事,不说话了,就不会有纷争,不会影响情绪,不会让人猜到你心里的想法。"

"我的初恋也是个很安静的人,可惜他让刘卉安静之后,不知道为什么,话突然就多了。"

"你信鬼上身吗?"李珍突然问阿蛮。

大白天的,阳光明媚,她问得鬼气森森。

阿蛮没什么表情。

"刘卉那个聒噪鬼上了我初恋男人的身,所以,他也死了。

"自杀,跑到山上面找了棵树把自己吊死了。

"你知道吊死吗?脖子那一圈都会变黑紫色,死了以后,会特别安静,就

第27章 终结

算上了别人的身，也不会再吵到我了。"

阿蛮没忍住，呵了一声。

李珍低头，笑了："二十来岁的女孩子，听到这种故事连脸色都不变一下，也不是个正常人啊。"

李珍脸上的笑容更盛，她和阿蛮对视的角度很诡异，半低着头，所以阿蛮只能看到她一半的眼睛和眼白。

"我很喜欢你。"她又说了一次。这一次比上一次更肯定，语气更亢奋。

"可惜，没有人会无知无觉。"李珍终于抬起了头，"很多话，人们听的时候认为是无稽之谈，但是其实，他们这里已经记住了。"

李珍指了指脑子。

"下次你再看到有人被吊死的时候，你就会想，这个人死了以后就算上了别人的身，也会很安静。这样的话听得多了，这里，就会坏掉。"

李珍又指了指脑子。

"阿南听了很多这样的话。"李珍终于说到了重点，"他才刚刚学会单音词的时候，我就发现这个孩子很聪明。"

"他很会联想。一般的婴儿看到奶瓶只会想到吃，咂吧嘴或者开始哭，但是阿南看到奶瓶会第一时间看柜子，因为柜子里面装着奶粉。

"所以，普通婴儿还在听儿歌看图片的时候，阿南已经会死法连连看了。"

"把死者的照片局部放大，问他这是身体的哪一个部位，是什么方式造成的。"李珍很开心地解释。

"但是他太会联想，看多了这样的照片，有一天，我发现他偷偷拿着家里的碘酒擦在照片上。"李珍的声音冷了一点，"就只是因为前两天电视上播放了一部医疗剧，他大概看了两眼。"

阿蛮敛下眉眼。所以，简南至今仍然无法改掉看到伤口就想清理的强迫症。

"他这样的习惯甚至延续到了今天。"果然，李珍下一句话就是这个。

"母亲在孩子身上留下的印记是你无法想象的，深刻到骨髓里。我的一举一动，我的性格喜好，我让他记住的那些东西，都刻在了他的脑子里。阿南就是我雕塑出来的人，每一寸骨血都长成了我想要的样子。"

阿蛮盯着李珍。

一个学历只有小学的乡村保姆。

她不是因为看上了上海的光怪陆离，她也不是因为刘卉家里还算厚实的财产，她杀人，她逼疯儿子，她自始至终穷凶极恶，原因都不是世人想的那样为了利益或者有所企图。

她杀刘卉，只是因为刘卉爱在浴室里唱歌。

她把简南逼成这样，只是为了创造一个她想看到的人，像对待没有生命的人偶。

她就是一个纯粹的疯子，不蠢不坏，只是极恶。

"到最后连他喜欢上的人，也是我会喜欢的人。"李珍大概觉得这个发现很值得庆祝，两手交握，几近热切地看着阿蛮。

脱掉了刘卉的皮，真实的李珍，看起来已经疯得病入膏肓。

"给我倒一杯茶吧。"疯女人提出要求，"就当是我同意了你们的婚事。"

阿蛮没动。

"一杯茶而已。"李珍看着阿蛮，"你也不敢吗？"

阿蛮看了她一眼，站起身。

套房里提供了袋泡茶叶，但李珍把吧台上的袋泡茶叶都换成了罐装的，小小罐的，很精致，全都没有拆封。

"黄色的那罐吧。"李珍坐在那里没有动，只是用手指了指。

泡茶是阿蛮在切市经常做的事，可以化解剑拔弩张的气氛，可以当作武器。但是阿蛮怎么都没料到，她会有这么一天，和这个女人在一个空间里，给对方泡一杯茶。

看起来还算不错的绿茶，泡开之后茶香四溢。比她在切市藏的普洱要好。

杯子是宾馆常用的茶杯，白瓷的，下面还有一个托盘。

阿蛮端了过去，看着李珍吹了吹浮在上面的茶沫，喝了一大口。

然后她站起身，打翻李珍手上的茶杯，用带着塑胶手套的手指抠到李珍的喉咙里，揪着她的头发，让她把刚才咽下去的茶水一滴不少地吐了出来。

"一个小时对你来说真的太久了。"完全不知道这一切是怎么发生的李珍听到阿蛮感叹了一声。

她发不出声音。身上都是滚烫的茶水，喉咙剧痛无比，阿蛮不知道掐着她哪里了，她只能睁大眼睛发出含糊不清的唔唔声，像小时候的简南被她捂住嘴的时候发出的声音。

内心没有恐惧，只是意外。除了意外，还有一丝狂乱和惊喜。事情没有照着她计划的方向发展，她儿子看上的女人，比她想象的更加不正常。

"你应该查过我的，怎么还这么大意呢？"阿蛮拽着李珍的头发，打掉了藏在茶几上的花盆里的摄像头，然后拿起地上的茶杯，砸掉了刚才泡茶的地方的摄像头。

留了最后一个，藏在烟雾探测器里。因为砸了会引来酒店里的人。

她冲摄像头笑了笑，把李珍拉到了卫生间。

"把监听关了。"李珍听到阿蛮对着空气说了一声。

阿蛮是说给普鲁斯鳄听的。

她随身带着定位器，普鲁斯鳄和简南现在应该都在听。

再后面的话，不适合说给简南听，所以阿蛮扯掉了定位器。

"我以为你没带录音设备。"等阿蛮松开李珍的脖子，李珍咳嗽了一声，终于能说话了。

只是声音沙哑，一开口就忍不住干呕。

"我还以为你是个人呢。"扯掉定位器，阿蛮松了松脖子。

"想借我的手毒死你自己？"阿蛮问她，"茶罐是二次密封的，我经过的地方都有监控。"

"你是想毒死你自己，然后让我坐牢吗？还挺好猜的，我一直在想你到底打算怎么利用我曾经涉黑的背景，没想到你的办法这么简单粗暴。"

倒是确实能再次逼疯简南。

李珍只顾着咳嗽，一边咳嗽一边笑。

"那么你肯单独赴约，是想录下我的犯罪证据？"李珍问她，"只可惜我什么都没说，而且这样偷拍的东西，没法当证据。"

两个人都失败了，也就不要摆出胜利者的姿态了。

"放到法庭上肯定是不行的。"阿蛮凑近她，将手指放在她的肋骨边上，"但是送给精神病专家评估，足够了。"

李珍眼珠子动了动。

"况且你连这一招都使出来了，简乐生那边应该已经掌握了关键证据吧？"

都愿意死了，李珍应该是无路可退了，才想着用这最后一招的。

李珍冷笑了一声："那个饭桶。"

凭的也不过就是钱，连证据都是花钱买的。他的人生只有钱，一文不值的男人。

当初要不是刘卉妈妈迟迟不把户口的事情办完，清醒的时间又莫名其妙变得越来越久，她也不会随便找个好哄的嫁掉。

这个人，连和他生出的儿子都是个次品。如果她那个听话的二儿子没有死，她根本不会像现在这样被一个二十多岁的小女孩压在卫生间动弹不得。

"我其实并不关心你的下场。"阿蛮在她肋骨那里用了一点力。

一阵剧痛。李珍正要惊呼出声,阿蛮却很快捂住了她的嘴。

"你也是这样对简南的吧?"她问她。

所以简南每次被吓到的时候都不会叫出声,都是发出闷闷的"唔"声。

阿蛮又拧住她的胳膊,往外微微抬起来一点点。被捂住嘴的李珍痛得眼珠上翻,额头上都是汗。

"唔。"她终于忍不住痛叫出声。

"看,不用雕塑,你也能这样。"阿蛮微笑,"只要这样多打你两下,你以后看到我的手,就一定会躲。"

"条件反射罢了,并不是多高深的学问。人类会,动物也会。

"简南今年才二十六,只要远离你,他这些被你折磨出来的条件反射,迟早有一天能治愈。没有人的习惯能深入到骨髓里,简南听话,只是因为他得在你手里活下去。"

阿蛮一直没有松开她的手。李珍即将窒息,却在剧痛中忽然笑出声。

"你会被关到精神病医院。"阿蛮并不关心她的反应,贴着她的耳朵,一个字一个字,"可你到底生了简南,直接把你送进去,太可惜了。"

"所以我教你两招。"阿蛮又开始微笑。

"扭这里。"她轻轻地贴着李珍的皮肤。

李珍全身一僵,瞳孔放大。

"很痛对吧。"阿蛮低语,像个恶魔,"以后有人欺负你,你就扭她这里。"

"不过你到时候可能会被绑着,用不到。"阿蛮后退一步。

李珍松了一大口气,可这口气还没有完全吐出来,又全身一僵。这一次,她痛出了生理性的眼泪,再也笑不出来。

"按这里,你会感觉自己的眼珠子都快要掉出眼眶。"阿蛮说。

要论变态,她从来没有输给过别人。

回到国内等于被拔了牙,尤其被李珍这样人压着打,她已经忍让了好几个月,此时才狠狠地出了一口恶气。

"你如果还是记不住,我也可以抽空去医院看看你。"阿蛮这次贴着李珍的腰,手指像钳子那样捏着她的脊椎,"记不住,就卸掉一个。"

"高位截瘫对于你这样的人来说,也不算太痛苦,毕竟你还有脑子。"她说。

李珍终于开始发抖,阿蛮松了捂着她嘴巴的手,她也控制着自己不要叫出声音。

第 27 章 ◆ 终结

她不知道阿蛮接下来会怎么对她,但是她知道,阿蛮是认真的。

动物直觉。

阿蛮的眼神,是认真的。

"这二十六年来,你对简南造成的条件反射,我会一点点还给你。"

门外响起了敲门声。阿蛮拽着李珍的头发撞到水龙头上,她手下控制着力道,等李珍"唔"的一声晕过去之后,她才打开了房门。

门外站着警察、医生,还有简南和探头探脑的普鲁斯鳄。

"人在卫生间。"阿蛮指路,"还是想寻死,所以我把她打晕了。"

"应该问题不大,只是撞到了头。"她声音听起来很平静。

"我真怕你把人打死了。"普鲁斯鳄贼兮兮地压低声音和阿蛮咬耳朵。

"我守法。"阿蛮看着医护人员把李珍抬了出来,看到她的米色长裤裤裆那里湿了一块。

阿蛮脱下外套,盖住李珍。

"茶叶罐在桌子上,我没动过。"阿蛮继续指路。

她没敢看简南。这毕竟是他妈妈,虽然她真的忍了很久很久了。

背后的简南脱下外套,帮阿蛮穿上:"会冷。"他搓搓她的手。

"一个小时零五分钟。"简南拿出手机。

她晚了五分钟。

"下次不要关机。"他皱着眉。

全程都没有去看那个女人。

披散着头发,苍白着脸,毁掉了他的前半生,从此以后终于可以彻底淡出他的世界的女人。

让李珍不得不用自杀来给简南上最后一堂课的理由,很快就被公开了。

法人是李珍哥哥的那家玻璃器皿厂被查出多项违规,被查封之后,李珍哥哥为了减清刑罚,供出了三十年前的事。

他私下里藏了很多妹妹的东西。

李珍那位自杀的初恋,曾经留下了一本日记,里面详细记录了李珍教唆他开车撞死刘卉的全部记录。

还有李珍在户口迁移成功后,逐步替换简南外婆的老年痴呆药的药品购买记录,以及和简乐生离婚后,她在某乡道上开车撞死老人后逃逸的行车记录。

数罪并罚,再加上纵火的前科,李珍成了这一场互相举报的闹剧里面唯

——一个重刑犯。

李珍让阿蛮泡的茶叶被查出含有大量的氰化钾，如果不是阿蛮动作快，及时催吐，那一口就已经可以致命。

直到末路，她的执念仍然是毁掉简南。

吴医生把简南多年以来的诊疗记录提供给了李珍专案小组，心理专家团队在严格评估后，确诊李珍为五级重性精神病患，需要强制入院，进行封闭治疗。而李珍长达三十年的持续违法犯罪和事后的掩盖行为，被判定为作案时具有完全刑事责任能力，需要承担刑事责任。

一审结束，李珍被判无期徒刑，剥夺政治权利终身，她接下来的人生只有两条路，病死在精神病院或者老死在监狱。

这个疯子，终于和简南再无瓜葛。

判决下来的时候，简南他们还在宁夏。因为问题疫苗而出现牛病毒性腹泻症状的牧场一共有六个，除了牛，还有羊和一部分猪。考虑到疫情并没有全面爆发，一头牛的经济收益对于牧民来说十分重要，简南他们并没有进行灭杀，而是对病畜进行隔离，尽力治疗。

他的生活看起来和之前没有什么差别，听到判决结果，他也只是低头把简乐生秘书的号码重新拉回到了黑名单。

他只是很忙。对病畜进行为期三天的静脉注射，每天两次的抗生素喂服，还有实验室里不同动物的血液细菌培养工作。

他很忙，白天几乎见不到人，到了晚上，他总是一言不发地抱着阿蛮，倒头就睡。

他还联系了吴医生，提前进行了一次心理评估，并把评估结果发给了塞恩。

李珍被送到了精神病院，简乐生和现在的妻子正在办理离婚手续，简北的案子还没判决，会判多久还没有定论。

他最终还是把自己的亲生父母都送进了地狱，"大义灭亲"这个词，并不是褒义词。

阿蛮的安慰是无声的。

她一直站在简南看得到的地方，她的助理工作做得越来越称职，偶尔也会问简南一些专业的问题，甚至已经能准确地找到牛的静脉。

这一段时间，他们只聊过工作。

下午，简南稍微空闲点，她会拉着他一起打拳。镇上有那种很破烂的拳击击馆,她在那里教他踢腿,告诉他怎么躲避拳头,他的大脑无法像正常人一样协调四肢,偶尔会被自己绊倒,阿蛮就蹲在旁边笑。

她什么都没问,直到那天晚上刷牙的时候,他突然蹲下,一动不动。

"你知道我一直在偷看你刷牙的吧。"阿蛮敲敲卫生间的门。

招待所卫生间内部的锁只是一个破烂的插销,阿蛮一脚就能踹开的那种。

她敲门是基于礼貌。

简南仍然蹲着,只是很老实地往里面让了让,方便阿蛮踹门。

他当然知道她一直在偷看他刷牙,因为这个卫生间的门有一大半都是玻璃的,她都贴着门了,他当然能看到。

她那个不叫偷看,叫围观。

阿蛮没有踹门,她只是拿了个发卡往里面捅了几下。

简南抬头。

"我连保险柜都能撬。"阿蛮居然还觉得挺自豪,"你下次有私房钱不要放到保险柜里。"

"我没有私房钱。"奇奇怪怪的简南并不觉得两个人这样蹲在卫生间有什么不对,接话接得很自然。

"怎么了?"阿蛮歪头问他。

"你为什么会喜欢我?"简南问她。

一模一样的问题,他上次是用手机短信问的。这次进步了,面对面问,只是语气听起来并不怎么开心。

"你呢?"阿蛮反问。

她回答过这个问题,她不喜欢回答两次。

简南一愣。

阿蛮并不经常说情话,她很怕肉麻,两人之间只有很亲密的时候或者她心情好到飞上天的时候,她才会撒娇或者说情话。

所以,阿蛮从来没有问过这个问题。

所以,他从来没想过阿蛮会问这个问题。

"我记得你说过,你对我有反应是因为看到了我的文身。"这样想想简南还是挺男人的,"但是有反应和喜欢应该是两件事。"

她问得一如既往的直接。

他为什么会喜欢她。

阿蛮说,她喜欢他是因为觉得他帅。

但是他不是。

阿蛮的长相并不是传统意义上的好看,她长得很矛盾,仔细看能看到脸上有很细微的疤痕,再加上她比很多人都冷静的眼神,所以看起来像一个有很多故事的人。可她的五官实际上还挺像小孩的,圆眼睛,脸也圆,笑起来嘴边会有一个很浅的月牙形的褶皱,会让人心情很好。

他对她的喜欢,最开始是依赖。

"第一次在血湖的时候,你把我拉到草丛里。"简南说得很慢。

这个问题,他居然没有简单的答案。

"那时候那两个人就在我们旁边,你手里拿着刀,脸上的表情让我心里很不舒服。那种并不想和人起冲突,却又不得不自保的表情。"

这个答案让人有些意外,阿蛮本来只是打算闲聊的表情开始专注。

"戈麦斯的病人在莎玛那边都有病历,我偷偷翻过你的,上面说,你有常年被虐打的经历,所以当时看到你拿着刀的表情,我心里难受了一下。"

"这种感受对我来说很稀奇,所以我记住了你,开始觉得国际兽疫局找的地陪很业余,开始想接近你。"

那时候,就是喜欢了吧。

"我最开始喜欢你,是因为你脸上不得不自保的表情。"他终于有了答案。

很不浪漫的答案。

阿蛮却难得有些不自在,她抬手把披散下来的头发塞到耳朵后面,清了清嗓子:"不出去吗?"她换了个话题。

简南摇摇头。

"我这段时间,一直在回想他们对我做过的那些事。"简南说得很慢,"坏的好的都有。"

"我试图让自己有些情绪。"他皱着眉,"亲生母亲是个杀人犯或者她被判无期徒刑,作为儿子应该有的情绪。"

"但是没有。"他看着阿蛮,"这件事带给我的情绪,还没有刚才回答你的问题带来的多。"

他刚才心跳快了一点,因为阿蛮不自在撩头发的动作,想抱她。被戳中心事的阿蛮,软得让他心悸了一下。

"我也试图告诉自己,我可以恨他们,可以觉得大快人心或者松口气。或者再高级一点,又爱又恨。"

但是都没有,他一片平静,看到审判结果,看到新闻报道,看到简乐生秘书的那个手机号码发信息告诉他简北应该会被轻判。

没有感觉。除了厌烦。

"你担心自己的反社会人格障碍又变重了?"阿蛮问。

简南再次摇头。自从知道自己执着于做好人的原因之后,执着这件事的本质就变了。

"我只是觉得……"简南说得有些艰难,"这种情感缺失会不会让你觉得我不像个人。"

"你当时把李珍吓出尿,还知道拿外套给她遮一下,但是我没有。她就算在那里当场死亡,我第一个反应也是会不会连累到你。"

阿蛮搓搓鼻子。他果然还是看到了。

"我给她遮是因为尴尬。"阿蛮很不自在,"毕竟我打了你娘,说起来还是我婆婆。"

简南看着她。

他居然没听懂。阿蛮却懂了。

"我被苏珊娜收养之后,最怕的一件事就是打靶。"她突然提到了自己很少提到的过去,"我擅长用USP手枪,一个弹匣可以装十二发子弹,苏珊娜永远只让我打十发,剩下的两发,一般都会用到我身上。"

"看命中率。红心命中率低于百分之八十,她就会让我绕圈跑。她把剩下的两发子弹打到我的身上,她的枪法非常准,每次都能直接灼伤皮肤,让我流很多血,但是不至于真的打穿。

"如果红心命中率低于百分之六十,她就会开车把我送到几十公里的野外,把我丢在有猛兽的密林里,不给我水和食物,也不给我任何武器。她开车就走,让我自己想办法回家。有时间限制,晚一个小时就得负重跑一个小时。

"我好几次都差点死了,可是当苏珊娜生病的时候,我仍然没有把她弄死的想法。

"因为她一直都告诉我,等我十六岁她就会走,我现在练得狠一点,可以让我以后活得久一点。

"她身上有很多疤痕,她的训练强度也不比我轻。所以我虽然怨恨过自己的身世,却真的从来都没有恨过她。"

"但是我恨李珍。"阿蛮是笑着说的,"我知道很多虐打人的方法,但唯一一次用,就是用在李珍身上。"

"想把她挫骨扬灰的那种恨。"她强调,"那杯茶,如果不是因为我想让她活着受罪，我根本不会去拦。"

假装不知道就行了，监控和录音都有，李珍要陷害她太难了。她是被雇佣兵训练出来的人，这点事情对她来说，连小儿科都算不上。

"你没有恨，已经很慈悲了。"她叹息。

更不要谈爱了。他从来没有在父母身上拥有过，没有人教过他，他又怎么能会？

简南一声不吭，只是把头放在了阿蛮的膝盖上。他有些想哭，又怕哭了停不下来。上一次离开曼村的理由就是哭得停不下来，这次如果还这样，他以后就不用在国内混了，都传开之后，普鲁斯鳄能笑他一辈子。

"你刷牙挺好看的啊，为什么不让我看？"阿蛮换话题。

她不太能适应这种气氛，在厕所里，被一个男人抱着，头放在她膝盖上。她只在模拟人生里对乱七八糟的地方感兴趣……

"上厕所和刷牙，对李珍来说是不可以出现在公众场合的。"简南解释。

"……哦。"这个倒是没有说错，阿蛮也不好反驳，"可我们现在没有在公众场合啊。"

"因为不用在她面前做，所以很长一段时间，上厕所和刷牙就变成了我最轻松的时候。"简南继续解释，"会很丑。"

阿蛮："……"

"你喜欢我是因为我帅。"他终于说到了谜底。

阿蛮："……"

"你怕我看了你刷牙之后不喜欢你吗？"这逻辑阿蛮是真的服气。

"很多夫妻会为了琐事吵架，牙膏怎么挤都能吵。"

简南觉得自己的理由很充分。什么都能吵，所以，他要多留一点阿蛮喜欢的他好看的时候，让阿蛮越来越喜欢他，吵架了也不会离开他。

阿蛮拍拍他的头："起来吧。"她不想安慰他了。

"我们去床上打一架。"她手痒了。

"不要打我左手。"简南站起身，嘀咕了一句。

"你左手怎么了？"阿蛮踮脚看他的手。

"这里破了。"简南咕哝的声音，"为了让刷牙更好看，我太用力了。"

他手嫩，居然被牙刷划了一道口子。

阿蛮："……"

她以后再也不安慰他了！直接揍一顿就行了！

第27章 ◆ 终结

简南彻底结束那场问题疫苗引发的牛病毒性腹泻已经是四月底，上海春暖花开。

一到家，三个人都四仰八叉地躺在客厅地毯上。除了那两个宅男，觉得全身痛的阿蛮皱着眉很认真地思考自己最近是不是太养尊处优了，她居然也觉得有点累。

"你为什么不回家？"累了，就想把普鲁斯鳄赶走。明明就住在楼下。这电灯泡都亮得刺眼睛了。

"我每次出差一般都不直接回家。"普鲁斯鳄挥挥手，"身上太脏了，在这边洗了澡再回去。"

"干洗地毯很贵，能少洗一个是一个。"普鲁斯鳄搬出理财专家的姿态，"简南最近买了新装备，你又在宁夏弄了个武馆，你们以为这些钱是从天上掉下来的吗？"

两个花钱如流水的人很心虚地闭上了嘴。

人穷志短却仍然有个小问题的阿蛮拽了拽简南的衣服。

"小时候拿显微镜看内裤是他的主意。"简南心领神会。

阿蛮问的是为什么要洗地毯，为什么只是躺一下就得送去干洗。

"就看了那么一眼，地球上就少了一个科学家。"普鲁斯鳄反应也很快。

"他最开始的志愿和我是一样的。"简南看阿蛮很有兴趣的样子，解释得更详细了一点，"就因为看了一眼显微镜，改成了计算机。"

也因为这样，不可一世的陆为自认输给了仍然坚持下去的简南，认为自己应该是世界上智商排行第二的天才。

"……那你们，从小就一起洗内裤，一起消毒，一起抽真空？"阿蛮抓到了重点。

简南想了想。

普鲁斯鳄也想了想。

"我回去了。"普鲁斯鳄站起身。

他不自在了！阿蛮这个人！最毒妇人心！还笑！！

"干洗费你们出！"普鲁斯鳄出门前又愤愤不平地转身，撂下狠话，才拖着自己放在玄关的行李箱怒气冲天地走了。

留下笑成一团的阿蛮和一脸无奈的简南。

简南也想了想，现在只想和普鲁斯鳄退回网友的距离。

"他生气了，我们家就没网了。"他坐起身，帮阿蛮腾了一个位子，防止她滚到角落里。

"真的没发烧吗?"他从昨天开始就一直在给阿蛮量体温。

跟阿蛮学拳击的那帮孩子里有一个得了水痘,阿蛮不记得自己小时候有没有得过,也不记得有没有打过疫苗,于是简南只能每过几个小时就给阿蛮测一次体温。

"没有啊。"阿蛮拉下简南,和他额头贴额头。

她还挺喜欢简南这样紧张兮兮的。

"我身体很好,应该不会的。"她也不知道是在安慰他还是在调戏他,贴得那么近,干脆噘嘴亲了亲。

就是身体好他才更担心,简南皱着眉看着确实很正常的体温计。阿蛮从昨天开始就一直都懒洋洋的,能躺着就懒得站着,身体好,免疫力就好,对抗病毒的反应也会更强,身体反而会更难受。

"晚上喝粥吧。"他又站起身,"你先去洗澡,我去淘米。"

"不点外卖吗?"阿蛮懒洋洋的。

"外卖不干净。"从来只吃外卖的简南面不改色地走到厨房,把从来没有用过的厨具拿出来,先消毒自己,再消毒厨具。

"你会煮粥?"阿蛮颠颠地跟上来。

"有电饭煲。"装备论的人到哪里都是装备论。

"你知道放多少水吗?"阿蛮穷追不舍。

"……有说明书。"简南转身,手上都是水,只能用头把阿蛮顶出厨房,"去洗澡。"

阿蛮又站在厨房外踮着脚看了一会儿。

她觉得新奇。

简南平时也很关心她,盯着她喝热水,不让她吃太快,给她投喂零食,控制她的糖分摄入。

只是她大部分时候都觉得被管着太麻烦,嫌弃的次数多了,简南的关心就变得隐形,仍然坚持,但是他会在她发脾气的前一秒转移话题。

像这样坚持着隔几个小时量一次体温,动不动就看她身上有没有起红疹,完全不管她会不会不耐烦,到家了甚至开始自己做饭的行为,她觉得新奇。

甚至有点心动。

简南每次偶发的这种强势,都会让她心动。

当然,不能太久,太久她会揍人。

第27章 ◆ 终结

阿蛮真的烧起来是在半夜,来势凶猛,体温一开始就直接飙到了40℃。

阿蛮烧得迷迷糊糊的,只能隐约感觉到简南把她包得严严实实的,背下楼,不知道敲开了谁家的门,也不知道去了哪家医院,接着又把她背着回了家。

她仍然在发烧,额头上贴着退烧贴,被脱光了用冰凉的东西抹了全身,她迷迷糊糊间还调戏他,说他占她便宜。

简南应该回了一句什么,或者只是亲了亲她。

她咕哝着翻了个身,继续睡。身上开始起疹子,很痒,她皱着眉想挠,每次一抬手都能被人抓住。

浑身酸痛,再加上全身都痒,高烧的阿蛮闭着眼睛反手就是一拳。

有闷哼声,那只手松了。

等她心满意足地伸手准备大挠特挠的时候,手又被固定住了。这次有男人的声音,很轻,在她耳边哄她:"乖乖,挠破会有疤的。"

"我身上本来就都是疤。"烧糊涂了,也不知道说话的人是谁,只是因为对方的嗓音,本能地收起了拳头。

这句话的语气有些愤愤不平。

她也是女孩子,也爱漂亮,也知道身上有疤不好看,但是打她的那些人并不会为她考虑那么多。

"有些人还爱打脸。"她嘀咕,气呼呼的。

所以她额头上也缝过针,所以她脸上也有疤,虽然时间久了,已经变得很细很淡。

"以后不会了。"那个声音回她,好像还有很柔软的东西碰触了她的额头。

额头那里有疤。

她觉得舒服,哼哼唧唧地抱住那个亲她的人,他身上有很熟悉很安心的味道,她蹭了蹭。

"可是痒。"她觉得自己的哼唧声太娇气,可是接下来发出的声音更娇气,还有鼻音,"嗓子也疼。"

"躺着也不舒服。"大概是那个人太温柔了,阿蛮的要求越来越多。她从来没有这样提过要求,生病的时候也从来没有人这样抱着她。

她把自己所有的不舒服一股脑儿倒出来之后,又害怕对方会觉得她麻烦。

"你不要走啊。"她拉着他,"你走了我揍你。"没什么力气地威胁,还扬了扬手。

那个人没回答她,只是把她抱起来,像抱孩子那样,让她尽量靠在他身上。

她的身体悬空了，皮肤碰不到床单，没有了摩擦也就没有那么痒。有人当肉垫靠着，因为发烧酸痛的关节也就没有那么痛。

还有那一下一下轻柔抚摸她头发的手。

"我想听故事。"阿蛮很快有了新要求。

得寸进尺。

"电视里面那种，一边翻图书，一边听故事。"嗓子虽然是痛的，但是并不妨碍她提要求。

"你要听什么？"有求必应的那个人，温柔得连语气都没有变过。

"小蝌蚪找妈妈。"阿蛮迷迷糊糊的，想了个名字。

对方似乎窒息了一下，没料到她提出的故事居然超出了他的知识范围。

"你等下我找一下。"她听到他拿出手机，窸窸窣窣。

"你也没听过吗？"阿蛮叹息。

对方没回答她。

"真可怜。"阿蛮拍拍他的头。

她想起了自己小时候。第一次接触搜索功能，她就在搜索栏上输入了"找妈妈"三个字，用的是中文。她也知道这样找不到什么，只是单纯地想看看有多少人和她一样，会输入这三个字。

出来的第一个结果就是"小蝌蚪找妈妈"。

很温馨的童话故事，顺便科普了一些动物知识。阿蛮当时只有两分钟的搜索时间，所以只是看了一眼，就迅速切走，开始完成苏珊娜布置的任务。

很久之前的事了，这个奇怪的名字却一直刻在她脑子里。

一直抱着她的这个温柔的男人开始念这个故事的时候，她还能记得里面的台词。

"简南。"她知道抱着她的人是谁，这个世界上，只有他对她那么温柔，只有他身上的味道会让她那么安心。

"嗯？"故事讲了一半，槽点满满，简南正在努力忍着自己的强迫症。

"痛不？"她终于睁开眼睛，看到简南被她迷迷糊糊揍青的下巴，肿了一块。

"痛。"简南不撒谎，"心痛。"

阿蛮因为这个肉麻的回答暂时空白了一下。

这才注意到自己左手无名指戴的那个戒指，白色的，看起来就是一个简单的圈。

"这是什么？"烧退了一点，她有了点力气，趴在简南身上开始不安分。

"戒指。"简南也伸出了左手。

"你买了？"阿蛮想坐起身，却发现自己全身光溜溜的，又缩回被子里，瞪着眼，"你脱我衣服！"

她明明记得自己睡着的时候穿的是睡衣。

"……"简南忽略她这个问题，"用那块铂金打的。"

"就打了这两个？？"阿蛮声音大了，因为嗓子痛又嘶了一声。

"你的烧刚退了一点，扁桃体发炎，水痘还没有完全发起来，咽喉里面应该也有。"

简南的语气让阿蛮开始警戒。

"……所以要少说话。"

没了。

本来打算长篇大论的简南因为阿蛮迅速僵硬的脖子，直接掐断了话头。

"……我以为你又要开始吓我。"阿蛮不敢大声说话了，细声细气的。

"没舍得。"简南吸吸鼻子。

阿蛮自己不知道，她烧迷糊之后的样子有多让人心疼。他这辈子对其他人的情绪共鸣都不需要，也不需要高级的情感，光阿蛮一个，就足够了。

阿蛮又空白了一会儿。

"你今天怎么那么肉麻？"她自己也很肉麻，细声细气的。

"那么大一块铂金就打了这么两个？"她转移话题。

"我画了图，让人定做的，雕刻难度很大，所以打废了好几个。"简南摘下了自己的戒指，给阿蛮看内侧，"戒指里面雕了荜草。"

阿蛮眯眼睛。

按照她手臂上的文身设计的，雕得很好看，缠绕在戒指内侧，只有一小片叶子从内侧翻了上来，露在外侧。

"我的呢？"她眼睛亮了，摘下了自己的。

阿蛮："……这是什么？"语气一点都不娇了。

"我的名字。"简南有问必答。

"……我知道。"阿蛮把戒指凑到他脸上，又问了一遍，"这到底是什么？"

"我的名字，排一排。"简南继续有问必答。

阿蛮的戒指内侧全是简南的"南"字，整整齐齐地绕满了戒指内侧，最后有个南字绕出了内侧，在外面露出了一半。

用的是黑体，所以是特别清楚的一个"南"字。

她摘了戒指，手指上都印了南字。

"……变态。"阿蛮无语了，低着头又把戒指戴上了。

朴素的光面戒指，不摘下来很难想到里面藏了这么变态的东西。

阿蛮一边嫌弃，一边偷偷把手藏进了被子里。

简南量的尺寸非常精准，戴着几乎没有太大的感觉。但是就莫名的，沉甸甸的。

"好痒。"她抱怨着，却真的乖乖的，没有再去抓。

"我就这样趴着你睡得着吗？"她又怕他姿势不舒服。

"喉咙里真的会长水痘吗？"她闲不住，一直有新的问题。

"我们结婚吧。"简南抓着她的手，带着婚戒的手十指紧握。

"嗯。"闲不住的阿蛮点了点头，把头埋进了他怀里。

会紧张，会悸动。

会觉得，前半生的所有苦痛，因为这边的这个人，都变成了一种修炼。

变得更好，变得更强，才能站在彼此的身边。

才能，一直幸福。

第28章
特殊蜜月

飞机上，普鲁斯鳄趁着简南上厕所的工夫，溜到了阿蛮旁边。

"你真的不考虑离婚吗？"普鲁斯鳄长得其实很斯文，无奈老喜欢挤眉弄眼，硬生生把气质挤得十分猥琐。

阿蛮面无表情地看了他一眼。

"……"普鲁斯鳄摸摸鼻子。相处了那么久，他还是有点怕阿蛮，尤其是面无表情的样子，但是今天，他一定要挑拨离间。

"你看看啊。"他开始用大妈说亲的语气，"你昨天拿到的户籍，今天就去领了证。"

"一大早就排队去领证，还花了两百块钱跟前面的人说你们赶不上飞机了能不能插个队。太仓促了，太简陋了，太委屈你了！"

普鲁斯鳄痛彻心扉。

其实并不是。

前几天谢教授送给她一个金镯子，吴医生给她买了一套很雅致的首饰，他们作为简南的家人，用传统的方式祝福了他们的婚姻。

她前段时间给养母苏珊娜发了一封邮件，告诉养母她要结婚了，邮件末尾像开玩笑一样提到在中国女孩子嫁人是需要嫁妆的，比如被褥。

于是在上周，海关那里卡了一个巨大的国际包裹，一辆车都放不下，她交了罚款，用卡车装回来的。

里面有六床棉花被，各国的棉花，各种花色。

苏珊娜给她备了嫁妆，虽然仍然拒绝做她的养母，但她觉得很够了。

不过她并不打算和普鲁斯鳄说。

"简南又惹你了？"能让普鲁斯鳄这么认真地挑拨离间，答案就只有简南。

"他不让我参加这次的案子，飞机票还是我自己掏钱买的。"财大气粗的塞恩给买的都是商务舱，普鲁斯鳄为了不寂寞，也跟着买了商务舱。

心疼他自己。

"你不是宅男吗?"阿蛮扬起眉。

她记得他一开始还说打死都不去切市,所有的东西都要求通过视频会议搞定,怎么现在他们去哪儿他就跟着去哪儿了?

普鲁斯鳄抿着嘴。

没有人帮他,阿蛮永远都只帮简南。

有老婆了不起吗!才二十六岁就被绑牢了,都没有机会体验人生。

"哼!"普鲁斯鳄从鼻子里面哼出一口浊气,气哼哼地起身走了。留下今天新婚心情很好本来还打算跟他谈谈心的阿蛮一脸蒙。

"别理他。"简南从厕所回来,听到个尾巴。

"这次的案子太危险了,当时他和塞恩签约的时候,他父母唯一的要求就是不能去危险的地方,他自己签了字,现在又想反悔。"简南落座后系好安全带立刻就拉住了阿蛮的手,十指紧握的那种。

估计普鲁斯鳄跟着他们出了几次现场,觉得在现场比在视频里看到的刺激。

最关键的,本来他们两个凑在一起就不怎么在意社交,非必要情况下都不和别人交流,现在加上一个武力值爆表的阿蛮,连背后说闲话的人都少了,做任务的时候真的身心舒畅。难怪其实也挺孤单的普鲁斯鳄会一直跟着他们。

阿蛮没说话,只是一脸好奇。

"他父母在北京,关系还挺好的。"简南心领神会,"家里人口多,普鲁斯鳄不乐意和人说话,就搬出来了。好多年了。"

"……哦。"又一次被猜中心思的阿蛮摸了摸自己的脸。

"别人猜不到。"简南补充了一句。

阿蛮:"……"找个天才老公真的一点隐私都没有。

"这次的案子很危险吗?"阿蛮决定直接问,不让他猜了。

"肯定没有血湖危险。"简南的危险只是针对普鲁斯鳄的,"但是尼帕病毒性脑炎是人畜共患病,发生的地点又在边境地带,应该不会很太平。"

"尼帕病毒性脑炎的致死率很高。"昨天塞恩发了一封很长的背景邮件给他们,阿蛮在阅读上面一如既往不耐烦,所以今天在飞机上,简南把那些东西翻译成了阿蛮乐意听的话。

阿蛮很喜欢听他说话,所以他说着说着,就会不自觉地压低声线,让自己的声音更有磁性。

雄性的一种求偶方式。

每次阿蛮发现,都会似笑非笑地瞅他。

"最开始发现的地方是宁镇,几个养猪户陆续出现了发烧、恶心、四肢无力的症状,镇上的医疗条件一般,医生一开始以为是普通脑炎,等接触过这些养猪户的医护人员也出现了相关症状之后,所有病患都被统一转移到了市里。确诊了尼帕病毒性脑炎之后,到目前为止的处理都非常迅速专业。

"人类传染病专家上周就入驻了,那几个养猪户和一开始感染的医护人员在那段时间密切接触过的人群都被隔离,养猪场里的猪也全部被灭杀了。麻烦的是宁镇的地理位置。宁镇作为国家一类口岸,隔壁就是邻国,散落着很多自然屯。自然屯不是社会管理单位,只是居民聚集的居住点,管理起来很麻烦。

"宁镇那边是生猪走私重灾区,只对养猪场的猪进行灭杀是没法控制疫情的,而且这次引发尼帕病毒性脑炎的病源也还没有找到,所以,塞恩接到的委托是控制尼帕病毒性脑炎从生猪向人类传播,找到病源并灭杀病源。"

"走私生猪?"阿蛮第一次听到这样的词。

她在切市在墨西哥经常遇到走私犯,不过走私的都是野生动物或毒品,她还是第一次听到"走私"这个词后面跟着普通动物的。

"邻国生猪的价格比中国生猪每公斤便宜四五块钱,走私犯通过宁镇,每天能走私一万多头生猪。利润虽然比不上走私野生动物,但是国内生猪的日常销量从来没有低过,这条路比走私野生动物安稳得多。"简南耸耸肩。

他觉得他定做的戒指真好看,尤其是阿蛮的手指不经意翻出半个"南"字的时候,看着就觉得心情好。

"那病源应该怎么找?"下飞机之前,阿蛮得理出这件事的来龙去脉。

"尼帕病毒性脑炎的天然宿主是果蝠,传染病专家在宁镇没有发现果蝠的踪迹,目前已经排除了人类误食被果蝠污染的水果后传染给猪的可能性。"

所以才需要他们。

"我们需要查出传染源,最好能查出果蝠的巢穴。"

这又是一项大部分时间都得待在野外的艰苦任务,就在他们领了证之后,怕赶不上飞机,两人连宣誓都没做,只是拍了照盖了章立刻就跑了。他知道阿蛮不介意,但他还是给阿蛮找了好玩的。

"边境地区原来有很多雷区。"他话音未落,阿蛮果然眼睛亮了,"那边的自然屯的村民有自发扫雷开荒的习惯,已经持续了二十多年,那里很多老人对地雷、弹药的种类和爆炸原理的了解都接近专家水平,我们找果蝠的时候肯定要聘请当地专家,你到时候应该不会太无聊。"

作为蜜月旅行。

"你怎么知道我喜欢这些东西?"阿蛮果然开心了。

"你喜欢报各种枪的名字。"这真的不难猜,"而且你没事的时候搜的都是枪械。"

他老婆一直都不是普通人,这个爱好放在她身上,一点都不奇怪。

阿蛮嘿嘿笑,这次是真的开心了。

"等这次案子结束后,我们可以回一趟切市。"简南继续规划,"谢教授在那边和戈麦斯合作搞了一个小型生态博物馆,针对已经开始全面治理的血湖,把治理前后的生态圈以微缩形式搬到博物馆里面,博物馆的门票收入都会捐赠给血湖项目。"

"你可以回去看看你的拳击馆,我可以去看看博物馆。"顺便提点意见。

他总觉得这两个老人做事太保守,这样血淋淋地展示所有的行为,他们肯定会藏拙。他过去和他们吵架。

以前他总觉得吵架很浪费时间,他们都不懂他在想什么,他解释得再多,最终的结果总是不像他想的那么简单粗暴。现在却觉得,吵架也是一种沟通。有人愿意和他吵,不管结果如何,都是一种信息碰撞。保守的不一定是错的,他这样激进的,也不一定每次都能成功。

他确实长大了。尤其是怀里还揣着结婚证书这件事,让他觉得一直以来飘在半空的心有了落地的地方。

成熟了,才能做阿蛮的老公。

"对了。"他今天明显十分兴奋,话痨程度再次升级,"我忘记跟你说贝托的事了。"

本来正打哈欠准备补眠的阿蛮停下张了一半的嘴。

"他上个月越狱成功了。"他说。

阿蛮没吭声。

"越狱之后就回到了老本行,但是这大半年下来,贝托在那边的生意链全断了,他偷偷进血湖猎捕鳄鱼的时候,掉进了血湖,死在鳄鱼嘴里。"

具体怎么死的他不知道,他只是从谢教授的例行邮件里面听说的。

"简南。"阿蛮平静地喊他的名字。

"嗯?"简南看着飞机的飞行路线,想着这接下来的一个小时他还有很多话可以说。

"我困了。"阿蛮继续很平静。

切市是她的地盘，贝托的一举一动，她比简南知道的时间早得多得多。

她甚至知道贝托是被人推进血湖的，曾经的暗夜大佬，在消失半年之后，在那样的地方，早就已经什么都不是了。

他真是没话找话。为什么每次在飞机上都不让她睡觉？

"可我们今天新婚。"简南委委屈屈。

阿蛮瞪了他一眼，把他肩膀上的衣服抻平，拍了拍，然后把自己的颈枕放在他肩膀上，靠了上去。

高度正好，柔软度也很好。

"我睡了。"她宣布。

停顿了一分钟。

"老公。"她补充，声音轻得像蚊子。

简南的表情僵在了委委屈屈，不敢乱动怕破坏了阿蛮刚刚布置好的枕头，不敢笑太大怕坐在过道那边的普鲁斯鳄一怒之下"反社会"。

只能僵在那里，脸上维持着诡异的微笑。

"你这样腰会断。"阿蛮嘀咕。

"我乐意。"简南回答。

"……神经病。"阿蛮不理他了，抱着他的胳膊，戴上了眼罩。

晚安。简南拉下遮阳板。老婆。

阿蛮到达宁镇之后才发现，情况比她想象的要严重很多。

高速公路的出入口都有民兵守着，进出测量体温，检查驾驶证，记录车上每个人的行动路线和联系方式，尤其是进出宁镇都要拿着通行证。宁镇街道上几乎没有行人，店铺大多关着，宁镇医院的出入口也有民兵守着，戴着口罩和手套，严阵以待。

"这里的隔离做得比我们想象中好多了啊。"普鲁斯鳄感叹。

因为怕被司机听到他们在议论非专业的事情，他用的是西班牙语。他本来以为这样的边境城市管理起来很难的。

"宁镇不穷，是去年综合实力千强镇之一。"简南也用的西班牙语，"每年边贸成交额将近两亿。"

"一年能卖两亿人民币的猪？"普鲁斯鳄惊讶，那么能吃。

"……宁镇主要进出口的商品是中草药。"简南都快要翻白眼了，"你来之前能不能做点功课。"

"又不是只有我一个人不知道。"普鲁斯鳄叫屈。

"我知道。"话很少的阿蛮冷冷地回了一句。在飞机上简南给她补课了。

普鲁斯鳄："……"

"反正，我是自费来的！"他哼了一声，悻悻然把头扭向窗外。

幸好用的西班牙语，不至于太丢人。

"前期的隔离防护工作做好了，接下来只要找到这次的病源就行了。"简南也看着窗外。

最初选择做兽医，是因为谢教授。那时候谢教授只是特殊学校的很多个外聘专家之一，那时候的谢教授还只是副教授。

谢教授讲课很无聊。知识点又多又杂，从来不会为了提高趣味性而举例子，对于十岁不到的孩子来说，谢教授的课是很好的催眠课。

可是简南喜欢这样的输入方式，不浪费时间，一堂课下来能吸收很多东西。他在谢教授的课上学了很多，并且因为私下问题多，和谢教授也越来越熟。

谢教授，是他第一个想拉在身边陪着他的人。

所以他最开始想做兽医，并不是因为兽医有多伟大，他只是想要谢教授陪在他身边。

喜欢留在实验室，也是因为实验室里总有做不完的实验，他可以做各种输入尝试，这样可以想得少，想得少了，就不用回家面对李珍。

真正让他产生"喜欢"这种情绪的，其实还是在现场。

在血湖找活体的时候，在曼村养鱼的时候，还有捕捉两栖动物，帮它们消毒治疗蛙壶菌的时候。

那些是鲜活的生命。在野外，在很严苛的环境下存活的鲜活的生命。

手术刀切下去的时候，甚至能感受到和实验室动物完全不同的强烈脉搏。

世界很大。

他曾经以为李珍给他的世界就是全部，但是走出去了才发现，世界很大。有各种各样的人，各种各样的动物，各种各样的地貌。

外面的世界里，没有李珍。

但是有阿蛮。阿蛮站在这个生机勃勃的世界的最中央，对他伸出了手。

所以他看着窗外的森森警戒也会激动，所以他收到塞恩发过来的这个任务邀请，第一个想到的就是他来解决。

他能解决。

和所有专家坐在一起开完会了解了情况后，他心里那束小小的火苗就有了具体的形状。

因为占有欲而进入这一行，为了活着而爱上这一行，因为阿蛮，他一定会把这一行做到极致。

保护这个生机勃勃的世界，保护站在最中央的阿蛮。

"尼帕病毒性脑炎的零号病人已经找到了。"简南站在小会议室的白板面前，在宁镇的地图上画了一圈，"最初感染的是这家养猪户，除了养猪户，他们家的猪也在户主出现脑炎症状之后陆续出现了发烧抽搐和局部瘫痪的症状。"

"这张是零号病人出现症状之前的行动路线图，另外这张是其他病患的分布图。"几乎高度重合。

最初感染的养猪户去过的地方，陆续都出现了脑炎患者，这其中就有后续感染的四家养猪户。

"宁镇已经隔离了两周，在隔离期间，除了之前脑炎患者的密切接触者之外并没有新增别的人畜病患，根据现有的零号病人的描述，再加上从病猪身上分离出来的病毒株，之前已经入驻的传染病专家的最新结论是，这次爆发的脑炎中，这个零号病人应该就是宁镇最早感染的生物。"

他用了很直白的词，所以连阿蛮都听懂了。

这次脑炎的传染源不是猪，而是人，是养猪户感染后，再传染给了猪。

"这样的结果对于调查来说有好处也有坏处。"简南继续，"好处是零号病人是人类，所以我们可以很清楚地了解他在患病前饮食，接触的动物，方便排查。

"坏处是他是人类，生活方式不单一，患病前接触的食物、动物和人类都十分复杂，排查起来需要时间。

"所以就有了分工。

"不同领域的专家都分到了不同的任务，我们分到的是这一块。"简南又在地图上画了一个圈。

"尼帕病毒性脑炎的自然宿主果蝠是以果实和花蕊中的汁液为生的，这个地方有大面积的椰枣园，椰枣又是果蝠最喜欢的食物之一。

"之前就有村民因为生食了被果蝠污染的椰枣汁而感染的案例，所以这一带就成了寻找果蝠的重点区域。

"另外这一大片区域里面藏着六条往境外走私生猪的小路，走私的生猪大多都不是专业养猪场出来的，如果这片椰枣园里确实存在携带尼帕病毒性脑炎的果蝠，那么这附近所有的牲畜都处于高风险感染区，我们在找病源的同时，也得和当地民兵一起阻止生猪走私，如果抓到运猪车，还需要一起做检疫。"

简南一口气说了好多话，喝了一口水。

"本来这片区域轮不到我们。"这片区域是标红的高危区域，除了椰枣园还有大片未开发的荒地，其中有一小片跨国境区域还有未清扫的雷区。

他用的语气和刚才没有什么两样，所以阿蛮、普鲁斯鳄还有视频连线的塞恩以为他接下来要说的也是很重要的事情。

但是简南没有。他就是单纯想告诉大家，能争取到这么危险的区域，是因为阿蛮。

"如果不是我老婆这么厉害，这片区域肯定会留给其他更有资历的专家。"他重复，很认真。

刚刚做了人家老婆的阿蛮一下子没反应过来，一脸呆滞。

反应很快的普鲁斯鳄迅速地骂了一句脏话，骂完觉得不过瘾，又加了一句。

网络很好所以把这句话听得很清楚的塞恩抖着手想关视频，正要点挂断键的时候终于想起来自己才是这个小组的老大，都是他出的钱，他开的公司，他们只是股东！

"专家费用是根据资历给的，分给我们最危险的区域也不代表他们会给我们最高的费用。"塞恩抖着手离开了挂断键。

所以简南现在这样一副多亏自己娶到了好老婆才分到最危险的区域的语气，是不对的。

是有病的。

"资历是可以累积的，简南的资历一直都挺有含金量。"终于反应过来的阿蛮先下意识地帮简南说了一句话，说完之后觉得脸热，伸手扇了扇。

总算有一个还要脸，还知道脸红。塞恩很欣慰。

"我查过这附近的环境。"塞恩总算有机会开始说正事，"这附近并没有已知的果蝠巢穴，如果存在果蝠迁移的情况，可以从果蝠之前的栖息地被破坏的思路开始入手。"

"关于果蝠栖息地和周围环境的变化，目前已知的数据我都发到小组邮箱里了。"塞恩说到最后，手指点了点桌子，"另外，新婚快乐。"

领证的当天就飞到了疫区。他说出这四个字的时候其实是有些心虚的，所以对于他们疯狂秀恩爱这件事，他虽然也想骂，但总是没办法骂得像普鲁斯鳄那么酣畅淋漓。

简南这个疯子把他挖出了他的诺亚方舟，改变了他的人生轨迹，他则看着这两个人互相扶持,看着他们相爱,看着他们结婚。这是他的悲观人生里唯一一个按照"好人有好报"的路线一路走下去的人,他们两个的幸福里藏着他的桃花源。

所以这句"新婚快乐"里隐藏的厚重情绪,可能只有他一个人能懂。

"我还给你们准备了结婚礼物。"塞恩拿出一个黑色的首饰盒。

镜头前三个最近花钱花太多心很虚的人一瞬间都凑到了屏幕前。

塞恩:"……"

"是吊坠。"他打开首饰盒,"为了庆祝你们结婚,我给公司每一个人都打了一个吊坠。"

屏幕上的黑色吊坠是不是末日公司的Logo,连笔的"Doomsday",做得非常有暗黑色彩。

可在两个O的圆心里,有两颗红色的东西,镜头拉近了才能看清楚,圆心里写着"No"。

——不是世界末日。

他从简南的婚戒里得来的灵感,刚做好样品就洋洋得意地拿出来显摆。

"……这是,银的?"镜头前唯一一个女性财迷问得十分疑惑。

"……铜的。"塞恩不知道为什么觉得有点心虚。

铜雕有仪式感,而且手感厚重,他本来想解释,却看到了阿蛮眼里的鄙视,只能把话咽了下去。

"你起码把红色的那个换成钻石啊。"普鲁斯鳄晃着鳄鱼脑袋恨铁不成钢。

"……钻石怎么刻字?"塞恩嘴角抽抽。

"等做好了,我们得戴吗?"简南问得十分迟疑。戴项链吗?就像黑道组织那样?

"我配个铂金的底座吧,可以当装饰。"塞恩认命。

"底座上面会镶钻的。"他继续认命。

挂断视频前,他看着欢呼雀跃的财迷们,深深地叹了口气。

明天就要去雷区的人,真的一个个都不怕死。

宁镇给专家们安排的是镇里最大的宾馆,围墙很高,门口有民兵守着。

晚饭也是统一安排,每个专家小组每天自己定时间进行小组单独就餐。简南今天新婚,一高兴就多吃了几筷子糯米饭,结果消化不好,偷偷揉胃的时候被阿蛮发现了,就被阿蛮拉出去顺着地图开始百步走。

目标是零号病人所在的那家已经关了门的养猪场。

身后还跟着永恒的普鲁斯鳄和接下来会一直随行的镇上公务员小王。小王比阿蛮大一点，个子不高，一张笑脸憨态可掬。

宁镇的年平均气温在21℃左右，傍晚六七点钟本该是最惬意的时候，却因为脑炎的阴影而行人稀少，昏黄的路灯下面，只有他们四个人晃晃悠悠地走。

"镇上这家店的猪肠糕最好吃。"小王有些遗憾，"可惜也关门了。"

他的本职工作是接待外宾，对小镇上各种犄角旮旯的小店都很熟悉。现在专家吃了晚饭说出来走走，他却没有可以介绍的地方了。

"镇上封了两个礼拜，好多小店都得关门了。"

小店里卖的东西利润薄，都是糊口的买卖，最经不起这样的折腾。

"再封两个礼拜，估计连大店都撑不住了。"小王继续叹气。和他并行的陆姓专家冲他笑了笑，也不知道是不是安慰他。

他负责接待的这三位专家是整个专家团队里平均年龄最小的，他本来以为自己的工作会很轻松，结果，都不爱说话。一路走过来将近半个小时，除了他，其他人一个字都没说。

"就是这里了。"小王指着前面的养猪场。

已经用黄色的警戒线围起来，挂着"内有病毒，禁止入内"的牌子。

简南本来想绕着养猪场走一圈，看看有没有小路可以通向那片椰枣园，但是天色已经暗了，旁边的小王明显也无所适从，还有普鲁斯鳄那张"不想社交，我马上就要憋死"的脸，他决定还是放弃今天临时起意的踩点活动。

"回去吧。"他叹口气，拉着阿蛮的手往回走。

阿蛮没动。

"你等一下。"阿蛮的夜间视力是专业级的，她眯着眼睛看了一会儿，往前走几步，从草丛里拎出了一个孩子。

十来岁的小女孩，穿着校服，脸上有淤青。因为阿蛮的突然出手，那女孩吓了一大跳之后就开始拼命挣扎，先是想抓阿蛮的头发，阿蛮躲开之后她又想咬阿蛮的手。

阿蛮顶住小女孩的额头，让她那张脸可以正对着路灯。

"孙小田？"小王认出来了，声音很惊讶，"你没回你妈妈那里吗？"

狂暴状态的孙小田没空理他，她用尽力气也没有办法靠近阿蛮半步，手抓不到嘴咬不到，连用脚踢都不行。明明这个女的个子也没比她高多少，人比她还瘦！

第28章 ◆ 特殊蜜月

"再动就扭你胳膊了。"阿蛮笑着威胁她,"那姿势很丑,而且胳膊得痛一天。"实力悬殊太明显,孙小田喘着粗气停了下来。

"这是孙强的女儿。"小王很不好意思,尴尬地擦汗。

孙强就是宁镇上的零号病人。第一个被确诊尼帕病毒性脑炎,一周前因为医治无果,死在了市医院的病床上。因为是严重传染病,至今还没有发表。

"前几天不是刚把你送到你妈妈那里吗,怎么又跑回来了?"小王语气不太好,"你这么大了还不知道这里是什么地方吗?疫区!你这小孩怎么就那么不听话呢!"

"我不跟我妈妈住!"孙小田半边脸肿着,声音含糊,"我要跟我奶奶住!"

"你奶奶自己都还领着救济金呢!"或许是觉得刚才那一幕在专家面前很丢脸,或许是因为这个孩子已经三番五次跑回疫区占用了太多公共资源,小王后面的话说得不太好听,"你们家的养猪场是第一个发病的地方,传染了多少人你知不知道?光赔就得赔死了,把你送到你妈妈那里是为了你好!"

孙小田不说话了,呼哧呼哧地喘着气,一双丹凤眼死死地盯着小王。

"怎么回事?"一直没有主动和小王说过话的简南终于开口了,说话的时候往前走了一步,拦在了孙小田前面。

阿蛮手里还拎着孙小田的校服,看着简南的背影,忍不住扬起了嘴角。

这家伙,老想着保护弱小。明明自己跟弱鸡一样。

小王搓搓手,十分紧张。

虽然四肢不协调导致简南看起来有些微怪异,但是表情和眼神骗不了人,特别专业特别冷静的人总会让普通人莫名发怵。

"孙强夫妻离婚六七年了,离婚的时候,孙小田被判给了孙强。"小王决定从头开始说,"孙强离婚后就没有再娶,所以孙家一直都是祖孙三代住在一起,孙小田之前的户口和学籍都在宁镇。"

"但这不是突然有瘟疫了吗。"小王又擦了一把汗,他总觉得他刚才凶孙小田的时候把简博士惹火了,这位简博士正抿着嘴朝黑漆漆的眼睛盯着他,看得他心里直发毛,"孙强走了,她奶奶今年都七十几了,身体也不好,所以妇联的人就帮忙把这孩子送到她妈妈那里了。"

人家自己的亲妈妈啊。

"但是送过去几次她就跑回来几次,天都黑了还趴在养猪场里,这不是添乱吗?"

"为了什么离的婚?"普鲁斯鳄插了一句。

六七年前，孙小田也才四五岁，离婚后把那么小的孩子尤其是女孩子判给爸爸，并不常见。

"孙小田的妈妈嗜赌。"小王讪讪，"之前快把养猪场赔光了，这才离的婚。"

"不过这都过去好多年了，她妈妈也再婚了，送过去的人说她妈妈住的也是大房子，经济条件还可以。"小王为自己辩解了两句，"那毕竟是她的亲妈，我们也不是害她啊。"

虽然这句话当着孙小田肿起的半张脸说出来有些心虚。

"这是你妈妈打的吗？"阿蛮问孙小田。

对着这个年纪的孩子，她都不用弯腰。太令人忧伤了……她的身高。

"关你屁事！"孙小田甩开阿蛮的手，从草丛里捡回自己的书包，拍了拍，转身想走。

没有礼貌。还很凶。

阿蛮"啧"了一声，又一次扯住了孙小田的衣服。

"大人问你话，你不回答也就算了，走之前起码得说声'再见'吧。"阿蛮的语气像流氓一样。

孙小田估计没碰到过这样的大人，张着嘴一时半会儿也不知道该说什么。

"应该不是她妈妈打的。"小王虽然说话不好听，该知道的东西倒是都知道，"她妈妈就是爱赌，做人不怎么靠谱，其他方面还算是个正常人。"

"应该是她同学打的。"小王顿了一下，"因为孙强被打的。"

小镇不大，很难瞒住事。孙强是零号病人的事早就传遍了小镇上的每一个角落，之前就有养猪户到孙强家里打砸过，被派出所抓进去教育了一番之后，这种明目张胆的行为是少了，但是平时经过孙家的人没少吐口水。

大家似乎把这场瘟疫带来的愤怒都撒在了孙家人身上。

没有孙强，他们就不会和亲人死别；没有孙强，他们就不会蒙受两周的经济损失。

死去的孙强成了罪人，活在世上的孙强的亲人则承受了全镇人的愤怒。

这样的愤怒，小王也有。所以当他说起孙小田是因为孙强被打的时候，他的语气没有什么起伏，仿佛应该就是这样的。

因为她是孩子，那段时间一直住校，并没有和孙强有过接触，他们还早早地把这孩子送了出去，结果她又跑了回来，还跑回来好几次。这真的是活该，他们尽力了。

"有手机吗？"阿蛮问孙小田。

"干吗？"十一二岁的女孩，因为这突然而至的横祸变得十分叛逆，见谁都想咬。

阿蛮直接伸手，从孙小田的兜里拿出她的手机给自己拨了一个电话，动作快得孙小田都没反应过来。

"回去吧。"阿蛮把手机丢还给她，冲她挥挥手。

孙小田在原地站了半分钟。

没人问她为什么会在这个时候躲在她家的养猪场门口，没人叫她"丧门星"。这几个大人看她的眼神不像其他人，尤其是那个姐姐，一直笑眯眯的。她刚才明明抓到了那个姐姐的头发，现在手里还捏着一把呢，但是那个姐姐眉头都没有挑一下，也没有骂她。

她跺跺脚，走的时候还是没有说"再见"，但是也没有再像个叛逆少年一样骂他们"神经病"。

"你们……连这个都要管吗？"小王等孙小田走远了，才讪讪地问了一句。

他们不是动物专家吗？

"顺手。"阿蛮不想多说，把孙小田的手机号码存好。

"人类挺弱势的。"普鲁斯鳄拍拍小王的肩膀，率先转身回宾馆，"你以为人类数量很多，其实要毁灭也挺容易。"

可怜的小王张着嘴，完全听不懂。

"都是受害者，就不要分上下游了。"简南拉着阿蛮，最后补充了一句。

他知道小王不一定能听懂。

孙强根本不知道自己患了脑炎，也不是故意传播的。这样的意外，可能出现在每个人身上。整个宁镇的人都是受害者，大家要对抗的都是同一种病毒，何必还要分出是谁传染给谁，是谁害的谁？

传染路径只对他们这些专家有意义，对于普通人，唯一的意义就是教会大家如何防范。

那不是泄愤的理由，更不是对孩子泄愤的理由。

回到宾馆没多久，抗疫专家团队的负责人就找到了简南，说小王因为家里有点事，不太方便全程跟着他们，想申请换人。

简南很平静。他说他们暂时不需要人陪同，就算到了椰枣园，需要的也是当地在扫雷方面有经验的老人。小王跟着他们也做不了什么事，现在正是缺人手的时候，跟着他们太浪费人力了。

大家都说得很客气。

简南客气得像个假人，阿蛮在旁边一直贤良淑德地微笑，只是等负责人走了以后，阿蛮叹了口气。只不过是出去散个步，就送走一个地陪，他们这辈子都别想和正常人正常交流了。

"挺好的。"简南安慰她，"不然普鲁斯鳄得疯。"

阿蛮笑，挠了挠头皮。

打架的时候习惯了短头发，她一下忘记了自己都快长发及肩，今天还被个小丫头扯掉了一撮头发。

"我把头发剃了吧。"她不爽了。

简南不说话。简南只是看着她。她说的是"剃掉"，哪有人结婚第一天就把头发剃掉的。

阿蛮用两只手把头发抓成疯子模样，在头发缝隙里瞪他。

"我们今天新婚。"简南看着手表，"十二点以后再剃吧。"

还有四个小时，阿蛮哼哼，满足了。

"我可以留长一点。"阿蛮安慰他，"不会剃成平头的。"

这里天热，她露出半边文身，再剃个平头，看起来确实不太像已婚人士。

简南笑，坐在那里对阿蛮伸开手臂。

一整天了，现在终于可以抱到他的新娘。

"我有礼物给你。"他在她耳边说话，激得她起了一身的鸡皮疙瘩。

"你那个铂金块还有剩的？"阿蛮最近的执念就是那么大一块铂金居然就变成了这么小的两个戒指，其中一个还丑到了变态的地步。

"……不是。"简南从裤子口袋里拿出一张纸，叠得四四方方的A4纸，"是这个。"

他藏了一整天，就想等只有两个人的时候再交给她。

阿蛮没有马上接，她有点警戒。简南每次给她的纸都不是什么好东西，合同、协议，要么就是监护人表格，都不太正常。

"你父母的名字，以前的住址。"简南摊开给阿蛮看，"本来应该等查到他们现在的住址拍了照片再给你的，但是我急着在结婚当天给你，所以只能算半成品。"

阿蛮看着那张纸。一张表格，很简单地写了两个名字和住址。

"我……居然不是云南人？"她的第一个反应。

"嗯，你不是。"简南点头，"苏珊娜当年领养你的时候，和福利院的人估计沟通上有点问题,她告诉你的身世只有事情本身是对的,地址都是错的。"

阿蛮并不是出生以后被卖给隔壁村当童养媳的,她被卖得很远,所以他查了很久很久。

"靠。"阿蛮低声骂了一句,"这里离宁镇是不是很近?"

她记得来的路上看到过这个路牌,就在附近。

"隔壁镇自然屯的。"简南补充。

阿蛮:"……"

靠!

阿蛮觉得,简南和她的默契有时候像是天生的。

她收下了昨天晚上简南送给她的新婚礼物,把那张写着她亲生父母名字的A4纸重新叠得四四方方的,塞进了行李箱里。这之后,他们两人就再也没有提过这件事。

对她来说,那是两个完全陌生的人,生了她,卖了她,在她无法选择的情况下决定了她的人生。

她恨过他们,每一次吃苦的时候,每一次看到别人家庭和睦的时候,做黑市保镖濒死的时候,都恨过他们。

她也想过很多恶毒的报复方法,心情不好的时候,这样的幻想曾经是她唯一的娱乐。

但那是回中国之前,那是她拿回户籍之前,那也是她嫁给简南之前。

现在,她拿着这两个陌生的名字,心里想的唯一一个问题就是,她居然不是云南人。

除此之外,毫无波澜。

一觉睡醒,睁开眼睛,怎么都想不起来昨天那张纸上的名字。那张纸像是一个句号,在她新婚的晚上,帮她把前尘往事画上句点,包括恨意和不甘。

她翻了个身,伸出手指戳了戳简南的鼻子。

简南在睡梦中皱眉,鼻翼动了动。

他长得真好看。新婚的阿蛮很满意,又戳了戳,这次换成两只手指。

简南撑开了一只眼睛,"唔"了一声,伸手捂住阿蛮的眼睛。

"干吗?"这时候难道不应该接个吻吗?

"没洗脸,别盯着看,会有眼屎。"简南的声音,因为刚睡醒而沙哑得性感。

虽然说出来的话和性感没什么关系。

"你也拿显微镜看过眼屎吗?"阿蛮很快忘记了应该接个吻这项任务。

"……没有。"简南把阿蛮搂进怀里,塞在脖子下面,这样她就不会盯着他了。

很不自在。毕竟他能娶到阿蛮是因为长得帅。

"要起来吗?"阿蛮毯子下面的脚开始闲不住。

昨天晚上洞房花烛夜,他们两个各种意义上都吃得很饱,可是简南早上还没有完全清醒的样子看起来特别好欺负,阿蛮忍不住又开始使坏。

"还早……"简南被她撩拨得终于顾不得形象,吻了很久才提醒她,"普鲁斯鳄一会儿就来敲门了。"

刚刚挑起兴致的阿蛮停住动作,皱起眉头:"他就没有自己的私生活吗?"

"他以前不是这样的。"简南拍拍她的头,"我们以前没这么熟。"

他变了一些。他们都变了一些。以前只觉得全世界就我最聪明的少年,都在现实的磨砺里找到了最适合自己的生活方式。

陆为找到的生活方式,就是贴着他们。

他也不知道原因,大概就是单纯的变态。

而且这个变态敲起门来一点都不手软,哐哐哐的,一副不开门就能把隔壁几个专家都吵醒的架势。

"你找个女朋友吧。"简南木着脸打开门。

"或者我们领养你吧。"同样木着脸的阿蛮从简南的胳肢窝里钻出来,"叫声'妈妈',我让你今天晚上睡床下。"

捧着热乎乎的早饭兴冲冲地想跟他们分享自己昨天晚上的游戏战绩的普鲁斯鳄:"……"

第29章
走出希望

专项小组划给他们的那片椰枣园在地图上看起来只有小小的一个圈，实际到了才发现大到一望无际。

椰枣树的外观有点像椰子树，只是比椰子树高，树冠的果实是红褐色的，密密麻麻地堆叠在树干上。

这片区域外围的椰枣园都是附近自然屯的村民种植的，能自由进出，再往里面走一点，就会看到杂草丛生，密林里除了椰枣还有其他热带植物。丛林很茂密，杂草长到半人高，很多杂草边缘都有锯齿，人的皮肤碰上去就会被划破一道口子。

这样的地方，才是他们寻找果蝠的重要地点。

根据塞恩提供的环境资料，边境地带的果蝠以棕果蝠居多，身长在95到120毫米之间，穴居，靠回声分辨方位。因为体型小，棕果蝠通常会暂栖于树上，取得果实后把果实搬运到其他地方食用。所以，棕果蝠会在沿路留下残果和果实种子。

简南在草丛里埋头寻找散落的果实和动物粪便，阿蛮在血湖里和他合作惯了，早早地跑到前方探路。两人看起来都很忙碌，唯有从来没有实际到过这种地方的普鲁斯鳄左闪右闪，十分狼狈。

"你可以先回去的。"中途休息时，简南看着普鲁斯鳄龇牙咧嘴地拔掉了皮肤上的倒刺，觉得他一个敲键盘的拼命成这样其实不太科学。他明明已经接了做传染病模型的工作，找果蝠这件事根本不用他跟着，他一个计算机专家也帮不了什么忙。

"你以为我乐意啊。"他出门前没有简南那么细致，脸上没涂防晒，现在一张脸红得跟关公一样，"我想和塞恩合作一个环境系统。"

"记录不同经纬度的环境数值、生物数值，检测变化数据，推演生物的生存周期和迁徙路线。"普鲁斯鳄和简南一样，一旦说到自己的专业，总是特别专注,"不过这工程量太大了,我想先跟着你们去几个地方做试点。"

"如果不行,就算了。"他耸耸肩。

这属于编外工作,没成型前连项目都算不上,他说完就有点不好意思。

"需要什么数据?"阿蛮嘴里啃着饭团,调出手机备忘录。

曾经被她用来记录委托人数据的备忘录,现在密密麻麻的全是各种数据来源、观察方法和简单的兽医护士资料。

"动物这块,可以由我来负责。"简南也接了一句,"其实植物也行,但是我对植物的知识储备量没有动物那么大。"

"……你们不觉得这件事很不现实吗?"普鲁斯鳄想笑,又因为心里面有东西哽着,笑容变得有些奇怪,"地球那么大,生物范围那么广,而我们有效的工作时间也只有短短几十年。"

"到现在为止,我们做的哪件事是很现实的?"简南反问。

在墨西哥边境顶着偷猎人的霰弹枪治理血湖,在曼村治鱼结果揪出一个反社会,跑到上海放假碰到动物疫苗事件,最终导致整个市场大洗牌。

他们没有现实过。

"能做一点都是好的。"哪怕能在试点实现,那么试点里万一出现传染病,就不用像现在疲于奔命了。

人类对病毒的了解太少了。对于病毒如何产生,甚至如何消亡,知道的都太少了。

"会很烦琐很累的。"普鲁斯鳄又嘀咕了一句。

三百六十五天有两百天都在实验室里分离病毒株的简南"呵"了一声。

普鲁斯鳄挠头。再说下去就矫情了,所以他十分矫情地伸手:"防晒霜呢?"晒死爷爷了。

"说起来,你们怎么就确定这次的病毒来源一定是果蝠的?"普鲁斯鳄话突然多了。

其实简南和阿蛮越来越黏这件事让他非常没有安全感。

简南有了家,有了自己的生活重心,甚至连今后的研究方向都找到了。只剩下他,还在飘着。这样的情绪让他本来想找简南帮忙一起实验试点的话都有些难开口。

他怕简南嫌这事投入产出比太低,人家毕竟结婚了。所以他说出来的时候是忐忑的,他甚至没有开口让简南也一起试试。

可是其实,还是一样的。

简南这货，找了个骨子里和他完全互通的老婆。

让人……羡慕的那种。

普鲁斯鳄睁大眼，决定让自己这个电灯泡的瓦数变得更高。

"人传人的可能性没有吗？"他心理活动多了，问题也就多了。

"果蝠只是调查方向之一。"简南咽下嘴里的饭团。阿蛮居然在里面加了糖……

"走私过来的生猪猪苗，或者没有出现感染症状的人都是调查的方向，只是根据孙强发病前的活动路线，食用了被污染的椰枣汁的可能性更大。"

剩下半个饭团，简南捏成一团，想塞进背包里，抬头就发现阿蛮似笑非笑地看着他。

……

于是他又重新拿了出来，拆开，想把那一团东西吃掉。

"吃这个。"阿蛮把面包递给他。

挑食怪。

"为什么都是果蝠？"普鲁斯鳄拿着钢针戳破这满世界的粉红泡泡，单身狗做得十分称职。

今年以来他听说过的大部分新型传染病，储存宿主似乎都是果蝠。

"因为蝙蝠会飞。"简南本来不想解释的，普鲁斯鳄明显是拿他当字典用，可阿蛮眼睛也亮晶晶的，看起来很好奇，于是他一边撕着面包，一边十分耐心地科普，"蝙蝠在进化上选择了飞行，它的代谢率升高，氧化应激水平也跟着升高。为了对抗飞行带来的这些变化，蝙蝠逐渐进化出了强大的DNA损伤修复能力，其直接表现就是蝙蝠的寿命很长，并且很少发生癌症，而且携带病毒的时候很少发病或者就是不发病。"

不容易死，分布又广，数目又多，碰到一些对其他哺乳动物来说可能是灭顶之灾的病毒，它们也能照样飞来飞去，于是就变成了很多病毒的储存宿主。

"不能都杀了吗？"阿蛮的思维方式一贯简单粗暴。

"灭杀了果蝠，东南亚的生态就完了。"这题普鲁斯鳄会，"果蝠是维持东南亚植被多样性的主要功臣，很多植物被果蝠吃了以后，随着果蝠粪便排出的种子有很高的发芽率。"

果蝠吃素，它在生态系统里负责授粉和播种，是很重要的角色。

"其实它们昼伏夜出，远离人群，和人类生活的重合度已经很小了。"简南把矿泉水瓶打开递给阿蛮，"只是人类生存的领地越来越大，很多蝙蝠的栖息地被破坏,迫不得已才产生了重合。"

"我们这次找果蝠洞穴,一方面是希望在找到洞穴之后做一些人为的隔断措施,另外一方面,也需要研究这些果蝠为什么会飞到人类的栖息地附近,是从哪里迁徙的。"

"这时候如果有我要做的那个系统就好了,可以提前预警。"普鲁斯鳄晃晃脑袋,"我也要喝水。"

"你包里有。"简南耐心告罄。

"我也要喝被打开瓶盖的矿泉水。"普鲁斯鳄说得更加直白。

阿蛮:"……"

简南:"……"

寻找果蝠的过程漫长而艰辛。

仅仅是搜索椰枣园外围的密林就用了半个多月,成果只有几处果蝠粪便和一些被果蝠半途丢弃的残果。

但证实了宁镇附近有果蝠出没的猜想,简南他们的调查变得更加深入。

专项组把在其他地方调查的动物专家小组一起投入到这片密林里,寻找果蝠洞穴的主要范围就在这片密林的最深处,野草半人高,树木间隙很小,很多地方连落脚处都难找。在这样的地方,这群看起来弱不禁风的科学家又找了半个多月。

到了密林深处,就不可能每天回宾馆休息,专项组给每个小组分配了两个民兵和两个身强力壮的当地人做地陪,入夜了就原地扎营。简南经常在入夜后临时搭起的工作台上检查当天搜集到的样本,普鲁斯鳄负责把当天的数据录入到他的系统里,作为实验的初步数据。

阿蛮仍是一如既往的阿蛮,她已经和一起来的民兵打成一片,每天晚上都在空地上切磋身手,两个刚刚成年的半大孩子经常被阿蛮打得鬼哭狼嚎,俨然变成了阿蛮的迷弟。

一个多月的时间,六七个动物学专家小组的投入,果蝠藏身的洞穴终于被找到了。

为了解剖样本,分离病毒株,时隔十天,他们终于回到了宾馆。

一关上房门,两个刚才还撑着专业冷静的花架子的专家就立刻瘫倒了。

普鲁斯鳄一边躺着脱外套,一边带着哭腔嚷嚷:"老子不干了,老子真的不干了。"

第29章 ◆ 走出希望

是他错了，是他太年轻。在空调房里吹着空调敲键盘是一件多么美妙的事。他现在身上几乎没有一块好肉，哪怕穿着厚厚的外套，袜子穿到膝盖，也仍然被不知名的虫子钻进去咬了好多包，关节、腋窝这些出汗多的地方开始起红疹，要不是阿蛮在，他恨不得脱光了在地上滚。

"你先回去洗澡。"简南很嫌弃，把普鲁斯鳄脱下来的外套踢到角落，"再过来擦药。"

他有过血湖的经历，所以看起来比普鲁斯鳄精神好一点，但是露出来的皮肤上也有点点红斑，阿蛮昨天晚上才从他腿上烫下两条吸饱了血的蚂蟥。

"我不能在你们这里洗吗？"普鲁斯鳄最近做电灯泡做惯了，什么话都说得出口，"我一个人在房间里洗澡会怕。"

"……"

他们就不该开玩笑说要领养他的！简南忍住把袜子塞到他嘴里的冲动，试图跟他进行成年人之间的对话："房间里只有一个卫生间，你坐在这里等待时间过长会污染我们的房间。"

事实上，如果不是进宾馆之前每个人都已经全身消毒了两三次，他是绝对不会允许这个人进他们房间的。

污染源。

还是史前巨鳄级别的污染源。

明明已经挺干净的普鲁斯鳄张着嘴，抖着手。

"在这里洗也行。"阿蛮习惯性劝架，"我们两个先洗就行。"

"正好在浴室里可以帮你擦药。"她弹手指，觉得这样很有效率。

她身上的擦伤和虫咬伤口最少，荒野求生是她从小就精通的技能，出来的时候她还帮其他小组几个体力透支的专家扛了一些设备。

因为这件事，前段时间专家小组私下里说简南出来干活还带着老婆的八卦就此消失了，再也没有人提起过。毕竟谁家都没有这么厉害的助理，据说把两个民兵操练得哭爹喊娘的……

"一起洗吗？"简南有点快乐，这个他们还没试过！

"你们两个一起洗，把我丢在外面吗？"普鲁斯鳄有点蒙，"那我也……"

普鲁斯鳄跃跃欲试。

阿蛮看了他一眼。只是一眼，他就感觉自己的头发仿佛一根根地竖了起来。

"……那我先回去洗澡。"普鲁斯鳄识趣地站了起来，捡起散落在地上的外套，"你们快一点啊，我伤得最重，我需要治疗。"

"门口有医务站。"简南站起来帮他开门。

"……"普鲁斯鳄恨恨地咬着嘴唇。

"一个小时。"阿蛮笑着关上了门。

门背后是抿着嘴的简南。

"洗澡加涂药吗?"他说得很慢,"一个小时不够的。"

阿蛮看着他,扬着嘴角又一次打开门:"喂!两个小时!"

已经走到自己房间门口的普鲁斯鳄差点被地毯绊倒,转身冲阿蛮比了个中指。没脸没皮。结婚都一个多月了,蜜月期都过了!哼!

其实,倒不是真的要在浴室里做点什么。

阿蛮挺累的,她承担了大部分的探路工作,平时背着很重的设备包,有时候还得爬树去摘样本。

她只是不说而已。身上一样有被刮伤的痕迹,他也一样看到她躲在草丛后面把裤子脱了烫掉身上的蚂蟥,洗脚的时候,因为蚂蟥,一脚盆的水都被染成了红色。

她只是更能吃苦,但是苦毕竟是苦,味道总是一样的。

他是真的有点后悔,不应该把蜜月期定得这么与众不同,就算阿蛮喜欢野外,喜欢和当地地陪讨论地雷种类,但是一个多月也太久了。

"你瘦了。"他给阿蛮擦药的时候声音闷闷的。她居然还能更瘦。

"那是因为在上海胖了。"阿蛮半趴在床上,捏了一把自己的腰,薄薄的皮肤下面只有紧实的肌肉,她很满意,闭上了眼睛。

最近总算是重新把身手练回来了。虽然知道今后的日子可能不太需要她现在的身手,但是从小到大养成的求生习惯,改不了了。一旦觉得自己变弱了,就会心慌。

简南摸着阿蛮的小腿,上面有昆虫的咬痕,正好咬在她以前的疤痕上。咬痕红肿,那个早就已经痊愈的疤痕就变得狰狞,像活过来一样。

"我们以后还会有很多这样的经历。"简南擦完阿蛮腿上的药,又开始帮她擦后背。

阿蛮后背上也有一条很长的刀疤,她说是戈麦斯缝的,针脚很好,所以伤口不算太狰狞。

可是看着会很痛。

"陆为的那个系统需要数据,我自己后续的研究方向也会把重点放在病毒溯源上。"

第29章 走出希望

他手指没有茧,比一般人柔软,阿蛮觉得自己后背痒酥酥的。

"我们以后会有很多这样互相擦药的时候。"

"嗯?"阿蛮懒洋洋地给他一个尾音。

简南俯身,亲了她一下。

"每次擦药都这样好不好?"他问她。每次都这样,一起洗澡、一起擦药、一起两个小时。

阿蛮还是闭着眼睛,嘴角却越扬越高。

"我以为你会跟我说下次不来了。"她知道他心疼了,刚才在浴室里面眼尾都红了,现在摸着她身上疤痕,力道比新婚之夜还温柔。

她以为他后悔了,刚才还懒洋洋地帮他想了好几个让他坚持下去的理由。她偶尔还是会把他当小孩,因为他那些孩子气的想法,把他当成孩子来哄。

这样的地方,他们以后不可能不来。

从第一眼见到他开始,这就是他们的宿命。

"我后悔了。"简南坐在她旁边,手里拿着药膏,身上还有药味,"但是这样的地方,我们不可能不来的。"

阿蛮想转身面对他,因为他们之间的默契笑得很满足。

想亲他。

尤其这家伙现在头发还湿漉漉的,看起来纯净得像天上的鸟人。

"你不要动!"一点粉红泡泡被戳破,简南摁住阿蛮的肩膀,"药会擦到床单上!"

很激动,因为这样又得换床单。他带来的床单快用完了。

"……"阿蛮气馁地继续趴着,把头埋进枕头。

"比起都市,你更喜欢野外。"简南还在继续刚才的话题,"教女孩子打拳这种事,在这样偏僻贫穷的地方教,效果最好。"

越是落后的地方,越需要适应丛林法则。

阿蛮是自小在丛林里生活的人,她更适应丛林法则,所以她并不喜欢回到都市。

"而且我们可能是世界上最适合做病毒溯源的夫妻了,不做太可惜了。"他终于帮她擦好了背部的药,拿了个小扇子开始帮她把药扇干。

小扇子风不大,但凉飕飕的很舒服。

阿蛮埋在枕头里,惬意地撅屁股。

"不要动。"简南胆子很大,"啪"一下拍在她屁股上。

"靠!"阿蛮在枕头里骂出声,却真的老老实实没有再动。

感情,仿佛就在这样的药味和酒精味里又变得不一样了那么一点点。

她不喜欢退缩的男人,而简南,从不退缩。

他其实有很多选择,病毒溯源只是他感兴趣的方向之一,和她比起来,他更喜欢都市。

那个连饮料都能用传送带送到床上的家。

他选择病毒溯源,多多少少有她的缘故,但是选了,他就真的义无反顾地走了下去。哪怕后悔了,他也只是把情绪转成擦药这种行动,或者摸着她身上疤痕的力道。

手牵手走到底。

他们确实,是地球上最适合做病毒溯源的夫妻。

"老公啊。"阿蛮在枕头里喊。

"啊?"正专心处理阿蛮脖子后面那两块蚊子包的简南脸突然红了。他刚才走神了。阿蛮的脖子真好看。

"左边也拍一下。"阿蛮撅着屁股。

简南:"……"

"只拍一边很难受!"阿蛮挪腾着抗议。

强迫症也是会传染的。

简南红着脸,很轻地拍了一下,然后把阿蛮的衣服堆到她身上。

"两个小时到了。"电灯泡要亮了。

害羞死了。

"你不擦药了吗?"阿蛮头套在T恤里,抖了抖,衣服滑到胳膊下,简南顺手帮她拉直了。

"一会儿让普鲁斯鳄擦。"他错了,这样下去两个小时也不够。

"嘤。"阿蛮挤眉弄眼。

简南笑,把心情特别好的阿蛮抱过来,搂住,左右晃。

"我们以后都这样吧。"他也能感觉到,他们之间又有一点不一样了。

感情更深了,那种只有她的感觉更清晰了。有一些情绪变成了基石,刚刚在一起的时候恨不得把她的眼睛黏在他身上的那种不安定感,慢慢地散了。

这种踏实感,让他已经很久很久没有像过去那样想着自己万一真的"反社会"了该怎么办。脑子里再也没有《白兰香》,那个吱吱呀呀的老旧留声机,终于被他成功地挪腾到垃圾桶里,变成他过往的一部分。

第29章 ◆ 走出希望

我们一直都这样吧。

拍屁股拍两边，擦药擦两个小时。

抱在一起，除非普鲁斯鳄出现，否则，永不分开。

简南和普鲁斯鳄真的就坐在房间里，互相开始擦药，乖巧得跟幼儿园的孩子一样，你擦多一下，我也要跟着多一下。

房间里都是药膏的味道。

阿蛮一开始还乐颠颠地想给这两人录像，看到后来忍不住想抽他们，干脆跑到食堂里点了几份卤味，搬过来一边吃一边玩她的游戏。

电话响起来的时候，阿蛮看着手机发了一下呆。

孙小田。

那个一个月前出现在孙强养猪场外面的小女孩，很凶，拔掉她一撮头发，是让她现在像凶神恶煞一样顶着板寸四处吓人的罪魁祸首——她那天剃多了，为了左右平衡，还是很干脆地剃成了板寸，为了不吓人，又开始戴帽兜。

最近的密林求生让她几乎快忘记这个小女孩了。

"喂。"她对着简南扬了扬手机，给他看了一眼来电显示，就接通了电话。简南擦药的手停了，普鲁斯鳄很坏心眼地在他膝盖上抹了一坨凡士林。

"你……"孙小田那边特别安静，一如既往的没礼貌，色厉内荏的，"会帮我吗？"

阿蛮挑挑眉："说来听听。"

一个小女孩，隔了一个月之后打电话给她这个完全陌生的人，求的，肯定是大事。

"你能借我钱吗？"孙小田犹豫了半天，开口说了第一句话，然后就开始急急忙忙，"我会还的，我家里还有养猪场，现在镇上已经慢慢解禁了，养猪场重新进新猪苗后面就能有钱。"

"猪很好卖的，我们家的养猪场以前卖的都是优质猪肉。"

"我会给你写欠条的。"

噼里啪啦的。

阿蛮安静地等她说完，问："你今年多大？"

"……十二。"孙小田声音迅速地小了。

"十二岁的欠条，能有法律效应吗？"阿蛮问她。

孙小田深深地吸了一口气。

"你如果挂断了,接下来应该就不可能会有人帮你了。"阿蛮像是知道她要做什么,又补充了一句。

"你……要借就借,不借就不要废话!"孙小田咬着牙。

"说说吧。"阿蛮找了个沙发坐好,跷着二郎腿,"你借钱的原因,打算把这钱用在哪里,怎么用,怎么赚,多久还。"

"成年人的世界就是这样的,你要我投资,就得告诉我你值不值得被投资。"她说得很公平,语气很平等。

一旁偷听的两个男人都张着嘴。

干吗?阿蛮用口语问简南。

你好看!简南用口语回答她。

普鲁斯鳄:"……"

无声的:我要是有女朋友了,我就把你们绑起来放在旁边看我们洞房!!!

孙小田从来没有和大人用这样平等的方式聊过天,在电话里慌乱了很久,才结结巴巴地把事情说出了大概。

孙强的养猪场是孙家祖孙三代唯一的收入来源,之前孙小田妈妈赌博把整个养猪场都输了出去,孙强花了三四年的时间才还清债务,这几年家里经济条件终于好了一点。

去年年初,孙强用这几年的积蓄在市里按揭买了套房,想让孙小田的奶奶以后年纪大了能住到城里面,靠近医院,买东西什么的也方便。

本来一家三口的日子已经在慢慢变好,孙强为了提前还掉房贷,今年还贷款把养猪场扩大了三分之一。出事前一周送孙小田去学校的时候,孙强还答应她等这批猪出栏之后送她一台新手机。

然后,就出了事。

养猪场被封了,养猪场里的两百多头猪全被灭杀,孙小田的奶奶病倒了,市里的房子还有房贷要供,养猪场还有二十万的农业贷款要还,本来刚刚起步的孙家一下子又跌回谷底。

所以,孙小田想找人借钱。可电话打了一大圈,没有人愿意理她,于是她就想起了一个月前在养猪场门口碰到的怪人,一直笑眯眯的硬要她留电话的那个姐姐。

她提的不是小数目,三十万,还掉养猪场的贷款,还有半年的房贷,剩下的钱她说要等养猪场能开了之后进猪苗。

她说她可以分期还款,等猪出栏的时候,每个月还她一点,五年内还清。

第29章 ◆ 走出希望

"我知道怎么养猪,我奶奶也知道,而且养猪场的叔叔们也答应会帮我。"

"可以写欠条,我让我奶奶签字,我奶奶是成年人。"孙小田最后急急忙忙地补充。

十二岁的小女孩,出事前只知道问爸爸要钱买手机的丫头,一个月时间,就已经知道了各种贷款的方式,知道怎么借钱,知道分期还款,知道怎么养猪。

"你不读书了?"阿蛮问她。

"在家里学也可以,我奶奶识字。"很显然这个问题已经有很多人问过了,孙小田回答的时候毫不犹豫。

阿蛮沉默。

孙小田那边呼吸声慢慢变重,有偷偷吸鼻子的声音。

"你为什么不回你妈妈家里?"阿蛮还是问了。问的时候站了起来,走到了宾馆外面的走廊上。

小女孩的秘密,她既然问了就有责任保守秘密。

"告诉你,你就借我钱吗?"孙小田遭受了太多次的拒绝,难得有一个肯听她说话的,哪怕踩到了她的痛处,她也没有马上亮出爪子。

"如果要借钱给你,我得知道你身边可能会有的风险。"

阿蛮没有正面回答。但是这句"如果要借钱给她"的假设,仍然让孙小田前所未有地看到了希望。

"我妈妈再婚了。"孙小田说完这句话停顿了很久,"家里厕所和浴室的门,是玻璃的。"

她妈妈从来没有觉得这样的设计有问题,她提过,她妈妈骂她小小年纪脑子都是歪的。

她十二岁了,不小了。

她已经能看懂某些成年男人的眼神,她已经能本能地感知到危险。

阿蛮安静了片刻。

"你把你家的地址发给我,这周六下午我去你家找你。"她做了决定。

"你会借我钱吗?"

十二岁的孩子,还不太会掩饰情绪,尾音终于带上了哭音。

"我不可能让你一个小女孩拿着三十万去开养猪场的。"阿蛮笑,"但是我有更好的办法,你可以继续上学,养猪场也能继续开。"

孙小田愣住。

"地址发给我。"阿蛮说完就挂了电话。

推开房门，屋子里两个男人都已经擦好了药，普鲁斯鳄拿出了他的"本体"笔记本，简南拿着她的相机在整理照片。

和过去的每一天一样。

"有没有兴趣开养猪场？"

她进门的第一句话。

坐在沙发上的两个人都抬头，一脸迷茫。

让孙小田一个十二岁的小女孩拿着那么多钱，那是在害她，而不是帮她。所以阿蛮的想法很简单，他们帮孙小田把养猪场继续开下去，利润按照谈好的比例分配，让孙小田安心读书，等孙小田成年以后再把养猪场还给她。

有成年人帮忙看着，总比孙小田祖孙两个要好得多。

"算投资吗？"普鲁斯鳄反应很快。

"其实可以拿来做养殖试验基地。"简南想到了另外一个可能。

"如果宁镇作为我现在这个系统的第一个试点。"普鲁斯鳄开始兴致勃勃，"把畜牧业养殖也算进监控数据的话，那就非常完善了。"

"边境的养殖数据确实可以反映很多东西。"简南赞成。

"这样还省了租赁养猪场的项目费用。"普鲁斯鳄作为一个资深的投资人，投入产出比算得很快。

"你老婆是天才啊。"他感叹了一句。

只是想开个养猪场的阿蛮："……"行吧，反正她目的达到了。

"你为什么只帮女孩子啊？"

这句话纯属没话找话。

他药擦完了，阿蛮电话打完了，按照正常逻辑，他应该回房间了。可是，这才晚上十点，连着睡了几天的野外帐篷，他已经不习惯一个人睡房间了，所以他随便找了个话题。

问完之后，他看到简南看了他一眼。

这大猪蹄子什么都知道，死没良心！看屁！

"苏珊娜教的。"阿蛮答得简单，回答完了，摸了摸手上的婚戒。

看久了还挺好看的。

那个黑体的"南"字和简南这人一样，愣头愣脑，横冲直撞。

所以她也养成了偶尔摸一摸戒指的习惯，想到过去的时候，或者想到不太开心的事情的时候。

"你该回去了。"简南伸腿，踹普鲁斯鳄的屁股。

第29章 走出希望

脚感不错,他踹了一脚,换了只脚又踹了一次。

普鲁斯鳄问了不该问的问题。阿蛮的过去对于简南来说,是会让他哭到需要挂水的存在。

普鲁斯鳄摸着屁股灰溜溜地走了,走的时候还很体贴地帮他们关好了门。

"其实不用这样……"阿蛮看着普鲁斯鳄一副做错事的老实样子,有些想笑,"这些东西也没什么不能说的。"

她不经常说,只是因为没什么说的机会。

简南是光明面的人,她过去的黑暗面和现在的生活几乎没有交集。

苏珊娜的过去极为黑暗,为了避免沉沦,她选择了帮助孤儿,除了领养她,她还用其他方式资助着很多孤儿院。

帮助别人得到的好处是双向的,被帮助的人能获得自己想要的东西,提供帮助的人也能因为对方的快乐而感受到满足。

苏珊娜料定她以后的日子也不会太光明,所以让她自己选择一个避免沉沦的方式。

她选择了未成年的女孩子。

因为力量不足,因为社会或者因为宗教,最容易被牺牲的人群。

"不要多,只专注一个方向。"苏珊娜是个很美丽的女人,但是对她很少有笑的时候,"记住,你帮人是为了自己,而不是为了世界和平。"

世界上的不公有很多,一个人只有短短几十年,就算把所有的能量都释放了,也很难帮助所有人。

所以只专注一个方向,只帮一类人。

量力而为。

"我从苏珊娜那里学到的都是有用的东西。"

所以真的没什么不能说的。这个人生经历比一般人丰富无数倍的女人,教给阿蛮的是她毕生的经验。

大部分有用,小部分保命。

"你想见她吗?"简南问。

阿蛮对苏珊娜有类似于孺慕的情绪,偶尔也能看出她会想苏珊娜。她会把苏珊娜送给她的那些棉被用真空袋子珍藏起来,这是她唯一一个主动要求真空的东西。

"不想。"阿蛮摇头,"但是如果我们满世界跑的时候能遇到,那也不错。"

简南笑。

阿蛮有阿蛮的哲学和浪漫。

她从不强求。

遇到了她能帮忙的事，她会插一手，但是如果对方没有求助，她也不会硬凑上去；离开一个地方，离开一个人，她也会想念，但是除非偶遇，否则，她很少会特意为了重逢去做点什么事。

亲生父母或许就在眼前，她也没有心心念念地要去找，她把那张纸放起来之后就再也没有拿出来过，只是偶尔和跟她父母年纪差不多的中年人擦肩而过的时候，她会回头看看。

仅止于回头看看。

她并不想认回他们，她宁可她的亲生父母只是平日里擦肩而过的陌生人。

她和这个世界也一直留有距离，可能因为站得远了，反而更让人心动。

藏在边境深处的果蝠洞穴其实是已经废弃的防空洞，年代久远，里面的积水有半人高，积水里面有各种生物腐烂的味道，水面青绿色，阴凉入骨。

为了坚持无侵害取样，科学家们通常会在傍晚时分行动，全副武装，用网兜住防空洞洞口来捕捉果蝠。

果蝠牙利，哪怕戴着厚手套也有被咬伤的风险，所以几乎所有科学家都提前注射了各种疫苗。

就算这样，被新型的未知的烈性病毒传染的风险也仍然存在。

这一群读了很多年书的书呆子，在人类几乎不会涉足的地方，拿命换取病毒株。只为了分析出它们的基因序列，只为了减少传染病数量，开发出疫苗或者研究出消灭病毒的方式。

更深入一点，更了解一点，就能在源头上减少孙强这样的悲剧发生。

可这并不是尽头。

从防空洞里的果蝠样本中分离出了尼帕病毒，证实了椰枣园的部分果实已经被果蝠污染，也证实了孙强是误食了被污染的椰枣汁后感染的尼帕病毒，这个案子的病毒证据链终于有了闭环。

但是防空洞内的果蝠巢穴很新，果蝠数量不多，洞内累积的粪便层不厚。所有的这些迹象都表明，这个防空洞只是果蝠迁徙的一个栖息点，果蝠真正的栖息地还没有找到，这些喜欢远离人群的果蝠为什么选择迁徙到人类活动频繁的地区边缘的原因也还没有找到，简南的病毒溯源研究工作，才刚刚开始。

参与调查的环境学家有一部分留下来，负责用生态的方式人为隔离出果蝠和人类的安全地带，阻断这些带着病毒的果蝠再次进入人类活动区域的可能。

负责调查尼帕病毒性脑炎的专家陆续撤离，他们把果蝠样本储存在-80℃的冷冻箱里带回实验室，等待他们的可能是漫长的几年甚至十几年的病毒株分析工作。

留在原地的简南小组重新整理了背包，带着防身用的武器，转身进入了密林更深处，那些阳光都无法照射到的地方。

整整二十天。

通过果蝠的飞行痕迹和留下的植物种子，终于发现了它们的迁徙方向，找到了这群带着病毒迁徙到人类活动区域的果蝠的老巢。

"需要塞恩来一趟了。"就算涂满了防晒霜也已经被晒脱了好几层皮的简南放下了身上的设备，深深地叹了一口气。

几百亩地的密林，因为乱砍滥伐造成了泥石流，因为天灾造成的山火，地上布满了动物残骸。

微生物，病毒，以及蔓延开来的污染。

世界末日。

不是世界末日公司承接的最主要的工作。

不是世界末日公司从默默无闻到声名鹊起一共用了三年，从四个古里古怪的创始人开始，到现在已经一共收罗了世界各地将近一百位古怪专家，精通各个领域，主要的工作就是尽力修补这个地球已经千疮百孔的生态屏障。

公司成立三周年，矫情的塞恩在宁镇附近租了一个度假村，给在世界各地忙碌的公司成员发了一张邀请函。

因为宁镇地理位置偏僻，他找的这个度假村更是九转十八弯，精致的邀请函里面一大半内容都是各种地图。脾气好一点的专家还能维持礼貌想个理由拒绝，脾气古怪一点的直接就拉黑了他。

三周年庆，来参加的只有他们四个仍然留在宁镇做系统的创始人。

"三点钟和所有人有个视频会议，四点钟会有全球记者会。"活到现在终于做出一件大事的"富N代"塞恩强迫其他三个人穿上了正装。

盛夏季节，正午时分，除了他，剩下的三个人表情都不怎么好。

尤其是阿蛮，她被神经病塞恩安排了一条晚礼服，款式很简洁，黑色露肩及地长裙，裙摆有碎钻，必须得配高跟鞋的那种。

她并不排斥穿漂亮衣服，偶尔变装挺有意思，穿高跟鞋走路也是她曾经的训练项目之一,站了一天,她也不觉得累。

让她感到痛苦的是旁边简南的碎碎念。

"你明明告诉我你肩膀上的伤好了。"简南一直皱着眉,贴着阿蛮咬耳朵。

他有一个月没见到老婆了。

上个月公司有个专家小组在战区被困,阿蛮带着另外两个后来加入公司的退役特种兵进了战区。

消失了十天,把那队专家完好无损地带出了武装区域。

专家小组完好无损,但是进去营救他们的小分队每个人身上都挂了彩。阿蛮肩膀中了一枪,所幸穿着防弹衣,而且子弹只是堪堪挨着肩膀划了过去,肩膀后侧和手臂连接处被子弹灼伤,长长一条。

因为这个伤口,阿蛮在墨西哥躲了两个礼拜,等伤口基本好了才敢回来,一回来就赶上了塞恩的三周年庆典,本来想找借口藏着的伤口因为这件该死的晚礼服一览无余。

她骗简南只是擦伤。

可是简南这人对伤口的了解堪比法医,只一眼就看出她的伤口是子弹灼伤造成的。

于是她躲了两个礼拜企图躲过去的唠叨被开启,从早上十点她穿上晚礼服开始,一直到十二点,连续两个小时没停过。

"你不能吃煎炸的东西。"塞恩的周年宴一直都是自助餐形式,简南跟在她后面盯着她的盘子,"喝点鸡汤吧,再加点水果。"

阿蛮默默地放下了夹子上的炸鸡。

"辣的也不行。"简南继续。

阿蛮丢掉手里的勺子,转身。

一个月没见到他了。

她这次出任务是自己找的塞恩,简南没拦着,只是没日没夜地把接下来十天的工作都做完了,收拾行李的时候收拾了两个行李箱。

他想跟着一起去。

可战乱的地方,她不可能让他跟着。

她拒绝了,他也没有再说什么,只是安静地把她送上了飞机。行李箱里被他塞了一堆药和其他奇奇怪怪的东西,他都打印了使用说明,小小的一个行李箱,塞满了各种小纸条,像锦囊一样,不管她遭遇了什么,总能在行李箱里找到对应情况需要用到的东西。

第29章 ◆ 走出希望

他收拾了两个行李箱，却在一开始就知道，她不会让他跟着。

这已经是第三次了。

她这三年里，每年都会接一次类似的工作。她骨子里有一些暗黑的和现代社会格格不入的东西，定期出现在地球上某些不需要规则的角落里，会让她心里的不安定感得到微妙的平衡。

前面两次都成功了，但是第三次，她失败了。

受伤的那一瞬间，在战火硝烟的战场，她脑海闪现了简南的样子。

他在曼村以为她掉进鱼塘时的样子。

疯子一样往前冲，无数次摔倒了爬起来，在人群中，眼神完全失焦。

她的自信来源于自己多年来受到的非人教育，她之所以开始质疑自己的自信是不是太过盲目，是因为简南的眼神。

消失十天，在墨西哥跟他支支吾吾了两个礼拜，下了飞机在机场看到他。人群里面，他个子最高，长期野外勘察让他变黑了很多，黑漆漆的眼睛就那么盯着她。

她莫名其妙地心痛了一下。

就像现在，她转身，他还是那样的表情，皱着眉，抿着嘴，穿着西装系着领带，手里端着他接下来要逼着她喝的鸡肉粥。

和那个装满了各种小纸条的行李箱一样。

"最后一次了。"阿蛮看着他，承诺，"以后不会再有了。"

她不会再去那么危险的地方了，在那样的地方她已经找不到平衡，她会分心，会想到他，所以，她不会再冒险了。

简南没动。

"不好看吗？"阿蛮歪着头问他。

她觉得塞恩的眼光挺好的，这条裙子居然和她的板寸挺配，裁剪也很高级，她的身材都被衬得凹凸有致。

只是肩膀那条新的疤痕有点破坏意境。

"不想我吗？"她继续问他。

下了飞机就直奔度假村，在车上的时候，她趴在他怀里睡着了，也没来得及说什么。

然后就被他看到了伤口。

小别胜新婚的惊喜被磨得一点都没了。

简南放下了手里一直端着的鸡肉粥，抱住她，叹了口气。

"不去了吗？"他问得并不确定。

他知道阿蛮去那些地方的原因，他始终记得阿蛮最初的样子，那个黑色的背包上跳跃的红色平安锦囊。

她一直是个矛盾的人。

她偶尔也需要经历矛盾，让自己恢复平衡。

"不去了。"阿蛮的回答很肯定。她从来都不是犹豫不绝的人，决定了就是决定了。

"为什么？"他很少会问她这三个字。

"会想你。"阿蛮实话实说，"平时不会，受伤的时候会。"

她以前认为恋爱和婚姻都是独立的个体的，她和简南互相成就，所以她从来不干涉简南的未来规划，她自己关于未来的决定，她也很少会拿出来和简南沟通。

知道对方会为了自己放弃一些东西，所以他们都不想给彼此压力。

但是结婚三年后，个体的概念变得混淆，牺牲的概念也变得有些不一样。

"我们就这样一路黏到底吧。"阿蛮宣布，"如果腻了，再坐下来一起想办法解决。"

她已经习惯了每次单独出任务的时候行李箱里的纸条，她对他已经有了依赖，所以，就随心吧。

像过去的每一次一样。

"我以为我还要再等两年。"简南终于呼出了一口气。

他仍然很迅速就懂了。一个月提起的心，终于有了安放的地方。

"你的魅力比你想的还要大。"阿蛮拍拍他的屁股。

"还有。"她用手把两人的距离撑开了一点点，"别练肌肉了。"

简南："……？"

"你现在有点肌肉了，但走路还是四肢不协调，看起来比以前还要怪。"阿蛮皱着眉头。

神经上的问题，肌肉练多了也没用。

简南挪了挪："……这不是练的。"

他确实觉得自己最近背厚了，手臂也粗了。

阿蛮眯着眼。

"那两个人自从你走了以后就不搬东西。"简南告状。所以都是他在搬。中间换了两次营地，都是他在和民兵一起搬东西。

第29章 ◆ 走出希望

他本来也不用搬的,但是他最近因为阿蛮心不在焉,很容易被人忽悠,他们两个连续忽悠了他好几次。

"而且塞恩今天给我的衬衫还小了一号。"他皱着眉松领带,嘴里开始嘀咕不停。

"你这条裙子也太紧身了。"

"你明明是枪伤,谁给你做的治疗?公司里那个医生不行,嘴巴太坏了,感冒他都能给你说成绝症。"

"会痛吗?"

"这两天你不许背之前那个双肩包了。"

话特别特别多,却绝口不提她为了不让他知道受伤的事情在墨西哥多待了两周的事。

一如既往,他舍不得说她。

阿蛮手里拿着自助餐的大盘子,简南说一句她就往他嘴里塞点吃的,笑眯眯的,不亦乐乎。

旁边两个十分无聊的单身汉就这样插着手看着。

"一会儿记者会让他主讲吧。"本来抽签决定的事,普鲁斯鳄决定暗箱操作。

他怕他今天会出镜,还特意带了头套。

黑西装配上鳄鱼头套,晃脑袋的时候会有汗滴下来。

他觉得很帅。

"公司周年庆的演讲也让他来吧。"塞恩也开始暗箱操作。

"为什么他能有女朋友?"这个问题他已经问了三年。

"我也请了好多次私人保镖,还特意找过女孩子。"塞恩十分难受,"没人理我,女的不理我,男的也不理我。"

普鲁斯鳄:"……"

他不敢说他最近都已经被逼到开始上相亲APP搞配对了。

恋爱不难。但是找到像简南和阿蛮这样的,太难了。可是他们看过了范例,又不愿意将就着委屈自己。

所以一切都是这两人害的。

"我就点了四个大龙虾!"塞恩在阿蛮吃掉第三个龙虾的时候终于忍不住冲了过去。

吵吵闹闹的,和刚开始见到的那个半裸的满脸绝望的年轻人完全不同。

或许,真的会有那么一天,他们修补的速度赶不上世界毁灭的速度。

但是，总要试试的。

万一呢。

那天的周年庆上，简南面对记者的问答被很多主流媒体刊登在了特别醒目的位置。

视频里的年轻人五官长得很端正，穿着西装，却被抓歪了领带，他看着镜头，眼瞳黑漆漆的。

他说，他们这群人都是怪人，曾经都被排挤，他们这群人对"成功""成就"的定义，也和普通人不同。

"我们是人类社会里被遗漏的少数无社会性的个体，但是我们更全能，我们可以帮助人类社会更好地躲过第六次大灭绝时期。"

疯子一样的坚定。

疯子一样的眼神。

还有更像疯子的话。

他居然还在最后加了一个公司的招聘邮箱和广告："工资很高，福利很好，只要你有能力被排挤，并且不怕死，都可以来试试。"

塞恩捂着脸。

普鲁斯鳄憋着笑。

阿蛮在远处穿着长长的晚礼服冲他比了个大拇指。

最疯狂的周年庆记者招待会，来自不是世界末日公司，来自疯狂的年轻人。

无所畏惧。

所以，跌跌撞撞的，终将走得更远，走出新的可能。

走出希望。

番外1
普鲁斯鳄的爱情

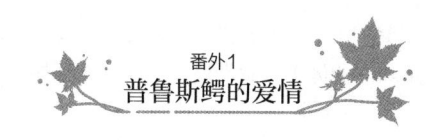

。 一 。

况今昔又看了一眼手表。

"第八次了吧。"在一旁整理资料的助理甲悄悄用手肘捅助理乙。

助理乙的年纪大一点,推推眼镜,幅度很小地点点头。

频繁看手表,是况主任不耐烦的表现之一;拿出那箱重得可以随时砸死人的模型工具包,是况主任不耐烦的表现之二;还有她用黑色发簪盘起来的一丝不苟的头发,是况主任不耐烦的表现之三。

种种迹象都表明,况主任今天要等的那个人,她并不欢迎。

屋外还是大雨倾盆,遗址挖掘工作因为暴雨的原因暂停,心情本来就有些暴躁的况今昔正在用镊子把一块块只有几毫米大小的木质瓦片贴在十几厘米的模型上面。听到院子里汽车的刹车声,她摘下眼镜,放下镊子。

来了。

陆老的小儿子,名义上是过来帮她做这次遗址复原的建模,实际上是陆老托人送过来改造加看守的。

快三十岁的男人,被爸爸绑着骗着送到这里来。

现实版《变形记》。

原因是他一个敲代码写程序的死宅不知道为什么这几年居然连过年都不回家,陆老给他安排了研究院的职位,去年也因为出勤率不足被辞退了,家里人一年三百六十五天有三百天打他电话都是无人接听。

陆老这个小儿子是老来得子,听说小时候病过一阵子,所以家里人宠他宠得不得了。

本来学计算机专业挺好的,不用出远门,对于陆老这种几个孩子都散落天涯海角的家庭来说,也算是一种慰藉。

谁知道乖巧了二十几年，二十五岁之后就突然放飞自我了。

这次陆家还是用陆老的健康当做借口，一回来立刻把他原样打包塞进车子直接带到了她这里。

"让他在你这里做一两年，也总比他这几年无所事事四处闲晃的好。你这里交通不方便，没网络，给他翅膀他也飞不出去。而且好歹近，我们看得见。"陆老在电话里用托孤的语气，完全没意识到他这个三十岁的小儿子其实比她还大两岁。

"我这几年身体状况确实差了不少，总不能真到时候了，连个儿子都不在身边。"这句话是况今昔答应这件事的主要原因。

陆老算是况今昔的恩人，认识那么久只求了她这么一件事，所以这忙她得帮。她答应之后，就给这个陆为打上了"一把年纪四处晃荡不务正业"的标签。建模这种事，他要是做不好，她就私下里帮他做了吧。

况今昔打开门。

门外，稳重的黑色轿车外面站了一只……鳄鱼。

花里胡哨的衬衫，上面印着五颜六色的鳄鱼；裤子是暗绿色的，仔细看也有类似鳄鱼的花纹；一双人字拖，"人"字上面卡了两个鳄鱼头。

这还不是最不正常的。最不正常的是这个人的脑袋，他脑袋上套了个高度超过五十厘米的鳄鱼头套，一双眼睛透过鳄鱼头套张开的血盆大口盯着她。

闪电过后就是一声炸雷。

在墓地里开棺都没有怵过的况今昔愣是被这颗暴雨里的褐色鳄鱼头惊得往后退了一步，头上黑漆漆的发簪晃了晃，散下几缕头发。

◦ 二 ◦

陆为很气。

他这次被逮回家是被他爸爸和简南合伙骗回来的——简南这个人居然宁可忍到去厕所狂吐，也要逼着他上飞机。

虽然他这个电灯泡做了五年确实有点过分，但是，五年啊，难道不能处出一点点情谊吗？！而且等他走了以后还直接切断了网络。

连塞恩都被阿蛮拎着塞上飞机回墨西哥了。本来能凑齐一桌麻将的，现在被他们俩弄得分崩离析，他们夫妻俩是打算在那个地方做野人夫妻吗！五年来朝夕相处没脸没皮丧心病狂天天塞狗粮，难道还不能满足他们吗？

而且！这里又是什么地方？！

老头子把他连人带行李都塞上车，他以为老头子是打算把他送到研究院的，毕竟那地方已经给他发了三次缺勤警告，他已经拉黑了对方的邮箱。

这样的抓捕对他来说不是第一次，熟门熟路的，反正到了地方他照样能跑。所以他安心地吃了一颗晕车药，戴上头套晕乎乎地睡到现在，一出车门，整个人都蒙了。

这是哪儿？面朝黄土背朝天的。

从那个破屋子里走出来的人又是谁？穿着灰扑扑的工作服，盘着头，一脸班主任的样子。

一道闪电打下来，她似乎受到了惊吓，往后退了一步。发簪蹭到门框，晃了晃，盘得一丝不苟的头发散落了几缕。

有点好看。陆为被惊雷炸出一句。于是也惊恐地往后退了一步，头上的鳄鱼头套上下抖了好几下。

"陆……先生？"况今昔问得并不是十分确定。

听说他三十岁了呢。三十岁的……鳄鱼？

陆为伸出手，扶正自己的鳄鱼头。他摸到鳄鱼头就知道对面这人为什么会往后退一步了——他嫌弃车上睡觉脖子痛，戴鳄鱼头是为了当颈枕用的，没想到下车忘记脱了。

现在脱吗？

陆为内心开始翻涌。

他在宁镇这五年很少剃头，每次剃头都是偷阿蛮的剃头刀一下子剃光，现在属于半长不短可以扎个小揪揪的状态。

现在脱下鳄鱼头，他的头发会因为汗渍贴在头皮上，那样非常非常非常丑。

可不脱鳄鱼头，他现在站的这个小雨棚根本遮不住他突出来的鳄鱼嘴巴。他最热爱的，普鲁斯鳄的嘴巴。

于是他冲着况今昔比了个手势："你能不能转过去？我需要把头脱下来。"

很好！很镇定，很自然。陆为自我安慰。

然后他捂住鳄鱼嘴，看着那个女人盯着他看了好一会儿才转身，转身的时候发簪又碰到了门框，掉了下来，当着他的面，黑色的长发就这样倾泻而下。

非常恶俗的洗发水广告的情节。

陆为完全没料到这么恶俗的画面居然让他暂时忘记捂住鳄鱼嘴，选择了捂住自己的眼。

非礼勿视。他心里默念。

要命了,这到底是什么鬼地方?!

◦ 三 ◦

"这里……什么?"陆为知道他现在非常蠢,头发贴着头皮,穿着本来打算下飞机就把他家老头气活过来的恶搞装,手里抱着已经湿掉一半的鳄鱼头,张着嘴,鼻子上面还有一块脏东西——刚才进门的时候没看到门槛摔的。

反正已经这样了,他决定放弃挽尊。

"这里是鲁北地区大汶口文化遗址的发掘地。"况今昔在对方一系列非常规操作下反而镇定了,伸出了右手,"我是6号遗址坑的负责人况今昔。"

"我……"陆为伸着手,一时半会儿也不知道该指哪里,"你……"

遗址发掘地?!这跟他有什么关系?!这个穿得灰扑扑的女人近看似乎比他还年轻,而且她头发不打算重新盘起来了吗?这样有点好看啊……

陆为咳嗽一声,拿出手机。

"这里没信号。"况今昔觉得她这句话说出来太风凉了,风凉得她本来有点郁闷的心情都开始变好。

她平时不是那么爱捉弄人的脾气,一定是因为这人穿得太花哨了。

"平时需要联系外面,可以打办公室的座机。"况今昔指了指外面的小房子,"你可以睡在那里,和我两个助理挤一挤。"

"建模用的电脑和相机我都准备好了,听陆老说,你计算机还算厉害?"况今昔用的是疑问句。陆老在电话里说得不怎么详细,她对别人家的家事也没那么好奇。

还在震惊自己一觉睡醒居然跑到墓堆里的陆为还没完全消化掉自己的情绪,对况今昔那句疑问句的反应只是一脸呆滞。

况今昔:"……不会建模也没关系,你可以帮忙拍拍照。"反正她一开始也没指望他能做什么。他在这里的薪水也是陆老自己掏的腰包,工资不多,一个月给他一千五。

陆为抱着鳄鱼头,满脸茫然。

"网络呢?"他问得跟行尸走肉一样。

"也没有。"况今昔继续摇头,"关于遗址的所有资料都会存到硬盘里,每个月固定运出去。"

"固定电话在哪儿?"陆为已经不觉得况今昔披着头发好看了,再好看也是古墓派……

况今昔指了指自己办公桌上的绿色座机。

"我总觉得他好眼熟……"助理甲又开始用手肘捅助理乙咬耳朵。

"前两年去陆老家的时候见过吧。"助理乙惯常泼冷水。

"不是……"助理甲皱着眉拼命回忆,"是他那个鳄鱼头。"

"那好像是普鲁斯鳄鱼的头。"助理乙对史前动物有点研究,"做得还挺考究的。"

牙齿数量和比例都是对的,眼睛颜色和鳞片做得也很逼真,应该是定做的。

真是个怪人。

"啊!!"助理甲大叫了一声。

办公室里除了专心拨号但对面永远无人接听的陆为,其他人都吓了一跳。

"他他他……"助理甲想起来了。

陆老的儿子是普鲁斯鳄吗?!传说中的红客大佬,没有他黑不进去的系统!这几年销声匿迹了,有传说是隐退了,也有传说是进了那个神奇的不是世界末日公司。

他他他他他来给他们做建模吗?太罪过了啊……

。四。

陆为被抛弃了。

宁镇的地球模拟系统的数据库已经初具规模,被泥石流和山火毁掉的那一大片林地,经过连续五年的治理,也已经和血湖一样开始进入良性生态循环。

地球上又一个小伤口被妥善包扎,而他却在干完活之后被人抛弃了。

塞恩说修复遗址是他的下一个工作。

他爸爸说他今年七十了,身为儿子的陆为应该"父母在,不远行"。

简南和阿銮在电话那头笑得像两个反派。

他就是被抛弃了。

陆为蹲在电脑面前用下巴打字,闭着眼睛建模。

他身边蹲着小迷弟，虽然他也不懂为什么古墓派的人会知道普鲁斯鳄，还看过他跟电竞选手单挑并且输掉的视频。

他闲出屁了！这台建模的电脑连系统自带的小游戏都删掉了！气得他连夜编了个扫雷！

"这真的是您昨天晚上做的吗？"助理甲双手捧腮，一脸崇拜。

可惜不能上网，不然他一定要在自己班级群里直播普鲁斯鳄大神用下巴打字的样子。

他长得居然挺帅的！扫雷的时候所向披靡，唰啦啦地一扫完就会有鳄鱼满屏跑。好酷！

"你们那个况主任，怎么会认识我爸的？"陆为等况今昔出了办公室才问。

"陆老之前给况主任的考古项目捐了好多钱。"助理甲有问必答。

又是铜臭味！陆为撇嘴，继续用下巴敲键盘。

"况主任人很好的。"助理甲误会了陆为撇嘴的意思，"对我们都挺好。"

"考古很不容易。"助理甲也是个话痨，"常年待在这种没网没信号的地方，苦和累就不说了，住的永远是这种临时搭起来的板房，一下雨就噼里啪啦的，晚上都睡不好。"

这话陆为有共鸣，下巴抬起来一点点，改成用手敲键盘。

"我们这个队有很多像我这样还在读研的学生，也没什么自理能力，况主任有空的时候都会做菜给我们吃。"助理甲咂咂嘴，"况主任做菜味道贼好。"

"她几岁了？"陆为冷不丁来了一句。

一直穿得灰扑扑的，梳着发髻，助理们一口一个"主任"，平时看到他也不苟言笑。明明那天头发散乱下来的样子看起来也不大。

"二十八，比你小两岁。"门口的况今昔听了半天了，走进屋敲敲嘴碎的助理甲的头，"吃饭去！"

她做了几个菜，还偷偷跑到隔壁蹭了个网，搜索了陆为这个人。

陆老这次真的离谱了。

不是世界末日公司的创始人，被他说成了"游手好闲的二混子"。

目前世界排名前三的黑客，被他说成了"计算机还可以"。

就这么一个月一千五丢到她这里让她给他安排两年的活儿……一个计算机专家跑到考古现场里能做什么？造个机器人出来搬砖吗？

"前几年上线的那个防自杀的网络报警系统，是不是你主导的？"吃完饭，况今昔破天荒地给陆为倒了一杯茶。

番外 1 ◆ 普鲁斯鳄的爱情

晚饭被况今昔的厨艺惊艳到的陆为打了一个饱嗝，点点头。

他稍微有些不自在。

办公室里就剩下他们两个人，况今昔的存在感就变得很强。他本质上，还是不太习惯和陌生人独处。

"谢谢。"况今昔以茶代酒，举了举杯，却没提为了什么谢他。

陆为一愣，跟着举了下杯子。会为了防自杀报警系统和他说"谢谢"的，通常都有不能问的理由。

"我欠陆老一个人情，所以他把你塞进来的时候，我也没有详细问过就同意了。"

陆为在这里第二天，况今昔查完了前因后果，终于可以和他开诚布公了。

"你的资历确实不需要窝在这种地方建模。"况今昔笑了笑。

她笑起来居然有梨涡，很深很小的一个，藏在嘴角。

"我之前说的没网络都是陆老安排的，往前两百米的五号坑那里有临时搭建的基站，那里有信号，也有网络。"

陆为没吭声。他早上就发现了，只是一直没说。

"你要走也随时可以走，只是陆老这两年的身体确实没有以前硬朗了，我觉得你如果没有其他的事，在这里待一个月平平他的怒气也是可以的。"

况今昔这个二十八岁的女孩子，说话的语气真的特别像妈妈……温温柔柔的，不紧不慢。

陆为不自觉地喝了一口茶，他平时基本不喝茶，还经常嘲笑爱喝茶的阿蛮。

况今昔说完这些，就不再说话了。她手边放着茶杯，在看陆为白天用下巴敲出来的建模雏形。

"这个地方应该是六十度角。"她把电脑屏幕转了个角度，让他们两个人都看得到，"照片上面看起来磨平了很多，但是根据地面沉降和残留的器皿摆放来看，这里的角度应该是这样的。"

况今昔拿着笔，在白纸上画了一个墙角的样子。

她手指特别特别白皙纤长。

"还有这个地方……"她白皙纤长的手指指着屏幕里另一个建模出来的坑洞，"这里应该有屋檐。"

"类似这样的……"她又低着头开始画。

她今天的发簪是碧玉色的，仍然一丝不苟，但是发簪上面有个很小很小的玉叶子，会随着她的动作晃动，有时候会夹在浓黑的头发里，和她的梨涡一样。

239

陆为又一次有了想捂住眼睛的冲动。口干舌燥的。非礼勿视。

"稍微改动一下，雏形应该就出来了。"况今昔无知无觉，长舒了一口气。

专家确实是专家。他不戴着鳄鱼头的时候，真的挺顺眼的。

"要不我帮你跟陆老说说，你把这个雏形做完就可以走了。"她估摸着一周时间足够了。

这个人的自杀预警系统救了她患有抑郁症的妹妹。

这个人目前做的雏形，是她见过最精密的建模，后面的扩展性也非常好。

把他留下，太自私了。

这个地方，他这样五颜六色的人，会觉得很无聊的。

"那个……"陆为挠挠头。

"我这两年其实都没有事做。"

塞恩说的。

模拟地球按照他的算法自运行加调试还得两年以上，而且这件事他在这里做也可以。

"换换脑子帮你们做建模也挺好的。"他家老头子今年也七十岁了。

况今昔的菜做得很好吃。

况今昔的头发像洗发水广告里的一样。

况今昔有梨涡。

"我留下。"陆为宣布。

反正其他人都不要他。

况今昔很欣赏他，他用下巴敲出来的雏形，她连着看了半个小时，眼睛里都是光。

"你的那个……"他伸手指了指自己刚才的非礼勿视，"发簪上的叶子卡在头发里了。"

"还有这个……"他又指了指她办公桌上的笔，"黑色的在红色的前面。"

既然留下了，他就可以强迫症了。

"黑色的笔比红色的笔粗，应该放在左边，再后面是蓝色。"他站起身把笔排好。

"鼠标上面的标签没撕干净。"他又走回来，拿起况今昔手上的鼠标，用指甲开始抠。

拿的时候碰到了况今昔的手，所以抠标签的时候，手都是抖的。

他宣布留下之后，花了半个小时整理办公室里他看了一天就难受了一天的东西，然后心满意足地坐下，喝了一口况今昔刚刚给他重新换上的热茶。

况今昔笑了。梨涡若隐若现，刚才整理好的发簪，叶子摇摇晃晃。

陆为藏起了还在抖的手，也笑了。

。 五 。

"我们现在所在的六号遗址坑是整个遗址发掘地最大也是最完整的一个坑。"况今昔耳朵上别着耳麦，站在六号遗址坑的布线前，她的对面是电视台的摄像和记者。

她还是那身打扮，灰色的工作服，黑色的裤子，最大众款的徒步鞋，发髻一丝不苟，用褐色的发簪固定，发簪上面一点装饰都没有。

陆为远远地看着。

在电视台的人来之前，领导找过况今昔，说她的形象好，适合上电视，还找了两个小姑娘过来帮她化妆打扮。

况今昔进屋才十分钟就出来了，出来就是现在这个样子。

脸上应该有点淡妆，花十分钟化的淡妆，直男是看不出来的，只觉得她看上去又比平时温婉了许多许多。

"目前已知六号坑洞里面有陶器四十九件，大房屋八间，每间房居住着三到四人的核心家庭，这些房子相连成排，构成一个房屋单元，是比较典型的大汶口文化晚期社会排布的样子。"况今昔指着外围保护土墙上贴的简易地图，"这个遗址从上世纪八十年代开始进行了十三次大规模的挖掘，这一次环壕内的房屋基址基本被完全揭露，是迄今为止唯一被完整揭露的大汶口文化晚期聚落，为我们分析大汶口文化晚期社会提供了珍贵标本。"

况今昔完全是在背稿子，语气没什么高低起伏。

所幸这样的新闻也不指望专家能说出多有新闻点的话，记者按照常规问了几句，最后结束的时候笑着问况今昔："我们观众以后应该可以在博物馆看到这个坑洞的全貌吧。"

礼貌性的结语问题。

"可以。"况今昔朝陆为那里看了一眼，"这一次的复原可以期待一下，应该会超出预期。"

旁边的领导多看了况今昔两眼。

这两句话是稿子里没有的。这丫头接受采访那么多次，第一次脱稿。

远处的陆为搓搓鼻子，低下头。

她在夸他。

除了吴医生，这几年几乎没有人夸他。简南比他聪明，他的集中力差简南几个等级，所以除了计算机，他在其他地方确实不如简南。

在计算机方面，他就是万事通，必须会的那种，不会反而奇怪。网友最多会说普鲁斯鳄很"叼"……可是那么粗鲁的话语，不能算夸。

他对这个建模甚至没有怎么用心，只是常规地做了一点，可能比普通人做的多了一点扩展性，但是这些都是本能，他本来就比普通人聪明得多。

结果况今昔在镜头前，那么期待地跟大家说"应该会超出预期"。

陆为的手指动了动。

应该会超出预期，各个方面的。

"把这个渲染改两个参数。"陆为拍拍助理甲的肩膀，指着显示器，前所未有的认真。

这种建模对他来说是十岁之前就会的东西，闭着眼睛都能做，但是他这次特别认真，连小数点都算得清清楚楚。

连不是他负责的其他坑洞的渲染，他都拿过来让助理一点点地调整到他满意的水平。

一个月一千五，他干的比平时塞恩给他年薪几十万美金的工作还要努力好多倍。

活儿简单，但是他把这么简单的活儿做得跟雕塑一样。

与他的努力相匹配的，是越来越美味的晚餐。

况今昔就像助理说的那样，非常会照顾人，虽说让他和助理挤一挤，但是也给他安排了一张折叠床，床上用品都是她帮他领的，担心有味道，她还在被子里塞了一点绿茶包。

"这里晚上很潮。"她还给他好几包除湿剂，叮嘱他放到他的行李箱里。

在野外当了五年"野人"的陆为躺在干燥的床上，乐得使劲颠了颠，折叠床嘎吱嘎吱的，像他最近一直非常快乐的心情。

他已经一个礼拜没有打电话骚扰简南了。

况今昔甚至还会在晚上睡觉前给他们这个屋送一碗热腾腾的鸡汤面，那是陆为一天下来最快乐的时候，因为那时候的况今昔会散着头发，穿着柔软的家居服，看起来就像普通的年轻女孩。

"谁能娶到况主任真是太有福气了。"助理甲嘴碎的毛病改不掉，最近他脖子后面长了几颗湿疹，况今昔在给他们送夜宵的时候特意给他带了药，他一边擦一边感叹。

真的，平时有个头痛脑热都不用表现出来，况今昔总是能知道。

都不知道她怎么知道的。

"况主任有个男朋友的。"助理乙吃饱喝足，摸摸肚子，拿出考试要用的书，翻了两页觉得还是闲聊比较好玩，"好像已经在老家订婚了。"

陆为床上的嘎吱声停了。

"真的假的？我来这里半年多了一次都没见过啊。"助理甲瞪大眼，"电话都没听到她打过。"

"况主任比较注重隐私。"来这里个把月的助理乙看到屋里两个人都盯着他，谈兴又浓了点，"我是听导师们聊天说的，应该是家里给介绍的，况主任回去相了一次亲就直接把日子定了。"

助理甲张着嘴。

陆为木着脸。

"她家里孩子挺多的，她自己有一个弟弟一个妹妹，其他还有好多表的堂的弟弟妹妹，她是最大的那个。"

所以特别会照顾人。

"她家里你是知道的，书香世家，大部分都是干这行的，还都爱做挖掘，所以结婚都不容易，到了适婚年龄没有一个人结婚。"助理乙继续巴拉巴拉，"况主任在他们这一代里是年纪最大的那个，所以被要求做个表率。"

"那她就做啦？"助理甲持续震惊脸。

"况主任可是出了名的孝女啊。"助理乙看了一眼陆为，"陆博士应该也知道的。"

陆为仍然木着脸，机械地应了一声："我？"

"你们两家不是世交吗？"助理乙奇怪，"要不然况主任之前的项目也不会找陆老投资了。"

要不然他也不会出现在这里了。

世交吗？

陆为脑子里飘过了无数问号。

既然是世交，为什么相亲轮不到他？？？

。六。

况今昔觉得，陆为应该就是个巨婴。

刚来的时候真的特别好，各种配合，建模也认真，跟他说话的时候他还会有点小羞涩。

只是一个星期，他就立刻变回原形了。

建模的电脑被他改成了游戏机，那天晚上写好的扫雷只是个开始，他后来又开发了吃豆豆、黄金矿工、超级马里奥等一系列把主角都换成鳄鱼的经典游戏，这几天甚至开始和她几个助理写游戏脚本准备开发个盗墓的游戏。

在考古现场玩盗墓的神经病。

让他做的工作倒是一直没有落下，活儿做得仍然完美，只是再也不像刚开始来的时候那么积极主动。

况今昔一开始就对他的出现没有太大期待，现在这样，她觉得也挺好。

就是，太皮了不好。

他太喜欢偷藏她的手机了，一天起码五次，每次都能藏到不同的地方。

本来每次用手机都得跑到隔壁坑洞的基站那边，现在多了个陆为，她又得在用手机前先到处找手机，嫌麻烦的况今昔索性把手机丢到了抽屉里，开始用办公室的固定电话。

今天的坑洞又挖出一间新的起居室，之前建模的部分地方需要改动，吃过晚饭，陆为蹲在办公室里加班。

向来最后一个才休息的况今昔搬出了她的模型工具包，十二厘米的微型盛唐宫殿，她刚刚贴完屋顶的瓦片，下一步是贴外面的植物。

几毫米的叶片，她戴着眼镜屏着呼吸用镊子一点点地粘到牙签一样的树枝上，明明办公室有两个人，可除了陆为敲击键盘的声音外，一点声音都没有。

陆为非常心不在焉，他早就修好了今天多出来的那块起居室，现在正躲在屏幕后面偷看况今昔。

他觉得自己像个变态。

可是况今昔抿着嘴贴模型的样子为什么能那么好看？

那么好看的人为什么会有男朋友？

那么好看的人跟他家里居然是世交为什么他什么都不知道？！

他到底为什么要用相亲APP，明明喜欢的人近在眼前！

陆为被口水呛住了，惊恐地捂住了嘴。

番外 1 ◆ 普鲁斯鳄的爱情

他……什么？

被陆为的呛咳声惊得手一抖，一片叶子也贴歪了的况今昔眉头动了动，抬头："要不要给你倒杯水？"

一如既往的体贴，只要忽略掉她直接丢到垃圾桶里的那棵树。

她贴了四个小时，只是贴歪了一片叶子。

陆为使劲摇头。他心里已经惊涛骇浪，却还是注意到了况今昔丢到垃圾桶里的那棵树。

不知道为什么，他居然觉得这个场景有点熟悉。

"我们是不是认识？"他问了出来。

太熟悉了，甚至感觉后背有点冷。

"不认识。"况今昔还是给他倒了一杯水，回答得很快。

陆为讪讪的，喝了一口水。奇怪，今天居然不是热茶，而是普通的矿泉水。"我听你助理说，我们两家是世交，所以我以为我们小时候见过面。"这句话说出来很怪，所以陆为补充了一句，"我不怎么管家里的事。"

他是家里最小的那个，就负责被宠着，人际交往、生意往来，他连碰都没碰一下。

况今昔看了他一眼，没接话。

她居然没有有问必答。

陆为捧着杯子。

"你……"他心跳得飞快，"很喜欢贴模型吗？"

闭嘴！他脑子里的鳄鱼张开了血盆大口：你这个蠢货！

况今昔这次连一眼都懒得看他了。

"那你……"陆为的嘴巴还在一开一合，"之前从来没有见过我吗？"

况今昔把桌子上的叶子和树枝都收成一堆，放进了盒子。

"四年前。"她开口，"陆老是不是让你参加过一次相亲。"

她用的陈述句，没有问号。

陆为脑子开始转，他之所以跑宁镇，除了想做个地球模拟系统之外，还有一个他对谁都没说过的原因——他家老头子从六年前开始就热衷于帮他相亲。

他家里有一沓照片。他吓坏了，所以跑了。但是跑了并不能阻挠他爹的热情，后面的无数次电话，几乎都是和相亲有关的。

他不记得四年前的那一次了。但是他知道，肯定是有的。无数次中的一次。

"我……我没。"他没去。

"不，你去了。"况今昔看着他，用的还是陈述句。

"……我那时候在宁镇，一个也没有信号的热带雨林里。"陆为又开始觉得后背发凉。

"你去了。"况今昔认认真真，一字一句，"相亲的结果是我们都觉得对方还不错，但是各自又太忙，所以只留了联系电话。"

陆为张着嘴。

"我回家以后跟我父母说，我觉得很满意。"况今昔仍然认认真真，"一个月以后，我们两家就敲定了结婚日期，找了媒人，走了订婚流程。"

"但是我们都没去，你那边联系不上，我这边因为要参加一个挖掘项目也没办法回来，所以只是两家走了个流程。"

陆为一头汗："你……我……"

"这是我这四年为了不再相亲撒的谎，我发过邮件给你，邮件显示已读，我以为你知道。"况今昔仍然是那个语气。

很温和的语气。就好像他们两个礼拜前第一次见面时她说"我是况今昔"的时候是她的精分人格。

"我没……"陆为下意识想否认，想着想着瞪大了眼。

"想起来了？"况今昔问他，这次语气总算有了点起伏。

他有一个家里人都知道的邮箱，偶尔会在上面收发邮件。四年前，他确实收到过一个陌生人的邮件，里面写了况今昔刚才说过的话。她还说，她听陆老的意思是他也不愿意相亲结婚，两人在这方面的想法是一致的。她说，只要他们都同意，父母就不会安排相亲了。

"至于结婚，可以用双方都忙的借口一直往后推。很抱歉冒昧地提出这个方法，如果你在这个过程中找到女友，我随时可以退出，责任都由我来承担。"

他应该是把那个发邮件的人当神经病了。

但是他确实看了。

他总算明白家里人后来为什么不让他相亲了。

他总算明白这四年里，家里人给他打电话的时候，为什么没有剑拔弩张地说他不结婚就把他小鸡鸡割掉了。

因为他们以为他订婚了……

而他，还以为是父母想开了……

"我对你存在一些误解。"

因为陆老一直都说他的小儿子游手好闲，所以她以为这家伙在外面都不知道玩成什么样了,她提出了这样的要求,居然也不找她聊聊。

不聊,她就以为他是同意了。

"陆老这次让你过来,应该也是想催我们结婚的。"

毕竟她都推了四年了。老人家虽然不催她,但是都那么大年纪了,他们两个订了婚却几乎没有任何联系这件事,家里人都知道,所以才会把陆为丢过来。

"我们还是可以用两人都忙的说法把婚期推后,也可以相处一个月之后跟家里人说我们性格不合。"她们家已经有人比她先结婚了,她不用再顶着"老大不结婚后面也没办法结"的压力了。

陆为的脑子不转了。

"我……你还跟我自我介绍了。"他讷讷的,都不知道自己在问什么。

"我以为你和我一样,并不想让别人知道我们是未婚夫妻的关系。"况今昔的所有推断都很合理。

只除了她真没料到有人看到这样的邮件也能当成垃圾邮件直接忽略。

她为了证明自己,连身份证复印件都上传了。要不是他刚才问她他们是不是见过,她还真不知道他是真不认识她而不是假装不认识她。

况主任的未婚夫,是他。

陆为不转的脑子里,只剩下这句话。

◦ 七 ◦

这个消息对陆为造成的冲击几乎是毁灭性的。

他傻了三天,具体表现就是建模的时候把地板塞到了墙上,把现代人类文明的水泥地做到了新石器时代的原始人家里。

他看到况今昔就跑,跑到角落里又忍不住偷看。

他还给公司的创始人都发了邮件,标题是"老子是个有未婚妻的人!!!"。没有内容。就像他一样,一片空白。

他也不知道接下来该怎么办,只除了一件事:他们没有性格不合!

他觉得他们贼合。

况今昔就是按照他喜欢的人的模子捏出来的,从头到脚到头发丝!

他傻掉的这三天,就只确认了这一件事,他确实喜欢况今昔,可能因为见面那天雷雨太大,他像是被雷劈中了那样,喜欢她。

嘴角的梨涡，温婉的五官，可以拍洗发水广告的头发，还有她把树丢到垃圾桶的样子。

他喜欢她。

未婚夫妻本来就是可以互相喜欢的！

他有了正当的理由，于是三天之后，他开始黏着况今昔。帮她端茶倒水，帮她搬运工具，晚上不让她做饭，甚至不许助理靠近她。

他一点都不介意被人知道他们认识。

未婚夫妻呢！

况今昔忍了两天，第三天，把他拎到了办公室，反锁上门。

"我承认这件事一开始是错在我身上，但是这件事对你并没有造成什么损失。据我所知，你这四年都在宁镇工作，也没有女朋友。"况今昔难得一连串说了很多话，"你真的没必要做出这样幼稚的报复行为。"

她以为他在报复。

黏着她，看她发火，像是小时候老喜欢欺负她的那个小男生，她忘记名字了，因为那个小男生读完一年级就转学了。

"我们随时都可以解除婚约，当初陆老送过来的聘礼我都没拆过，随时都可以退回去。"

"你怎么会知道我在宁镇没有女朋友？"陆为问了个奇奇怪怪的问题。

况今昔噎了一下："你来了以后，我上网搜过你。"

她的小助理提供了不少关键词，所以她搜得很彻底，还看了他们公司每年的周年庆，一年比一年狂，他身边永远都没有人。

她还知道他注册了所有相亲APP，还公开在论坛上抨击现在这些相亲APP的各种弊端，因为这些APP都没办法帮他找到女朋友。

陆为低下头。

简南告诉他，牵手很有用。阿蛮这样的人，每次发飙的时候，只要他一牵手，阿蛮都会软下来。

陆为伸手，伸到一半因为手抖，又伸出了另外一只手压住手腕，然后顽强地伸长。

在况今昔一脸莫名的注视下，伸到了她的手边，小拇指碰了碰她的手背。

况今昔一愣。

陆为两只手都很抖，于是也就破罐子破摔。碰了碰，然后指腹划过况今昔的手指，轻轻地牵了起来。

"我不想解除婚约。"他还是低着头。

"能做你的未婚夫,我很高兴。"他红着耳朵,努力抬起了头,重复,"我很高兴。"

。八。

陆为结婚的第二年,突然做了一个梦。

梦里面他还是吸溜着鼻涕的小学生,因为天才病的原因经常被人嘲笑,又因为自己表达能力不行,所以干脆不和人说话。

他的同桌也是个沉默的姑娘,头发很黑,笑起来有个小梨涡。很喜欢做手工,课间休息十分钟都要从课桌抽屉里拿出各种奇怪的手工,拿着镊子贴。

太安静了,所以他被压下去的调皮脾气冒出一点点头。

他会吓她,她会被他吓到不小心贴歪东西。有时候贴了一个月的东西,歪了,她就丢掉。丢掉的时候抿着嘴,往垃圾桶里一扔,毫不犹豫。

陆为惊醒了,看着天花板。

怀里的女人睡得香甜,翘着嘴角。

他们认识。

在很小很小的时候。

所以他知道,他的妻子看起来温和,其实骨子里刚烈。宁为玉碎的一个人,却让他这样缠着缠着就结了婚。

"你也喜欢我对不对!!"半夜两点,陆为使劲摇醒了况今昔。

况今昔睁开眼。

"我靠我就说!!"他激动了,晃得更加厉害。

况今昔一声不吭地拿起了放在床头柜的发簪,对着他的大腿做出戳下去的动作。

"对不起。"陆为迅速地尿了,回到躺平的姿势。

嘴角却再也下不来了。

他明天,要去敲简南的门。

嘿嘿嘿嘿嘿嘿嘿嘿嘿嘿。

番外2
过去与未来，结束和开始

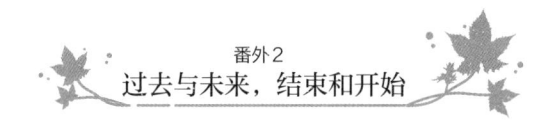

。过去与未来。

苏珊娜坐在人力车上，看着这个破破烂烂的边境小镇。

再往前走几十公里就是老挝，她心爱的男人死在那里，出了一个本来应该是她去的任务，回来的时候只剩下一盒骨灰。

出任务前他俩还为一点小事大吵了一架，她丢了他给她的求婚戒指。

这不是她第一次丢掉他的求婚戒指，那个人每次都能帮她找回来，只是这一次吵得狠了，她直接丢到了海里。

找不回来了。

所以他临走的时候说，再给她买一个。

人生就是这样，不经意间当头一棒，棒子上面长着倒刺，砸下来，倒刺就埋进血肉里。

为了一点小事吵架而丢掉的订婚戒指，变成了那根永远埋在她心里的倒刺，每一次呼吸都带着痛。

她再也没有办法走进那个国家，太痛了，只能在它边境的地方远远地看着。

整整一年，每天固定时间坐着人力车沿着穿境路走一圈，她的中文一般，这里的人说的又都是当地话，大部分沟通都靠比手画脚。

她混迹在这样陌生的环境里面舔舐伤口，她一生中经历过太多离别，她很清楚，再痛的伤口也会被时间磨平。

时间是这个世界上最可怕又最公平的东西，每个人都得经历，每个人都逃不过。

一年时间，埋在心里的那根倒刺总算被磨平了锋利的边缘，疼痛变得可以忍耐，她收拾好行囊，准备离开这个地方。

番外 2 ◆ 过去与未来，结束和开始

她还活着，所以，生活仍将继续。命运对她一直都十分残忍，坚硬的伤疤在她的肉体上缠绕了一层又一层，缠绕得太深了，她怕自己终有一日会彻底忘记疼痛。

而遇到阿蛮，是命运对她的慈悲。

或者，是他给她找到的那个戒指。

小丫头在暗巷里被四五个比她个子高很多的孩子欺负。那是地球上每个角落都会有的画面，唯一不同的是，这个丫头拽着自己的书包，昂着头和施暴者商量："一个个来可以吗？"

用的普通话，所以苏珊娜听懂了。

小丫头会一点拳脚功夫，脑子也挺好，一对一打的时候居然还能打出一点样子。

只可惜施暴者从来都不会遵守承诺，发现打不过了就一拥而上。小丫头的拳脚功夫乱了，却始终记得捂住自己的要害，挨打的姿势非常标准。

苏珊娜也说不清楚这丫头到底哪里触动了她，向来不管这些事的她出手把那几个施暴者扔出了小巷子。

"明明知道他们不会一对一，为什么还要做傻事？"她的中文磕磕碰碰。

"这样可以多打两拳。"丫头擦了擦嘴角的血迹。

被打得十分狼狈，细胳膊上有很多淤青，新伤叠旧伤的。

穿着校服，脖子上挂了一根红绳子，书包后面绣着"福利院"的字样。

小孤儿。

苏珊娜觉得有趣，蹲在旁边看着小丫头用背包里的餐巾纸熟练地清理自己身上的伤口，像打了架后的小猫。

"身上有伤口，回福利院会被阿姨骂吗？"她每年会往各种福利院捐钱，所以很了解福利院的运作。

小丫头动作一顿，把那个绣着"福利院"字样的书包往后放了放，不理她。

"那些人打你是因为你是孤儿。"苏珊娜用并不十分流利的中文开始了她的恶魔式的低语，笑眯眯的。

小丫头瞥了她一眼。

苏珊娜扬起了一边的眉毛，小丫头居然瞥她，不服吗？

"他们打我，是因为他们在学校超市偷东西被我看到了。"小丫头一本正经，"我告诉了店老板。"

然后店老板给了她两支笔。

她正好缺笔。

打人都是有理由的,要么敲诈要么报复,谁没事堵着个孤儿揍啊,更何况他们揍她也讨不到好处。

大人们都说她是扫把星,一般人还真不敢随便揍她。又不是每个孤儿都很容易被欺负的。她不怎么被人欺负,最多被人孤立。

苏珊娜扬起了嘴角。

这一整年下来,唯一的一次。

"想离开这里吗?"她问她,没头没脑的。

"不想。"小丫头回答,也懒得给她理由。

她不算孤儿,他们家的武馆还在,她还能半夜从福利院偷溜出来爬到武馆里面,里面没人,她养父下雨天重修的地板还没有破。

苏珊娜这一次,咧开了嘴。

就她了。

她这一年自我放逐的唯一收获,一个很聪明的小姑娘。

她给小丫头起了一个特别俗气的名字——索菲亚,小丫头闷着头念了半天,眉头皱成了一条缝。

她教小丫头她生存,把自己会的所有的本事都倾囊相授。

小丫头聪明,一边抹着眼泪一边学。

她没听到小丫头抱怨过。只是在小丫头十二岁的时候,她因为走神被小丫头一拳打到。

这是小丫头第一次打到她,打到了之后,小丫头说:"我叫阿蛮。"

那时候小丫头已经会说不怎么流利的西班牙语,这句话用的却是中文。

她叫阿蛮。她才不要叫索菲亚。

那是她唯一的一次抱怨,用实力证明了自己之后才说出口的抱怨。

阿蛮十六岁那年,她已经没有东西可以教阿蛮,所以,她把阿蛮的行囊都收拾出来,丢到了大门外面。

八年的朝夕相处让她觉得害怕,再处下去真的要处出感情了。

她不想再有感情了,那一次一年的自我放逐已经足够。

阿蛮不理解,但是也背着行囊走了,走的时候头都没回。

她教得很好。

她在暗夜里偷偷地跟着阿蛮,看着阿蛮救了人,看着阿蛮做了保镖。

她在阿蛮受伤的时候,把隔壁兽医院的老兽医逼到了那个巷子里。

她始终记得小丫头抬头瞥她的样子，脸上都是伤，可是一点都没觉得自己悲惨。

现在也一样，被她抛弃了，跑出去的第一件事就是去吃了一顿她一直不许吃的垃圾食品，四个汉堡五杯可乐。

死孩子，还记得自己未成年不能喝酒。

"别碰她，不然我就碰你的家人。"她在某个晚上，把那个脸上文着鳄鱼头的家伙逼到了暗巷，"她不敢做的事，我敢。"

她就由着她的小阿蛮一路嚣张地当上了暗网最贵的保镖，翅膀终于硬了，可仍然每次做完任务都会去吃一顿垃圾食品。

"再见，索菲亚。"她笑嘻嘻地冲着阿蛮抛了一个飞吻。

阿蛮帮她走出了那场自我放逐，她的回报，到此为止了。以后的日子，幸福也好，不幸也罢，都是她自己的选择，与她再无关系。

只除了，阿蛮结婚的时候她寄过去的几床棉花被。

阿蛮是幸福的。

这件事值得庆祝，她终归是帮了一个值得帮的孩子。

陆为的婚礼是在北京办的，和简南他们两个在宁镇搞的小型聚会不同，陆为的婚礼阵仗很大。

双方父母包的场，两个新人到了现场都被吓到了，本来打算做他们的伴郎伴娘的简南和阿蛮瞬间反悔。

"我没裙子。"阿蛮觉得这个地方弄不好又得穿礼服和高跟鞋。

"按照国内的习俗，我们两个当不了伴郎和伴娘。"简南很镇定。

他们已婚。

"要不，我们溜吧。"陆为一头汗。

他本来打算戴着鳄鱼头和况今昔拜堂的，现在这么大的排场，他要是敢戴着鳄鱼头拜堂，他怕他家的老头子真的会晕过去。

但是，不拿出鳄鱼头，他就不算本体结婚了！

唯一没有表态的况今昔坐在车上，面无表情。

她娘跟她说，就是一家人聚在一起吃个饭。

可这个大厅起码能坐三千人。

过分了，她也没裙子啊……

"直接开走吧。"她对着司机下命令。

阿南和阿蛮 下

"不结了?"刚才还说要溜的陆为急了,"不化妆也可以啊,这种场合不化妆肯定是人群里面最显眼的人。"

他家老婆最怕化妆,因为她害怕眼线笔戳到眼睛的感觉,她说那种感觉像是没打麻药被人抠眼球⋯⋯

"换个地方。"

况今昔给自己亲娘发了个短信,然后关机。

剩下三个人也很有默契地掏出了手机,关机。

结果,都选了小型婚礼。

最终敲定的婚礼晚宴在郊区一个小饭馆,他们四个人要了个包间,简南还跑到对面蛋糕房里买了个小蛋糕。

有点简陋,但是到底自在了。

"这个好吃。"阿蛮第一次来北京,简南熟门熟路地给阿蛮布菜。

"这个多吃点。"陆为不甘人后,把况今昔的碗堆成了一座小山。

"我刚才看到苏珊娜了。"阿蛮咬着筷子,和简南咬耳朵。

在等红绿灯的时候,她的养母就在马路边上。

简南一怔。

"她也看到我了。"阿蛮眯着眼。

所以她们两个互相做了个飞吻。

再次遇见,也很好。

彼此都安好,她还看到了苏珊娜挽着的那个月抛帅哥,亚洲人,是苏珊娜喜欢的长相,帮她拿着行李箱,还帮她撑着太阳伞。

这是属于苏珊娜的安好。

就这样,就很好。

"你妈妈会不会骂你?"陆为也和况今昔咬耳朵,"你就说是我不肯。"

反正老头子也不是第一天打他。

桌上的iPad已经很久没有声音了,塞恩在那一头,面无表情。

他以为这是婚礼。

他上一次也以为是婚礼。

结果就只是吃个饭,二对二,他不但不在现场他还没有那个"二"。

他太天真了。

这些人没有心。

人类肯定一定会灭亡!

○ 结束和开始 ○

"不要告诉简南和阿蛮!"普鲁斯鳄弯着腰偷偷摸摸鬼鬼祟祟。

"为什么?"小男孩的声音,也跟着偷偷摸摸鬼鬼祟祟。

"阿蛮太能吃了!"普鲁斯鳄的声音咬牙切齿,"我们捉一个下午的河虾都不够她一口的!"

这夫妻俩平时偷偷摸摸吃的零食都没给过他一口!他哄了镇上放暑假的孩子一起出来摸鱼捞虾也绝对不给他们一口!

"可是你又不会抓!"被两根棒棒糖哄出来的小胖子一脸鄙视。

这个大城市里过来的爸爸妈妈说电脑耍得的世界第一好的专家,连仅仅是没过脚踝的水都不敢下——因为怕冷。

还怕鱼。

他戳了一条鱼丢上来,就听到这个他都能喊"叔叔"的专家鬼哭狼嚎着四处逃窜。

切。小胖子丢掉了手里的木棍,顺势躺在小溪旁边的石头上。

不过他并不讨厌这群专家。

镇上的孩子都不讨厌他们,尤其是那个短头发的阿蛮,已经晋升成小镇里孩子们的新偶像。

她会飞!从一棵树上跳到另外一棵树上,看起来特别轻松,跟猴似的!

"你们……要走了吗?"

午后的小溪水声潺潺。小胖子看着蓝天,几里地外能传来他们这群专家搬运东西的汽车声。

应该是要走了,专家们已经找到了蝙蝠巢穴,之前因为泥石流毁掉的那片地方也都陆续种上了树,从他读小学开始,到现在他已经是初中生了。

"舍不得吗?"普鲁斯鳄表情坏坏地凑过来,因为溪水太凉忍不住龇牙咧嘴。

切。叛逆期的小胖子撇着嘴扭过头,不说话代表默认。

普鲁斯鳄笑,凑得更近一点,想再逗逗他。

他的生活很无聊,每天除了被迫吃狗粮就是被塞恩硬塞一堆数据做演算,把孩子们逗哭是他的新爱好。尤其是这个小胖子,哭起来的神态和简南居然有点像,一张脸皱皱巴巴的,挤成一团。

被逗已经成习惯的小胖子很警戒,往边上挪了半个身子,梗着脖子。

"我跟你说……"普鲁斯鳄压低了声音,"我们走了就不回来了。"

"……"

小胖子开始吸鼻子。

"你最喜欢的阿蛮姐姐。"普鲁斯鳄对着天空比了个矮个子,"她是最没良心的。"

去了那么多个地方,就没见过阿蛮重新回去找那些被她招惹的小孩。最多也就是逢年过节送点东西,有新的沙包和拳击套她也会寄出去,只是都不署名,也不写信。

本就是初一的孩子,又被普鲁斯鳄这个神经病连着逗弄了好几年,没那么容易哭,只是垮下了脸。

"阿蛮姐姐说,传递消息最麻烦,没有消息就是好消息。"小胖子学着阿蛮的语气。

普鲁斯鳄被逗笑。

这么江湖的语气,也就阿蛮这样的家伙说出来才有信服力。

"阿蛮姐姐还说……"小胖子扭头,把握成拳的手放到了普鲁斯鳄的鼻子下面,"你怕这个。"

阿蛮姐姐告诉他,普鲁斯鳄为老不尊,要是再想逗哭他,他可以吓回去,这不算欺负人。

小胖子摊开手,露出手掌心。掌心有一团黑乎乎的东西,因为离得太近,普鲁斯鳄的眼睛对了一会儿焦才看清楚。

褐色的,胖乎乎,软塌塌,亮晶晶。

一条水蛭。

半躺着的普鲁斯鳄一声不吭,翻了个身摔到溪水里,膝盖砸到鹅卵石,一边呼痛一边尖叫一边狂奔。

溪水也不冷了。

孩子也不逗了。

倒是还记得在孩子面前不能骂脏话,几句国骂吐了一半又吞回去,断断续续地变成了"你爷爷……我舅舅……你大姨妈"这样的背族谱式发言。

他跑得飞快,所以没看到小胖子一脸坏笑,把手上那条东西宝贝一样塞回到裤袋子里,还拍了两下。

"你给的?"躲在大树枝丫里睡午觉结果旁观了全程的简南声音带着笑。

他们在野外那阵子天天被水蛭咬,普鲁斯鳄天天鬼哭狼嚎。最近他们工作都在收尾，镇上弄了个大礼堂做实验室，很少再去野外了，阿蛮居然开始想念普鲁斯鳄的鬼哭狼嚎。所以她在网上买了一箱水蛭模型，惟妙惟肖的，于是普鲁斯鳄的鬼哭狼嚎就又回来了。

不过这倒是他第一次看到她把这种恶作剧的东西送给孩子玩，估计也是看普鲁斯鳄欺负人欺负得太狠了。

"小胖子昨天缠着我哭鼻子，就送给他一条。"阿蛮靠在树枝上，一条腿架在简南的腿上，晃晃悠悠，惬意地打哈欠。

"选好了吗？"简南问。

他的洁癖被彻底治好了，坐在树上看到昆虫第一个反应不是被咬了会生病，而是下意识地背出这些昆虫对应的食物链。

他们在宁镇待了五年。这里被破坏的生态不可能完全恢复，但是各种虫子终于多了起来，生物多了是好事，良性循环的生态系统需要生物多样性。

"嗯。"阿蛮把手上的几张资料还给简南，下巴点了点，"第三张。"

他们越来越像，最喜欢数字三的简南放在第三张的资料，正好也是她最喜欢的——够刺激，够原始。

"去那里不能带塞恩和陆为。"简南收起资料，随身的包就挂在枝丫上，"太危险了，不适合他们。"

为了避开这两个电灯泡，他们聊天都得上树。

阿蛮似笑非笑地看了简南一眼。

太危险了，他倒是一点都没有自己也不合适的自觉，明明肌肉只练了个半吊子，身手也只是比她刚认识他的时候好了一点点——爬树不用她帮忙也能很利索了。

不过，他有她。

"回上海以后，我把陆为送回北京。"定好了目的地，简南就开始定计划。

"我也是昨天晚上跟陆老爷子打电话才知道陆为居然几年前就订婚了。"简南看着普鲁斯鳄鬼叫的背影，摇摇头。

太不靠谱了。

"啊？"阿蛮惊着了，晃悠的脚一滑，被简南动作很快地搂了回来。

阿蛮满意地笑。

她更正，简南的身手好了很多，刚才这个动作换成三年前，他绝对会和她一起掉下去。

"未婚妻是谁？"阿蛮是真的意外。

阿南和阿蛮 下

普鲁斯鳄看起来明明是单身一辈子的模样，浑身上下都写着"我是个不靠谱的单身汉"，这样的人居然订婚了，还订婚了好几年？

"一个考古学家。"简南有点想笑，"不上网的那种。"

"哈？"阿蛮张着嘴。

这几年很少有事情能让阿蛮露出这样的表情了，简南觉得自己把这个八卦放在这个时间点说真的挺好的。

这样可以冲淡阿蛮的离别情绪。

他的阿蛮，虽然很凶，但是心太软。他有很多情绪无法体会到，都是阿蛮代他体会的，她那双眼睛藏着很多丰富的情感。

"具体我也不太清楚，陆老爷子说是前几年相亲认识的，相亲之后女方就同意了。"简南歪歪头，"但是陆为相亲的那个时间点应该是在和我们一起翻蝙蝠洞的时候。"

那段时间是普鲁斯鳄的噩梦，他在那个时间点也绝对不会有时间和心情跑回去相亲。

"哈！"阿蛮还是张着嘴，只是这次带着笑。听起来很好玩。

"那我负责把塞恩打包回墨西哥。"她摩拳擦掌，兴致勃勃。

她本来情绪确实有些低落。宁镇这个地方他们断断续续地做了五年多，孩子们都混熟了，一开始因为疫情关闭的商铺都开了，她也尝到了当地的猪肠糕。当年蹲在养猪场边肿着脸的孙小田成年了，考上了大学，和简南学了同一个专业，她说她打算大学毕业后回来帮简南他们看着他们的实验养猪场。

很多东西都尘埃落定，于是离别情绪就浓了。

她也知道她男人在哄她。

他让她自己选下一个目的地，他告诉她陆为的八卦，他还由着她在大太阳底下赖在野地不回家。

他了解她，有了下一个目标，就不至于会失落。

"简南。"阿蛮扭动着屁股坐到简南腿上，树叶哗啦啦的，遮住了两个人大半个身子。

"嗯？"简南一边把资料丢到地上免得压破，一边小心翼翼地撑住身体免得两人一起掉下去。

"挺高的，摔下去会痛。"

"到了那里，我们就是两个人了。"阿蛮搂住简南的脖子，看他小心翼翼护住她的样子觉得很好玩，索性把整个人都挂到他身上。

"……也不是。"简南忙死了,一手搂住阿蛮的腰,一手撑住树干还要赶着时机弹走几只想冲过来的知了,"利什曼病也是人畜共患病,到时候应该也有人类传染病专家,塞恩和陆为两个人的专业空缺也会由其他人补上……"

"去的地方很穷,估计当地地陪也少不了……"他滔滔不绝,说了一大半之后住了口,阿蛮的话终于入了脑。

"我们就是两个人了。"简南立刻改口。

再也没有半夜三更溜进来要求一起玩游戏的神经病,也再也没有一个用机器女声念邮件的上司了!

"嘿嘿嘿。"终于被理解了的阿蛮咧嘴。

两个人了呢……整整五年,他们终于可以过二人世界了。

"到时候我要穿那件睡衣……"她嘀咕。

"黑色的?"简南秒懂。

"还是紫色的?你喜欢哪件?"阿蛮兴致勃勃。

"白色的……"简南挪了挪,把阿蛮塞进自己怀里,躺得更舒服一点。

"……你都结婚五年了怎么还那么保守?"阿蛮抱怨。

天很蓝,树叶哗啦啦的。

"你穿白色的好看。"他对阿蛮穿黑色有些阴影。

"是吗?"阿蛮又一次被说服了。

"可以戴个兔子耳朵。"简南又有了新主意。

"……靠!"阿蛮决定收回自己说他保守的话。

树下,被丢弃的资料孤零零地躺着。

五六米外,是面无表情的塞恩。

他只是过来让他们去参加庆功宴的。

他做错了什么得听到这些?

阿蛮戴兔子耳朵能看吗?

他到底做错了什么要开这样的公司?

妈妈的!

(全文 完)